Dreaming by the Book

由书而梦

启真馆 出品

当代外国人文学术译丛

Dreaming by the Book

由书而梦

[美] 伊莱恩·斯卡利 著

何辉斌 郑 莹 译

ZHEJIANG UNIVERSITY PRESS
浙江大学出版社

总　序

　　改革开放以来，国内人文科学领域的研究人员与一些出版社通力合作，对当代外国人文学科的发展给予了较多关注，以单本或丛书或原版影印等多种形式，引进、译介了不少有影响的研究成果，内容涉及文学、历史、哲学、语言学、艺术学、宗教学、人类学等各个学科，对促进国内学界和大众解放思想、观念转变、学术繁荣起了不言而喻的巨大作用。以当代外国语言学为例，其理论发展迅速，新的理论和研究范式不断涌现。目前国内在引进原版著作方面做得较好，外语教学与研究出版社、上海外语教育出版社、北京大学出版社、世界图书出版公司等先后引进了一批重要的语言学著作。相对于原版引进，译介虽有些滞后，但也翻译出版了不少重要的语言学著作，其中包括一些有广泛影响的当代语言学著作。如，20世纪80年代初，商务印书馆翻译出版了一批经典语言学著作，90年代中国社会科学出版社翻译出版了"当代语言学理论丛书"；近年来，上海教育出版社出版的"西方最新语言学理论译介"丛书，复旦大学出版社的"西方语言学经典教材"丛书，商务印书馆的"语言规划经典译丛"，北京大学出版社的"博雅语言学译丛"，浙江大学出版社的"语言与认知译丛"，世界图书出版公司的"外国语言学名著译丛"、"应用语言学研究译丛"等，都是这方面的成果，总的来看，这些丛书的组织出版大多起步不久，所出书籍种类也相对较少，仍有大量重要的当译之作需要逐步译介。其他当代人文学科的引进、译介情况也大体如此；而有些学科或某一领域，国内学界翻译、研究的注意力和兴趣点，主要集中于该学科该领域的少数几位理论活动在 20 世纪中期以前的著名思想家、理论家，在极大推进对这些伟大思想家的译介、研究的同时，也有意无意地使当代一些开始产生广泛影响的思想家离开了关注的视野。事实上，20 世纪中后期，特别是六七十年代以来的几十年间，当代外国人文科学各学科领域的研究都极大地向前推进和深入了，产生了许多重要的新理论、新思想，出现了不少有国际影响的著名学者。对这些学者及其著作和思想，除了极少数人以外，我国人文科学界关注不多，翻译很少，研究几乎还是空白。选择若干位目前在国际上已经产生重要影响的当代人文学科各领域的思想家、理论家，翻译他们的代表著作，以期引起国内学界的重视，进一步拓宽国内人文学科的研究视野，对于推动我们对外国人文科学研究的进一步深入，促进跨文化研究的有效开展，提升年轻人文学者的翻译和研究水平，应该是有意义、有价值的。

在西方文化传统中，人文学科的概念和范围经历了长期的变化。早期古代希腊时期，人和自然是一个整体，科学也没有分化而是真正意义上的综合。亚里士多德区分了理论、实践和创制三种科学，提出三者之间的一些差异，但并没有明确将人文科学、社会科学和自然科学区分开来。后来所谓的"人文学"（humanitas）概念，据说最早由古罗马的西塞罗在《论演讲家》中提出来的，作为培养雄辩家的教育内容，成为古典教育的基本纲领，并由圣奥古斯丁用在基督教教育课程中，于是，人文学科被作为中世纪学院或研究院设置的学科之一。中世纪后期，一些学者开始脱离神学传统，反对经院哲学，从古希腊、古罗马的古典文化遗产中研究、发掘出一种在他们看来是与传统神学相对立的非神学的世俗文化，并冠以 humanitas（人文学）的称呼。大约到 16 世纪，"人文学"一词有了更广泛的含义，指的是一种针对上帝至上的宗教观念、主张人的存在与人的价值具有首要意义、重视人的自由本性和人对自然界具有优先地位的文化观念和文化现象，从事人文学研究的学者于是被称为人文主义者。直到 19 世纪，西方学者才用"人文主义"一词来概括这一文化观念和文化现象，形成了我们通常所谓的人文主义思潮。近代实验科学的发展也导致和促进了学科的分化与形成，此后，人文学科逐渐明确了自己特殊的研究对象，成为独立的知识领域，有了自己特殊的研究对象。但这样的研究对象，其分界也只是相对清晰和明确。美国国会关于为人文学科设立国家资助基金的法案规定："人文学科包括如下研究范畴：现代与古典语言、语言学、文学、历史学、哲学、考古学、法学、艺术史、艺术批评、艺术理论、艺术实践以及具有人文主义内容和运用人文主义方法的其他社会科学。"① 欧盟一些主要研究资助机构对人文科学的范畴划分略有不同。欧洲科学基金会认为人文科学包括：人类学、考古学、艺术和艺术史、历史、科学哲学史、语言学、文学、东方与非洲研究、教育、传媒研究、音乐、哲学、心理学、宗教与神学；欧洲人文科学研究理事会则将艺术、历史、文学、语言学、哲学、宗教、人类学、当代史、传媒研究、心理学等归入人文科学范畴。按照我国现行高等教育的学科划分，人文科学主要包括文学、历史、哲学、语言学、艺术学、宗教学、人类学等，社会学则在哲学与法学间作两可选择。当代人文科学的研究与发展已出现了各学科之间彼此交叉、相互渗透的趋势，意识与认知科学、文化学等便是这一趋势的产物。

　　按照上述对人文学科基本范畴的理解，考虑到目前国内对当代外国宗教学著作已有大量译介等原因，本译丛选译的著作，从所涉学科上说，主要是语言学（以英语、德语著作为主）、文学、哲学、史学和艺术学（含艺术史）等，同时收入一些属于人文科学又跨越具体人文学科的著作；从时间跨度上，主要限于第二次世界大战结束后出版的著作，个别在此前出版、后来修订并产生重要影响的著作，也在选译之列。原则上，一位作者选译一本著作，个别有特别影响的可以例外；选译的全部著作，就我们的初衷而言，都应是该学科领域具有代表性的理论著作，而非通常意义上的畅销书，当然，能兼顾学术性与通俗性，更是我们所希望的。

　　本译丛将开放式陆续出版。希望它的出版，对读者了解国外人文

---

① 《简明不列颠百科全书》第 6 卷，"人文学科"条目，北京：中国大百科全书出版社，1986 年，第 760 页。

学科的发展现状与趋势、关注人文精神培育与养成、倡导学术阅读与
开放意识、启发从多重视角审视古今与现实、激起追问理论与现实问
题的激情，获得领悟真善美的享受，能有所助益。

　　由于我们的视野和知识所限，特别是对所选译的著作是否符合设
计本译丛的初衷，总是心存忐忑，内容表达不甚准确、翻译措辞存在
错讹也在所难免，因此，更希望它的出版能得到学界专家同仁和广大
读者的批评指教，成为人文学科译介、研究园地中一棵有生命力的小
树，在大家的关心与呵护下茁壮成长。

庞学铨

2011 年 6 月　于西子湖畔浙江大学

献给杰克·戴维斯

Contents

目　　录

第一部分：绘制图片

1. 论生动性

在日常谈话中，一提到想象，我们总认为它有一种高于普通感觉
的力量。但是，如果我们做一个具体的实验，把想象出的物体与感觉
到的物体做一下对比——也就是说，真正静下心来，闭上眼睛，将注
意力集中在想象中的一张脸或一个房间上，然后再睁开眼睛，就方才
所想之物的各方面特征与我们重归感觉世界后看到的任何东西做一个
比较——我们立刻就会得出截然相反的结论：感觉到的物体充满了生
机和活力，而想象出的却没有；但实际上，正是由于这种生机和活
力，才使我们得以将一个感觉到的现实世界与想象出的加以区分。如
让－保罗·萨特觉察到的那样，尽管我们在这个实验中选择进行想象
的是一位好朋友的脸，一张我们对其中每个细节都足够熟悉的脸（就
像萨特熟知安妮和皮埃尔的脸那样），但是，如果与现实中的相比，
它仍然是"轻薄的"、"干瘪的"、"二维的"，甚至是"呆滞的"[1]。

乍看起来，似乎只有在我们迫切想见到某人的面庞，对其在脑海
中清晰、有力的出现寄予极大的期望时，我们才会去注意这些"白日
梦"中的脸的种种不足。随后，一旦注意到了这些不足，我们就会像
普鲁斯特笔下的马塞尔责备自己在想象阿尔贝蒂娜或其祖母的脸庞时
的无能那样责备自己，并下结论说，我们想象力的贫乏是有特殊性
的，是与我们对这个人的情感密切相关的，这种贫乏只能说明我们的
爱还不够深。但其实，这种贫乏是普遍存在的。而如果一定要说上

述事实中存在什么特殊性的话，那么它只在于，我们寄予想象的强烈期望使我们比通常的情况更清楚地看到了这样一个事实：我们在想象时是多么的无能。只有在我们急切地希望想象时，我们才会注意到约翰·济慈所说的"幻象并不能像盛传的那样无中生有"[2]。由于感觉特有的生动性，我们可以在任何时候发现、辨认出现实世界，并将它与想象世界相区别，就像我们作了一场灰暗的、幽灵般的白日梦又从中醒过来时那样。对这种灰暗，亚里士多德将它称作想象的"虚弱"，萨特则称之为"本质上的贫乏"。

　　当然，如果说想象是虚弱而贫乏的，那只是从感觉层面来看。抱怨想象之物缺乏生机和活力其实只是在抱怨它无法与一个感觉到的物体完全等同，因为生机和活力都属于感觉的核心特征。对于感觉的王国在感觉的层面上胜于想象的王国，我们大可不必感到惊讶；但这句话通常没有给我们以同义反复的感觉，倒是值得啧啧称奇。换言之，只有通过将"生动性"从想象中剥离出来（在日常关于审美的谈话中，我们往往不假思索地、毫不准确地将它置于其中），并正确地将它系在感觉的泊杆上，我们方能粗浅地认识到：第一，想象之物一般并不生动；第二，不生动与想象之物以同义反复的方式联系在一起。

　　现在，让我们把目光投向这样一个事实：虽然想象在通常情况下
5 是虚弱的，但在语言艺术中却不然——感觉之物的生动性在这里确实可以获得，本书即旨在追踪这种生动性是如何获得的。此处之所以对语言艺术给予特别关注，是因为它们——与绘画、音乐、雕塑、戏剧以及电影不同——本身几乎不含任何实在的感觉内容。对于一幅画能在生动性上逼近或者超过可见世界这样的事实，并没有什么神秘，因为画本身就是可见世界的一部分。举例来说，一幅出自亨利·马蒂斯或任何一位佛罗伦萨色彩巨匠之手的绘画可让我们的双眼尽享真实的感官盛宴。《尼斯室内的静物》（*Interior at Nice*）①中那缥缈的黄色线条衬托出了一系列连续的视觉事件——带领我们穿越窗帘泛出的闪闪白光走向室外，或回到橄榄绿色的塔夫绸椅发出的杯状金光——不论

————————

① 这幅画有时也称为《我的美丽河畔的房间》（*My Room at the Beau-Rivage*）（1917—1918）。

它们是其他什么，都是实实在在的感觉过程。对于音乐（本身就是听觉的，还有什么理由不使其享有听觉世界的生动性呢？）、雕塑（它深居于，并参与构建了触觉和触觉王国的生动性）、戏剧和电影（充满了听觉和视觉冲击）来说，此理亦通。但是语言艺术，尤其是叙述类文章，几乎不含任何感觉性的内容。[3] 在视觉上，正如人们经常观察到的那样，它所有的特征都只不过是一些千篇一律的、写在白纸上的小小黑色标记而已。它没有任何听觉上的特征，所有的触觉特征也仅限于其纸张的重量，限于其表面的光滑感以及边缘的极薄触感。这样看来，它所拥有的、可以直接感知的特征几乎屈指可数。更重要的是，这些特征，与一首诗或一部小说所希望在人们脑海中构建的形象（穿过窗户升腾而起的蒸汽，石头掉落水池发出的叮咚声响，踩在 8 月干草地上的感觉）几乎毫不相关，有时甚至完全相左，这些形象的生动性，正是此处我所要研究的。

　　为了表达得更清楚，也许有必要对以下三种现象作一区分。第一种是直接的感觉内容：马蒂斯所绘的《尼斯室内的静物》那色彩光 **6** 亮的表面，胖子沃勒钢琴唱片中《忍冬玫瑰》（"Honeysuckle Rose"）那甜美、轻快的旋律，或者此时此刻，你看书时所处的特定房间。第二种是被推延的感觉内容，或称"用于创造真实感觉内容的指令"。乐谱本身不含直接的听觉内容，只包含一些由线和点构成的直接视觉内容以及由光滑而轻薄的纸张所构成的直接触觉内容，但它确实载明了一系列的动作，只要加以执行，就可以创造出真实的听觉内容。第三种则与前两者都相反，它不包含任何真正的感觉内容，不论是直接的还是推延的；只是一些摹仿性的内容，如比喻中的房间、脸庞和天气，我们摹仿着去看、去触摸、去听，而事实上却从未这么做过。

　　也许在这第三情形中，我们也可以像在第二种中那样，使用"指令"这个词。当说到"艾米莉·勃朗特描写了凯瑟琳的容貌"时，我们也可以这么说，"勃朗特给了我们一组指令，指导我们如何想象或构建凯瑟琳的容貌"。虽有烦琐之嫌，这种新的表达却无疑十分准确，因为它将摹仿发生的场所从对象转移到思维活动本身上了。对于小说里的形象，我们总是习惯于说它们是对现实世界的"再现"或"摹仿"。但与其说是形象之中有摹仿，还不如说是我们观看的时候在摹仿。在想象凯瑟琳的脸庞时，我们对现实中实际地去看一张脸的过程进行了摹仿；在想象一阵风从荒野上呼啸而过时，我们又对实际地去听风声进行了摹仿。想象就是一种对感觉的摹仿，不论它是发生在我们自己的白日梦中还是发生在伟大作家的指导之下。可问题在于：为什么在独自进行的感知摹仿中，效果总是那么虚弱和贫乏，而在作家的指导之下，却不时可以获得近乎真实感知的效果呢？在诗歌《诞生地》（"Birthplace"）中，谢莫斯·希尼描写了一个也叫谢莫斯·希尼的男孩，由于通宵阅读一本从未读过的小说（托马斯·哈代的《还乡》[*Return of the Native*]），在黎明时居然无力分辨所听到的莺啼、鸡鸣和犬吠是来自于田野还是源自于书页表面。那么，问题出来了：作家到底创造了什么样的奇迹，使我们在脑海中产生了这样的形象，在品质上更接近于我们（更自由地进行着的）感觉活动所得，而非自己白日梦中所见？①

　　艺术往往促使我们完成三种行动：直接感知、推迟感知和摹仿感知。但是绘画、雕塑、音乐、电影和戏剧都更偏向于第一种，或者（也许更确切地说）通过使用第一种带来第二和第三种；但是语言艺术却几乎只应用第三种。在语言艺术内部，我们还需要做进一步的分类。尽管叙事散文和诗歌都以摹仿感知为主，但诗歌与推迟感知——第二种类型，也保持着密切的联系：像乐谱一样，一连串铅印的符号包含着一组用来产生真实声音的指令；虽然书页自己并不吟唱，但它却与歌相距不远。诗歌——又一处与叙事不同的是——它甚至包含了直接的感觉内容，因为诗行和诗节在视觉上的排列提供了一副可以即时理解的视觉韵律节奏，这是将要到来的美妙声音的序曲、预演，或者许诺。

　　威廉·华兹华斯描写过两条养在玻璃碗中的鱼，尽管它们不能像云雀和蜜蜂那样歌唱，却在"闪闪发光的运动"（它们的"金色和银色之光"）之中为我们提供了一种阳光写作（Sun-writing）。

———————————

① 此处，我并未对艺术家和普通人加以区别对待。而是假设艺术家们的白日梦也与其他人一样暗淡无光。这就是为什么希尼在哈代的指引下也有与我们在哈代的指引下一样的经历，为什么他会对此表现出与我们一样的惊讶。就像我一会儿将讨论到的那样，对于生动性的产生，他人的指导是十分关键的。

> 多么美丽！——虽然没人知道是为什么
> 这前所未有的优雅变幻，
> 更新——不断更新——
> 在你平静的漫游区里。[4]

　　这美丽的画面是与马蒂斯的《尼斯室内的静物》（或就此处而言，其他一些关于金鱼的画作）中那些黄色线条所闪之光较为相像，还是与《远离尘嚣》中剑舞的银光闪闪，或者"对每束光都极度敏感的"盖伯瑞尔·奥克在午夜的暴风雨中为保卫草垛而闪电般劳动的动作更为类似呢？

　　虽然在笔调和内容上与马蒂斯的画作不乏共通之处，但依据此处所作的分类，华兹华斯的阳光写作与哈代的光线写作（light-writing）无疑是相同的。马蒂斯的"光亮的色彩"和"对光敏感的"颜料是物理上的存在，带领我们进行的是一次全真的感觉体验活动，而华兹华斯与哈代则是在我们脑海中制造出了突然的明亮光照，它们逼真地模仿了真实的可见光，却以未真正进入过我们的眼帘中。当然由于诗歌抑扬顿挫的声音，即便是默诵时也无时无刻不在口中进行齿舌接触，加之目光在诗行间的不断扫过，诗在物质表层上更接近于马蒂斯的油画，而非哈代的散文性记叙。也就是说，一方面，华兹华斯更接近哈代而非马蒂斯，另一方面，华兹华斯要比哈代更接近于马蒂斯。下文中我所言的一切对于诗歌和散文来说都适用，但要我对研究对象作一个清晰的叙述却比较困难，因为那样我就不得不停下来作一番描 9 述。散文和诗歌都诞生于非真实的国度，但诗与叙事散文还是有几英尺的距离，因为它有属于物质世界的韵脚。因此，在考察想象中生动性是如何实现的这个问题时，我将首先考虑散文。散文不要求我们有任何的直接感知或推迟感知；它所要求的仅是非真的或者说摹仿感知。

　　我们可以发现，通过深层感知结构的再现，想象的生动性油然而生。从某个角度来说，这毫无惊人之处：因为如果想象是对感知的摹仿，那么成功的想象当然要依靠该摹仿的高度准确性或敏锐性。但尚可称奇的是，被摹仿的感知并非只有感觉结果（即某物看起来、听起来或者触摸起来感觉怎样），还包括产生感觉的真实结构；[5] 那就是使它得以看起来、听起来或者触摸起来如此的物质条件。[6] 我将举例说明这个奇特的现象，然后再回到同样说明问题的叙事文的普遍特征。

2. 论固体性

至此，我已经用一种可以同样有效地适用于想象之视觉、听觉、触觉、味觉和嗅觉的方式对生动性问题作了一些阐述。在这一章中，我将对触觉中的生动性问题展开专门的探讨。

一个想象之物的"固体性"是如何实现的？探索这一特性具有十分关键的意义，因为固体性往往是使感觉之物得以区别于我们想象中那薄纱般的形象的主要特征之一，用萨特的话来说，后者总是缺乏密度的、单薄的、二维的。想象之物并非偶然地显现出二维属性。二维特性是其根本特征：亚里士多德在《灵魂论》中曾说"形象与感觉内容相似，唯一不同就在于它们不包含任何物质"[1]；阿什伯利在《织锦》中也描述过我们的内心之目是如何"给存在之物描画一个轮廓或者一幅蓝图，僵死在线条上"[2]。与此相反，感觉世界的固体性也是本质性而非偶然性的。约翰·洛克曾强调说："从感觉中，我们所获最多的非固体性莫属。"[3]对于他的判断，我们还可以类似地补上一条，那就是在日常想象中，我们所获得最少的也非固体性莫属。

那么，作家到底是如何引导我们想象出一个固体的表面，例如一面墙或者组成一个房间的四面墙呢？在《在斯万家那边》(Swann's Way)的开篇对儿时在贡布雷所居住的房间的描绘中，普鲁斯特写到了那个来自幻灯的光亮影像如何从墙上移动，通过自身"不可触及的彩光"将戈洛的身影贴在不透明的墙面上，这影子倏尔一阵狂奔，倏尔迷惘地急停，随着墙面不断变换着自己的形状：

> 没有任何东西能阻挡他不慌不忙地策马前行。即使幻灯晃动，我照样能在窗帘上分辨出戈洛继续赶路的情状：在褶凸处，戈洛的坐骑鼓圆了身体；遇到褶缝，它又收紧肚子。戈洛的身体也像他的坐骑一样，具有神奇的魔力，能对付一切物质的障碍。遇到阻挡，他都能用来作为赖以附体的依凭，即使遇到门上的把手，他的那身大红袍，甚至他的那副苍白的尊容，便立刻俯就，而且堂而皇之地飘然而过；他的神情总是那么高贵，那么忧伤，但是对于这类拦腰切断的境遇，他却面无难色，临危不乱。①

有一点很有名，那就是贡布雷的这个房间引发了马塞尔对日常习惯的思考："仅仅是照明发生变化，足够以改变我对房间熟悉印象"；"习惯的麻醉作用被消除了"。[4] 但相比于普鲁斯特对习惯的思考，有一点也许更为基础，可惜他并没有点明：那就是对于该房间固体性的感知摹仿，这种效果是在墙面飞舞的戈洛的"不可触及的彩光"创造出来的。这并不是说，我们需要对墙体的固体性给予特别的关注——恰

12 恰相反，我们只是当然地假设墙体的存在，而对自己奇迹般地掌握了这种固体性毫无察觉，继而对习惯进行看起来更富哲理，同时在心理学上也更加复杂的思考。单独来看，墙、窗帘以及门的把手对于读者来说（与书中的马塞尔的感觉相反）都是单薄且不可触及的，与来自幻灯的色彩明亮的影像别无二致。但是，通过引导我们将其中一个从另一个的表面上擦过，前者的透明性却神奇地使得后者的固体性得到了充分证明。

　　当普鲁斯特用幻灯这一段文字来阐释其对习惯所作的沉思时，实际发生的是我们逐步建立起了对贡布雷之墙的固体性的信任；甚至可以这么说，这一段表面上看起来是写对习惯的思考，但不论这思考

---

① 马塞尔·普鲁斯特(Marcel Proust)：《追忆似水年华》(*Remembrance of the Past*)，C. K. Scott Moncrieff, Terence Kilmartin英译(纽约，1982)，1：10-11。（中文译文引自《追忆似水年华》，李恒基、徐继曾等译，南京：译林出版社，2001年，第 10 页。——译者注）

本身是多么引人入胜，都只不过是一个借口，为的是借此对墙体做细致深入的长篇描写，以便给读者足够的时间去将它们在脑海中物质化。在我们相信了这些墙体的固体性之后，一种与实际感觉世界类似的现象便相应产生。洛克曾说，在日常的感觉过程中，固体性的概念"可以防止我们进一步下沉"；固体性之感构建了我们足下的地面，它可以使我们无忧无虑地行走，不论我们是否曾经注意到过这一点。对于书中虚构的墙来说，此理亦通。只不过固体墙体的概念阻止的不是我们进一步下沉，而是进一步地内陷。它为接下去的想象活动提供了竖直的地板，使我们在进行投影表演时不至于变得晕头转向，并因此解除了那些在通常情况下对我们起保护作用的、加于想象生动性之上的限制。

　　但是，为什么另一个透明的表层从墙表面擦过可以表现出想象之墙的固体性呢？这是因为，此处的指令对我们在感觉世界中从视觉层面推断固体性的方式进行了摹仿。戈洛从窗帘、墙面及门上滑过的动作，同时体现了 J.J. 吉布森在关于感觉的经典著作中所提到的两种现象。其一为"运动的遮蔽"。当一个物体从正前方擦过另一物的表面时——例如一幅画从墙上滑落（这是吉布森书中之例），或者，举个更简单的例子，我将手从自己的脸上拂过——一物的运动"逐步覆盖，然后再次露出另一物的物理质地"。在运动之物前面的边缘，实际所发生的是吉布森所谓的对背后之物的"擦除"或"剪切"，之后又立即使它得以复原，即那"对质地的擦除和剪切证明了边缘处的厚度"。不仅如此，它还能表现出后物的持续性，即"那被遮蔽之面的持续性存在"。[5] 普鲁斯特在描写贡布雷的文字中，向我们发出了许多指令，除了通过运用运动之遮蔽的方式对物体的厚度和持续性进行表现，这些指令还涉及对另一种现象的运用，那就是，由于运动着的戈洛是透明的（这与滑落的绘画以及我的运动的手有所不同），因此所作的只能是部分性的擦除，也就是对其所擦过的表面的不完全遮蔽。在分析"周围的光线的结构"时，吉布森对"阴影"的本质进行了描述，他说："阴影在运动时并不能像实体物那样对背景的质地进行遮蔽，也不能将其擦除。因此，我们总是不难将其与一个（固体之）物以及一个背景上的污点区别开来。"[6] 窗帘、墙乃至门的把手都清晰地

13

映在了戈洛的身体上。它们自始至终的可见性证明了戈洛只不过是个影子，而反过来说，且可能更为重要的是，戈洛是个影子这一判断又可以不断地对身后那门把手的固体性以及可握性提供有力证明。戈洛所经过之物是柔软（如窗帘）还是坚硬（如墙和门把手）并不会对该问题造成什么区别，因为正如洛克所观察到的那样，"固体性所需要的只是'充实'（repletion）"，并因此与软硬程度无太大关联：一个固体之物既可以是硬的，也可以是软的；关于软硬程度，洛克写道，那只是一个用来描述物体与"我们身体结构"的关系的判断句而已。

　　因为我还将继续花些时间来关注某轻薄之物擦过墙面时发生的细微变化，此处有必要先暂停一下，对本问题的总体结构做一个大致的梳理。第一，固体性——如果我们可以相信洛克的观点，并参考我们现实中的经历——是有感知能力的动物最重要的体验；固体性依靠触觉触及物质表面，并产生深层的触觉经验。第二，固体性在想象中很难进行再现，因为依赖于触觉，而触觉的运行离想象最远。托马斯·霍布斯曾说，想象之物只能在视觉上有所呈现；当然，视觉和听觉都是想象这一摹仿活动的主要感知途径，这是几乎所有理论家都没有异议的。第三，在想象王国中要获得触摸感或者触觉上的固体性，其困难程度和重要性是旗鼓相当的。不给想象中的人物预备好一个存在空间，当然也就无法将这个人物创造出来。在提到感觉时，洛克说："空间本身好像只能是为广延之物或者物体存在提供的容量或者可能性"；空间只是"一个物体可能存在的条件"。[7] 在《追忆似水年华》靠后的一些章节中，当马塞尔遭阿尔贝蒂娜抛弃时，他曾承认，只有清晰地描述出那些场景，才能使他准确地想象出她的样子并在想象中忍受折磨："我不断对自己重复着这些词，小屋、走廊、画室，凭兴趣回想着那些振奋人心的事物……不，我根本不曾将它想象出来过，除了那昏暗的卧室。当阿尔贝蒂娜曾待过的地方在地理上被辨认出来时，我首先感觉到的是一阵痛苦的折磨。"[8] 这也解释了为什么那些最为生动的作家往往正是那些对场景描写有着特别偏爱的作家：哈代对威塞克斯，普鲁斯特对贡布雷，谢莫斯·希尼对那片沼泽地，等等。第四点也是最后一点，比为想象中的人物提供一个存在空间更为重要的是，这么做可以为读者设立一个故事发生的竖立的面，通过向我们作出保证，确保我们不会向内陷下去，使我们可以更加充分和从容地进入投影的空间，从而解除那施加于想象生动性之上的种种限制。

一个薄膜似的面擦过另一个（密度相对大些的）面虽然称不上是使墙体获得固体感的唯一途径，但无疑却是其中颇为重要的一个。在 **15** 那些人们公认的以描写的生动性著称的作家处，这一方法总是一次又一次地出现，特别是在虚构的世界建立之初，尚在形成之中的一切有显得尤为脆弱的风险之时。例如，普鲁斯特就是用这种方法让我们构建出了位于巴尔贝克的房间：他在墙前方 2 英尺远的地方布置一层透明的玻璃，使波涛涌动的海面反射出光影在光洁的表面上移动。普鲁斯特在该篇的开头赞美了这个房间与贡布雷的相比在感官上的不同。然而在接下来的这段叙述中，我们可以发现，用于指导我们在脑海中构建画面的指令却如出一辙：

> 在我无眠之夜最常回忆的那些卧室当中，跟贡布雷的卧室差别最大的要数巴尔贝克海滨大旅社那间了。这间屋的墙涂了瓷漆，就跟碧波粼粼的游泳池光滑的内壁一样，容有纯净、天蓝色、带盐味的空气，而贡布雷那几间卧室则洋溢着带有微尘、花粉、食品和虔诚味道的气氛。负责装饰旅社的那位巴伐利亚家具商让各间房间的装饰都有所不同，我住的那间沿着三面墙都有玻璃门矮书柜，按照它们所处的位置不同，产生出设计者未曾料及的效果，反映出大海变幻无常的景色的一角，这就像是在墙上糊上一层海青色的壁纸，只不过被书柜桃心木的门框分割成一片一片罢了。[9]

与在贡布雷时一样，巴尔贝克也有一层薄薄的东西在其后面的墙上滑过，并由此使人相信这面墙是固体的。在贡布雷，普鲁斯特让我们陷入对习惯和陌生感的深思（而不是关于固体性、透明性、完全和不完全的运动遮蔽的思考）；在巴尔贝克，普鲁斯特让我们思考那光滑的 **16** 变幻的光影中的非真实的海与窗外那不可见的真实之海的区别。就在这耗时的思考过程中，他要求我们时刻关注所见到的脑海中那玻璃上的光影及其身后的墙，以便我们可以参与一堵固体的墙的构建："这就像是在墙上糊上一层海青色的壁纸，只不过被书柜桃心木的门框分割成一片一片罢了。"

对贡布雷以及巴尔贝克的描写使我们找到了三种可能的答案，来解释语言艺术如何充分调动我们思维的想象力，使生动性远远超过白日梦，逼近于真实感觉。这三种解释中的每一种都将我们的目光从此处的固体性问题引向更加普遍的叙事文的特征上。第一，这些文字为即将创造的感觉指明了物质前因。第二，尽管这种感觉摹仿需要尽力使想象克服亚里士多德所说的虚弱无力的缺点，在想象过程中如果能对这种虚弱性加以充分应用，也不失为一种绝妙的实现目的的方法。第三，根据想象活动特殊的重力律，两个或更多本身没有重量的图像可以使对方产生重量感；就像在想象的几何学中，两个或更多本身为二维平面的图像，虽然独立地看都是二维的，但却可以使彼此产生三维的效果。第四，为前三条规律的使用制定了法则，即这些构图方法，虽然可在行文中大量使用，但当书中人物自身需要想象一个不在眼前的人或地点时，作者从不让他们注意到这些方法的运用。也就是说，当诗人和小说家让我们对想象活动进行想象时，他们从来不允许这些自己大量使用的方法被曝光。

对此四条，我将一一加以详述。但我并不希望制造出一种假象，好像我们所发现的方法只有普鲁斯特一个人在用。下面有另一些很好的例子，同样可以说明通过透明的薄片进行动态遮蔽的综合现象。宫崎骏（Hayao Miyazaki）的《卡里奥斯特罗之城》[10]是一部色彩绚丽的日本卡通片，它与语言叙事不同，本身就是实在的感觉上的存在。①

---

① 卡通和绘画都具有真实的感觉内容，但由于我们对于两者的感觉体验都缺乏触感，我们只能从视觉体验中对后者进行推断。这样一来，我们也许就不会对下面的情景感到奇怪，卡通和绘画中有那么多透明之物的形象从墙上滑过，尤其是在那些扁平、真实感差的事物表面上。这一规律，举例来说，还体现在亨利·马蒂斯在尼斯阶段的作品上：*My Room at the Beau-Rivage* (1917-18), *Interior with a Violin Case* (1918)，*The Closed Window* (1918-19), *Women with a Red Umbrella, Seated in a Profile* (1919)，*Interior with Phonograph* (1924)，*Interior, Etretat,14 July* (1920)，*Interior: Flowers and Parrots* (1924)。这一规律在电影上的体现不仅仅在于其内容之中，还在于它们的表现形式：一部电影最核心的特征之一就是它能将一个非物质性的、移动着的图像投射到一堵墙上。

但由于卡通作为一种体裁，本身就是以非真实性著称并以此自我标榜的，其效果的产生在很大程度上需要依赖于大脑想象能力的发挥；由于它从一开始就承诺绝不使用逼真质地之策略，而依靠一系列严格的操作程序和步骤以便显得可信；它希望被别人误以为真，但却拒绝采取可以较为容易地达到该目的的一般方法。可以说，一部卡通片就是一项大胆的尝试：信不信由你，不过我可以坦白地告诉你它不是真的！该片 12 分钟长的开场几乎完全是壮观的连珠炮式的特写展现，8个、18 个或者 38 个以透明物滑过明确为固体的场景接连出现：云彩从天空一擦而过——停拍；云影紧跟着从地面擦过——停拍；雨滴滴落在汽车的挡风玻璃上——停拍，等等。好像已经十分满意于自我宣称的固体性的二维之面，该片突然停止了这一进程，吝啬地将它留给了长长的高潮，在那一部分中，我们的主人公穿过地下河的水面和激流滑行而来（"墙涂了瓷漆"，如果按照普鲁斯特的说法，"就跟碧波粼粼的游泳池光滑的内壁一样，容有纯净、天蓝色、带盐味的空气"）。 **18**

对我们来说更加熟悉的是谢莫斯·希尼通宵所读之书的作者，他当然也更适合于解释在完全没有任何真实感觉辅助的情况下进行感知摹仿这个谜（即，这种摹仿是如何在文字叙述或诗歌中发生的）。托马斯·哈代在一个崭新的世界将要创造出来的那一刻，借助了以一透明物滑过另一固体的视觉滑行。即便是在一首抒情诗所含的极为有限的内容中，我们也可以发现这一点，那首创作于 19 世纪 70 年代的《学生的情歌》的开头几行就是一个很好的例子。在这里哈代描写了日落时分，他的稿纸、床，以及一株苹果树的动态的阴影分别从书橱上擦过的情景：

> 又一次，太阳之锅
> 在书橱上抹出一道酒红色，
> 这里是我的稿纸，那里有我的床榻，
> 还有匆匆穿过的苹果树影，
> 它们不可触摸的踪迹不久就都将逝去。[11]

在一个固定物体上闪光，这一情景还出现在哈代写于 1912 年的挽歌给人记忆最深刻的诗行中。诗歌描述的是，他的妻身处隔壁房间中已经奄奄一息，他却对此毫无察觉，"正观看着墙上逐渐明亮的晨曦"[12]。

塔尔博赛斯牛奶厂（Talbothays Dairy）的挤奶棚之墙之于哈代，就如同贡布雷和巴尔贝克之于普鲁斯特，构成了《德伯家的苔丝》的中心场所。苔丝——从布莱克摩尔谷出发，步行穿过"爱敦的高地和低洼"——到达佛卢姆河谷的牛奶厂的那一刻，我们突然看到了一组景物，它们个个都可以作为吉布森的揭示物质世界结构的"光学序列"的众多样品中的典型。我们被要求想象苔丝路过"鲜绿色的青苔"和"被无数的奶牛的肚子蹭得又光又亮的木头柱子"，以及它们纯白色的肚子"投射过来的阳光让人头晕目眩，它们犄角上光亮的铜箍闪着耀眼的光芒"。然后，作者引导我们"去看"贴着挤奶棚墙边站立的那群奶牛：

> 此时，落到草棚后面的夕阳把这群耐性很好的牛群的影子，准确无误地映射到草棚的墙上。每天傍晚，这些模糊的、简单的身形的影子都会被夕阳投射出去，认真勾勒好每一个轮廓，如同是宫廷墙壁上那些宫廷美人的侧影，它如同许久前在大理石壁上描绘奥林匹斯的天神，或是把亚历山大·恺撒和埃及法老的轮廓描画出来那样，用心描绘它们。[13]

在这里，我们被要求想象一幅投射在墙上的动物图影，并且，更为重要的是，我们需要将这幅图景保持足够长的时间，以便对准确的轮廓进行沉思，并对其他墙上的其他影像与这幅图像之间的相似性进行思考。普鲁斯特在贡布雷对"习惯"所作的思考（我们当然公开地关注这一点）使他能够引导我们构建出贡布雷的固体性（对此我们公开地关注），他在巴尔贝克对真实存在的海与反射之像中的海所进行的公开思考，隐蔽地带领我们建构巴尔贝克的固体性；同样的道理，哈代也把我们引入了对欧洲大陆、希腊、罗马和埃及各文明的沉思中，这些都出现在牛奶厂中，当他这么做时，那奶棚之墙自身也就有了充裕的时间向我们展现出固体性。不论你是同意还是反对他此处所作的与埃及或希腊的类比，这些都不重要，而真正重要的是使我们能够以这样的思维活动去构图。这些影子在证明墙和奶牛的固体性上有一箭双雕的效果，因为这些奶牛之所以可以在墙上投射出影子，正是因为光无法穿透它们那肥硕的身躯。在这个世界中，地面上映出的影子向我们保证了地面可以承载得住那些分量沉重的生物——哈代告诉我们，在仲夏的滚滚热浪中，"树荫随着日头不停地变换方向，而乖乖站在树荫下乘凉的奶牛们，哪怕树荫再小，都会随着一起移动"[14]。那片地同样也承载着我们的重量，时刻预防着我们向内陷下去。

20

　　对于这些在塔尔博赛斯牛奶厂的奶棚之墙处发挥作用的原理，哈代在文中还制造出各种各样绝妙的变体，但现在让我们回到这些原理本身，并首先明确一下感觉的物质前因。我必须承认，如果说要想制造出闪电的生动形象，就一定先得对其湿润性作出证明，这的确有些像奇谈怪论。这就好像是在说，感知摹仿需要一个启动器，或者说，为了引出对感觉结果的摹仿，我们必须首先直接参与对其物质创造过程的摹仿。但事实上，也可能存在对此论断的合理的逻辑清晰的解释。事实可能就像吉布森的论著无处不在地暗示的那样，感知敏锐性的存在正是为了确保我们可以推断出物质实体的结构（由此我们轻松地通过这种结构感知物质）。因此，没有先前的结构，对感知灵敏性的摹仿根本不可能；或者可以这么说，通过这种先前的结构，感官才能认知世界。

　　在此基础上，我们可以添加第二种解释：物质前因的展现为想象提供了一连串如何构建图像的方法步骤。毫无疑问，表面看来那些以生动的感觉描写著称的作家只在页面上塑造事物，但从实际意义上来说，他们这么做是为我们展现一条看似不直接相关的路径，使我们能够在脑海中将这些形象勾画出来。在《逆天》的开头，有一段对德泽森特在巴黎郊区玫瑰泉小镇的新居所的描写。乔里－卡尔·于斯曼并没有对房子进行直接描写，而是对德泽森特具体如何搭建该房屋的考虑过程作了记录并呈现给我们。他关注的重点是在未来的常栖之处——书房——的四面墙上。当德泽森特完成了对漆的颜色的细致考虑之后——他选择橙色做墙面，深靛蓝色做饰条——他还细致地对表面反射的光作了研究，选择用"轧光的"粒面摩洛哥皮革来表现橙色，用"漆"类物质来表现湛蓝。于斯曼这么写的目的在于使我们在

21

普鲁斯特的作品中读到的不可触及之光变得触手可及。不过，要想使地面产生同样的效果则要困难许多。为此，德泽森特安排了一只巨龟在地面不断地前后移动，但他很快发现，龟壳那笨重的深赭石色调并不能达到发出移动之光的效果，于是他又在龟壳上"镶嵌了"闪闪发光的珠宝，而且为了说清楚珠宝要嵌成什么样的图案，他还花了许多工夫向工匠作描述，同时也是在对我们作描述。[15]

同样值得注意的是，那些在"诗亦犹画"的传统中被选作形象生活典型范例的文学作品恰恰也正是那些对一步步的构图过程作出详述的篇章：《伊利亚特》第十八卷中的阿基琉斯之盾被作为首选样本，其他有名的例子还包括阿克那里翁的抒情诗，就像哈格斯达勒姆（Jean Hagstrum）所说的那样，"它只包括了一些诗人对赫菲斯托斯或几位人类工匠所作的叙述，要求他们按照其在诗中所描述的制造出工艺品（一只碗，一个杯子）"[16]。

这些解释不乏值得借鉴之处，但事情其实也很简单，那就是，这些伟大的描写感觉的作家们对物质前因进行了再现。甚至只须稍微注意一下，遵循这些方法可以给萨特所描述的思维试验的结果带来什么样的改变，你就可以对我的论断作出验证。例如，萨特曾抱怨说白日梦中的人物图像极难被移动。相信我们中的大多数都会发现——如果我们重复萨特的实验的话——萨特的结论基本上没错。但如果现在我们将一块冰置于我们想要移动的人物图像下方，我们会发现，这样一来再移动这个形象就变得容易多了。即便是坐在椅子上，他也可以轻松地动起来。

用一透明之物滑过下面物体的表面虽然只是众多展现固体性的方法之一，但无疑是十分重要的一种，普鲁斯特、哈代、于斯曼以及宫崎骏都在其虚构的世界尚处于脆弱的境地时巧妙地借助了它的力量。那么，是什么使这一方法变得如此有效呢？通过认真观察贡布雷—巴尔贝克—塔尔博赛斯牛奶厂—玫瑰泉的一些章节中另一个特征：滑动之物体的轻薄性，我们就可以得出答案。运动之遮蔽已经明示（吉布森的画从墙面上滑落之例以及我的手从脸上抚过之例），这移动之物本身可以是固体的；一幅移动之画（本身是固体）可证明墙体上"被遮蔽的表面的持续性存在"[17]；那移动之手（本身是固体）可证明我的脸是"那被遮蔽的表面的持续性存在"。如果在贡布雷孩提时代的房间里，马塞尔的祖母突然停下阅读，起身在房间里走动，使得门把手消失然后重现，使窗帘被遮蔽后出现，形象会像通过戈洛展现的那样成功吗？答案似乎是否定的。为什么轻薄的戈洛能够创造出生动的摹仿效果而固体的祖母却不能呢？这个问题把我们引向了生动图像之塑造的四法中的第二种。

如果我们在脑海中绘制两个物体——先画一片轻薄的纱，然后另起炉灶，再画一个椅子或墙之类的物体——我们会发现那想象中的纱要比墙更接近其在真实感觉世界中的对应物。换言之，任何想象之物，不论是纱、墙、椅子，还是朋友的脸，在外观上都具有萨特所说的单薄且透明的特点。碰巧的是，在感觉世界中，纱本身（与脸、墙、椅子不同）也正是透明而缺乏密度的。因此，就某些特征来看，一些实际存在物要比另一些更接近于它在我们头脑中的形象。提到那实际存在的烟尘、纱、薄窗帘、雾霭以及朦胧的雨帘时，我们常常会说它们像出现在梦中的一样。吉布森曾明确指出，光在一般情况下通过四种主要途径将物质世界的结构展示出来——倾斜、反射、内在颜色、照亮——这几种方式在雾霭中几乎都不存在或"难以分辨"[18]；我们可以这么说，雾中的物理世界与想象世界颇为类似。 **23**

现在，如果在想象的练习中我们不是按方才的顺序构想薄纱，然后再构想一面墙，而是用第一个在第二个上擦过，就会发现，与刚才的相比，现在想象出的墙要显得密实许多。正像我们已经多次提到过的那样，在这里物质世界中直观再现触摸的方式也被体现了出来。但与其他直观再现固体性的例子不同——如一个固体从另一个上擦过（就像我的手从脸上抚过那样），该练习过程还具备另外一个特征，那就是它利用了想象活动自身的特性。它巧妙利用了，而不是极力避免了，想象活动通常的虚弱性。贡布雷—巴尔贝克—塔尔博赛斯牛奶厂—玫瑰泉章节中所写的透明之物（戈洛及其所驭之马的轻薄的身体，变幻莫测的海景，奶牛投下的一排影子，德泽森特书房地面上闪耀的光泽），正像薄纱质的窗帘、烟以及雾霭一样，本身即使是出现在真实世界中，也往往会被认为与想象出的一样；当然，在这四段文章中，普鲁斯特、于斯曼和哈代把它们当作了艺术的先锋（因此哈代还乞灵于古埃及和古希腊的浮雕艺术）。不过，它们更基本的作用并不在于引入艺术而在于复制感觉现象，而这种复制通过充分吸收利用想象的特长（干燥、单薄以及二维性）完成。

这种方法构成了整个鬼故事体裁的基础。你可曾想过，为什么当灯光熄灭，故事开讲后，那最吸引人、最有说服力、最可信的故事往往总是那些鬼故事？在现实世界中，我们大多数人都不曾遇到过鬼，因此这些书本应成为最难以使我们相信的故事。我们之所以愿意相信它，是因为这类故事指导听众所制造出的图像本身就具有一些想象的特性：它指导听众在脑海中刻画出的总是一些单薄、干燥、轻薄、二维，且没有固体性的东西。于是想象者便相信：我们在很短的时间内就可以识别出，或许是带着惊讶，所构想出的就是那故事描述中的事物，即使没有那么生动，至少也可以是准确无误的。要想象出一个鬼的形象并不困难，而真正困难的是想象出一个，不管是什么，看起来并不像鬼的东西。

对于目前为止我已经描述过的两种思维活动，在某一特定的时刻，语言艺术通常只要求我们进行其中的一种，而不是将两者同时进行。两个固体相擦（如马塞尔的祖母从窗帘前经过），再现了持续存在的物质前因，却并没有用到想象在制造二维、灰暗事物方面的特长。相反，鬼影的再现利用了想象在制造灰暗事物方面的特长，但鬼在物质世界中却找不到什么对应之物，不论就表层的质地还是就深层的结构而言。但例外的是，哈代那阳光下的书架上的纸影和苹果树影却同时完成了祖母和鬼的形象所做的两项工作。这同样的现象还多次出现在贡布雷—巴尔贝克—塔尔博赛斯牛奶厂—玫瑰泉的一系列文字描述中。还有一例也属于这个固体墙面之屋的四边形，那就是简·爱十岁时所居住的盖茨黑德的红房间：

> 我甩开挡在眼前的头发，抬起头，尽量壮起胆子，朝这间黑咕隆咚的屋子四周张望。就在这时，一道亮光射到了墙上，我暗自思忖，这会不会是从窗帘缝里透进的月光？不对，月光是不会动的，而这道亮光却在移动。就在我盯着它看时，它一下子溜到了天花板上，在我的头顶晃动。要是换了现在，我能马上猜到，

这亮光多半是穿过草地的人手中的提灯发出来的，可当时，我满脑子想的全是吓人的事，神经已经极度紧张，竟以为这道迅速跳动的亮光，是从阴间来的鬼魂要出现的先兆。[19]

明亮却又鬼一般的薄纱擦过固体的墙面，在此处又一次出现了，而且 **25**
又是在虚构的世界十分脆弱的时候：即故事刚刚开始之时。同样的两种方法，在我们构建福楼拜笔下的查尔斯·包法利第一次邂逅艾玛的空间里也有出现，那是一片薄纱状的光、灰、尘的合成物，"闪着光"、"抖动着"、从巨大的石墙和贝尔托农庄餐厅的地板上"飘过"。[20]

这些章节的第三个重要特征在其他许多小说章节中也可以找到。那就是，对于书中那些我们无法亲身触及或检验的东西，书中之人常会将它们在感官上的特点向我们作一汇报。《夜莺颂》中的人物告诉我们那只鸟于何时出现在面前，又于何时消失，尽管这只鸟对我们来说从未出现过。普鲁斯特笔下也有相同的情况。对于我们来说，书中所有虚构之物都是同样的虚无缥缈：如果单独来看的话，那卧室之墙并不比那精灵古怪的戈洛显得更有固体性，更有能力承载我们的重量或者阻碍我们的运动；同样，那些想象中的蔚蓝色墙壁和桃花心木料也并不比玻璃上的海影之光显得更加真实。但是对于马塞尔来说，在小说中，墙当然要真实得多，而且他自己对于这一情况的汇报也十分有价值。

我们同马塞尔的关系与一个地球上的控制站同宇宙飞船中的宇航员的关系有几分类似：在地面上我们可以体验到一些与飞船中相似的感觉（从屏幕上看到视觉影像，以及听到宇航员的声音），但还有一些我们却不得不依赖于宇航员的汇报。例如我们可以请他们进行重力实验，然后看他们托起某种物体，并凭借从屏幕上看到的托举这一动作的困难程度，依据视觉推测出它们的重力大小。或者，我们可以请他们触摸其中两个表面，看一看他们的手是穿过了这个物体还是被它所阻碍。我们待在地面控制站里就像我们在阅读时一样，本身无法运用触觉。但洛克说过，触觉，对于不可穿透性的直接感知，对于获取 **26**
固体感十分重要："如果有人问我，这里的固体性指何物，我将把他交给感官，让它去告诉他。让他把一块火石或一个足球夹于两掌之间，然后试着把两掌向一处合，这时他就会知道了。"[21] 一些哲学家将洛克的话解释为"除了来自触觉的信息，我们并不能赋予'固体性'一词以其他含义"[22]；尽管我们已经发现，单凭视觉，我们可以作一些片面的判断。马塞尔反馈给我们的信息正是关于触觉的。无须惊讶，普鲁斯特让马塞尔思考的是手中所握的门的把手的触觉：恰巧门把手对于我们来说就是再熟悉和友好不过的，以至于好像门把手自己就能转似的；但重要的是，马塞尔此处被安排用手去握它，却没有伸手，例如说，去握戈洛的手。戈洛进入的是马塞尔的视觉世界，乃至听觉世界（由于祖母读故事的声音是够响的，以至于戈洛都在某一刻对这声响产生了好奇，不由得转向外祖母，好像要听听故事中的下一章回）。但是，戈洛并未真正进入触觉的王国之中。同样，那红房子中的幽灵之光也没有进入简·爱的触觉世界；它所作的只是促使简去抓，然后去摇那门及门上之锁；一旦当她走出了这些固体的墙，她通过感觉来确认的行动又继续了下去，她告诉我们："这时我已经抓住贝茜的手，她也没把手抽回去。"[23]

　　这同样也是造成塔尔博赛斯牛奶厂中发生的那件悲喜参半的小事的原因，当其他的挤奶女工——玛丽安、伊茨和莱蒂·普里德尔都在卧室的窗边站着，"在落日橘黄的余晖中""换衣服"，互相猜忌，并承认她们都对安琪尔·卡莱尔怀有爱慕，而卡莱尔此时（我们可以从她们轻声的尖叫中推断出）在窗下的地面上出现又转眼消失了，而她们下午在奶厂工作时也刚刚见过他。对于苔丝（她躺在床上听着她们的闲聊）以及我们来说，这些女工所扮演的便是宇航汇报员的角色：

27　　　　"伊茨，你不必说什么了，"莱蒂接腔道，"我可看见你吻他的影子了。"
　　　　……

　　　　"嗯——他站在盛乳水的桶旁倒乳水，他脸庞的影子就映在了身后的墙壁上，正好伊茨就站在不远的地方往桶里装水，便把嘴凑到墙上，吻了他嘴唇的影子；他没看见，我可看得一清二楚。"[24]

亲吻墙上的影子在哈代的诗作《雪白的墙》（"The Whitewashed Wall"）中也多次出现。在那里，也有一个承担汇报的动作，向我们说明着那影子的非固体性以及墙体的固体性。在巴尔贝克也是这样。如果马塞尔就是宇航员代表的话，他一定会努力去触碰一下那变幻的海景以及那面墙，以便向我们展示出它们的不同之处。但此时，他想起了弗朗索瓦丝对他发出的关于墙面的固体性的警告："在这样的日子里，风刮得那么大，弗朗索瓦丝领我上香榭丽舍时总嘱咐我别贴了墙根走，免得让刮落下来的瓦块砸着。"[25]

　　现在这已成为一个不争的事实，那就是为我们表演这些实验的男孩马塞尔也并不比他汇报中的戈洛、海光，以及墙具有任何更多的物质性。马塞尔、苔丝、简也好，《夜莺颂》中的那个人也罢，这些人物都有一个共同的特点：通过对他们长期的了解后我们可以发现，那就是他们都有一定的真实性，这种真实性使我们不容易看出这样的结果是多么令人惊诧。因此，我们有必要用新的形象对这些现象进行重述。那么，请在脑海中想象一个人、一本书和一片叶子。每个都是无重量的形象，每一个都轻如鸿毛。然后，让这个人把树叶放在指尖上。接着将叶片移开，在他伸出的那只手上放上那本书。再将叶片和书分别放在两只手上，并让他将两只手轮流在一英尺上下的范围内举起再落下，目光也在两物之间来回移动。对于重量的摹仿就这样迅速地实现了，尽管在这次摹仿之中，一片叶子、那个人，从一定程度上证明着另一片叶子、一本书和他本人的重量。在语言艺术中，这种重力实验随处可见，于斯曼在《逆天》中向我们所作的对德泽森特发抖的双手的这段描写就是一例："手持重物时会不断颤抖，即使拿着轻如小水杯的物品，手也会轻微颤抖，往一边倾斜着。"[26] 我们通常总是认为，小说中的人物有各种不同的叙述能力，从可靠的，到不可靠的，甚至是彻头彻尾的撒谎。但是这种差别只在心理学中存在。这些虚构的人物从来就没有谎报过其所居之虚构世界在触觉上的质感。

　　这样，当我们在脑海中对那些贡布雷—巴尔贝克—塔尔博赛斯牛奶厂—玫瑰泉—盖茨黑德——贝尔托农庄章节中的房间进行想象时，我们会发现：第一，对于感知的物质前因进行摹仿；第二，有目的地利用想象自身所惯有的、易于塑造单薄之形象的特点；第三，用一个

28

无重量的形象擦过另一个本身也无重量的形象，使后者产生固体感，这一过程既可以通过书中人的言语告诉我们，也可由实在地构造出一物质在另一物上的触觉上的摩擦完成；第四，对于前三项起着调节控制作用：那就是这些程序被大量地精心安排在那些完美的感觉作品（即那些制造出准确感觉摹仿的作品）中，但它们从未在书中人物想象另外一人或一地时自觉使用这些原理。在简·爱初学绘画时，她所画的也正是墙，但夏洛特·勃朗特却不允许她用一束漂移不定的光擦过墙面的方法来表达墙的固体性："在同一天里还画了我的第一张茅屋图（顺便说一下，那茅屋的墙壁倾斜得超过了比萨斜塔）。"[27]当卡莱尔先生抛弃苔丝前往巴西开发农场时，哈代让苔丝想象出了一个用缎带装饰的指环，并将它先放在心脏旁，然后放在手指上，以使后者在感觉上出现，"强化那种自己真的是那个捉摸不透的情人的妻子的感觉"。[28]作者指引我们用脑海中那个指环的形象去摩擦苔丝的胸脯及手的形象，这轻微的摩擦使我们脑海中的女子以及指环的形象都变得真实起来。读者想象出的苔丝之形象要远比苔丝想象出的安琪尔的形象生动得多，因为哈代并不允许苔丝使用那些他教给读者的、用于实现想象生动性的方法和步骤（于是她便深深陷入了无法保持安琪尔的形象的无助境地）。

29

    当然，哈代本可以让她，比如说，先想象出安琪尔的脸庞，然后再想象出一朵花，并使花从安琪尔的脸上擦过。哈代也可以让她想象安琪尔·卡莱尔出现在巴西的一间房子里，树和兰花的影子映在其衬衣及其背后的墙上。但哈代并未这样做，而只是允许她去依靠那个虽可感知，但却帮助甚微的指环进行想象。

    同样的情况在普鲁斯特笔下也有体现。被阿尔贝蒂娜所弃的马塞尔也并未被允许使用那些作家在其他地方大量使用的步骤来给想象中的她增添一些真实性。另一人物对阿尔贝蒂娜常住之所的偶然描述曾使马塞尔的想象突然生动起来（引文见前文），但这不是出自马塞尔有意识的对想象的运用；他仅仅凭默念那房子的名字来实现那房间的生动性，不是将它在物质上真实地重构出来。同样，我在前文中所称的宇航员的方法要么索性不出现，要么是由另一真实之人（只在书中虚构的范围内真实）呈现对不在场之人的所见（做感觉上的汇报），

而不是通过想象的手段来完成。^①对于我们来说，马塞尔可以充当一名 **30**
宇航员的角色，但他自己却往往不能在脑海中自由塑造出一位可以向
他汇报的宇航员，再通过宇航员向他汇报他希望看到的、却不在眼前
的世界的触觉特征。因此，宇航汇报员从未以明确的想象策略的角色
出现过。

　　作者有意识地不让人物知道自己被创造的状况，似乎意味着，一
旦语言艺术好像要我们对想象过程进行想象，或者是去绘制一幅思维
绘制图画的流程图，我们所见到的只能是白日梦的虚弱无力，而不可
能是我们当时正在进行的生动想象的工作机制。这一点在哈代的著作
中表现得尤为明显，因为他通篇都在讨论的哲学问题就是，人物对其
他人物进行想象时无法充分再现其重量和固体性。

　　通过分析固体性这一具体的例子，我考查了语言艺术获得感知生
动性的一种途径：构造出一个竖直的平面，使它承载我们的重量，防
止我们向内陷入叙述中那危险的投射空间里去。要取得物质世界般的
生动效果，语言艺术还需要对物质世界的"持续性"以及最为重要的
"被给予性"，进行摹仿。完成"被给予性"摹仿所需要的，毋庸置疑
正是语言艺术的"指令性"特征。

---

①　一个例外的情形出现在马塞尔对同性恋充满妒忌的幻想中。在那里，完全虚构的
　　阿尔贝蒂娜之图像由另一完全虚构的人像来进行感觉上的检验。而妒忌之所以能
　　使爱人之像生动起来，正是因为它需要将一个虚构之像（阿尔贝蒂娜）从另一个
　　虚构之像（同性恋人）上擦过。妒忌心态之所以常常被真实的或虚构的白日梦者
　　主动取用，也许就是因为它能够使不在场的人物呈现出固体的性质。由于妒忌使
　　所爱之人在我们脑海中的形象得到强化，人们往往会（我认为是错误地）总结
　　说，只有当我们将某个人输给对手的时候，才开始感觉到这个人的真实感。
　　　　不过，一旦妒忌出现在想象的框架之内，它往往会附带引发一场生动化运
　　动，而且如果我们只要认得出它的话，其效果与通过简单的大脑形象间的触觉接
　　触来实现的一样好（比如在我们想象中的朋友坐在椅子上，并在椅子后面建立一
　　堵虚构之墙，然后让一个虚构之影从这墙上摩擦而过）。

3. 指令的地位

　　通过对被给予性的摹仿，一首叙事诗或一篇叙事散文中的指令的特性促成了从白日梦到生动的形象塑造之间的根本性转变和飞跃。感觉的活跃——比如色彩的涌现、光线的流闪，还有声音的或断或续——比起全无指引的白日梦，我们在由书而梦时更容易复制它们出来。与作者指导下进行的、受到约束时的想象相比，我们的自由想象并不太像自由感觉。

　　人们在认识上很容易犯这样一个严重的错误，即将指令的这一特征当作有意为之的结果，认为要么是诗人有意进行支配，要么是读者情愿接受支配，诚然，这两者中的任何一种都可能在想象过程中占有二等或三等的重要性，并可能使按照契约进入这一指导性绘图过程的需求变得更加紧迫。但事实却恰恰相反，指令的发生抑制住了我们对于自己这一意愿的自知，而这种自知往往会对感觉摹仿造成一定的干扰。艺术家们自己提供了有力的证据，证明成功的形象塑造需要抑制 意愿的自觉，多少世纪以来，他们总是声称，在灵感的命令、指令或者说指引下写作往往很容易："虽然已经塑造出了这些事物"，夏洛特这样评价艾米莉·勃朗特对凯瑟琳和希刺克厉夫的创作，"她却完全不知晓自己在做些什么"；伊丽莎白·盖斯凯尔提到夏洛特·勃朗特时则说："有时连续几个星期甚至几个月就这么过去了，她却仍想不出要对她所写故事的其中一部分做些什么增补。正当此时，却在某天早晨梦醒之后，突然发现故事将要何去何从都已经清清楚楚、活灵活现地出现在她的眼前了。"[1]同样，这视觉上的轻松，威廉·布莱克也深有同感。他一再坚持声称，自己是一个负责对"外来源泉"作记录的"书记员"[2]。与此相对，作家也描写过在缺乏灵感时进行创作之艰辛（如叶芝的《亚当的咒语》），道出了我们在做白日梦时须付出的千辛万苦。

白日梦当属我们的有意而为。因为事实上，我们很难说清楚为何要满腔热血地把自己投入到这种鬼魂般不清晰的活动——包括既有的黯淡以及其他诸多缺点——如果不是出于自愿的话。在谈论想象之文的开篇，萨特对这一点作了强调（并且在通篇之中，他都把自由当作想象对我们的最大恩赐）：

> [想象活动]是一种注定要造就出人的思想对象的妖术，要造就出人所渴求的东西；正是以这样一种方式，人才可能得到这种东西。在这种活动中，总有某种随意和幼稚的东西，总是要缩短距离。或总有一些难以说明之处。正是因为如此，很小的孩子便在床上通过支使和请求而对世界有了意识活动。对象则服从于意识的这样一些支使：它们由此展现出来。[3]

对此，萨特在文中多次旧话重提。我们的意愿使图像生成，我们的意愿又可以令它们消失。"这样，我便可以在任意时刻消除这些非真实物体的存在，并没有谁强制性地向我展示它各方面的特征：当我知道并且愿意的时候，它才会存在。"它依我们之命而生，也按我们之愿而逝。它是从来不会毫无预兆地"来袭"。[4]但也就是在这一点上，萨特的抱怨被语言艺术证伪了，因为语言艺术无时无刻不给我们惊奇，准确地说，并不是我们有意识地停止了对图像的塑造，而是我们对自己在构图过程中的意愿失去了知觉。

萨特大多数对于想象之蔽的抱怨其实都是对其意愿性特征的重述或转述，从这个事实中，我们可以清楚推断出，抑制我们对想象的自觉意识的重要性。比如，他认为白日梦中之形象是"呆滞的"：因为它们不会生成其他形象。如果你在脑海中想象一幅画面，他抱怨说，它并不能牵引出其他更多的画面。[5] 但这仅仅说明每一幅画面的出现，或者画面的每一次变化，甚至是静态画面每秒钟的重复出现，都需要在人们相应的意愿下进行。在物理可感的世界中，情况则与此相反，各类图像的或持或变都顺应自然而行，毋庸我们置喙干预。如果你凝视放置本书的那个面——也许是你的手，也许是灯光下的桌面——你将会发现，此刻……七秒钟之后……那个面依然我行我素地存在着。但如果你不这么做，而是去想象某张置于远处房间里的灯光照耀下的桌案，也许，此刻……七秒钟之后，它已经开始要从你的视界里抽身隐退了，而要使它继续存在下去，你只能通过有意识的努力。

　　感觉的被给予性或被动接受性，不能说明我们对感觉完全束手无策。哲学家和感觉心理学家——尤以 J. J. 吉布森为甚——对于感觉是如何使我们将这个世界"置于股掌之上"作过不少细致的描述。比如，在图书馆的阅览室里，你可以把注意力时而放在台灯上，时而转向邻座对书籍的低声评论，时而转向外面庭院里飘来的噪音；你也可以起身离开那个房间，使方才的一切感觉马上消失。但是只要你回头顾看那张书桌，它就仍然在那里，[①] 随时在那里准备接受人的感觉，而这份"随时在那里准备接受人的感觉"的性质正是本问题的关键所在。

　　这种"被给予"的感觉（即感觉某物被我们接受，同时又随时在那里准备接受人的感觉），不仅适用于描述感觉世界之物，也适用于描述那些我们奉令想象出的物体，它们都可以说成是源自外在而产生的。正如阿克那里翁的诗歌给了赫菲斯托斯或别的某位匠人一组制造的指令，也如于斯曼小说中的德泽森特向工匠作阐明墙壁和地板的制作，语言艺术每时每刻都在对读者发出指令，就好像在明确指令下进行制造的赫菲斯托斯一样。例如，在哈代的一本小说中，大约每

---

① 与生动性一样，持续性和连续性也是使我们将自己十六个小时的清醒经历与八小时的梦中体验区分开来的主要特征。普鲁斯特说：是持续性使感觉世界表现出其优越性。他写道：即使在睡梦中，"智慧的碎片明亮地在其中漂浮……清醒状态高于睡眠状态在于，每天早上可以把梦继续下去，但每天晚上却无法把梦延续"。（《追忆似水年华》，3：118）如果前夜之梦还能在今晚得到继续的话，它在真实性上就可以与可感觉的真实性相提并论。也正是因此，一个反复出现的梦境——即便不带任何灾难性内容——也足以令人惊恐不已：仅是持续性本身（就算只是重复，而不是接着头一夜继续做梦）似乎就包含了对真实性的宣告。

二十五行的段落都包含了一组三十条至五十条不等的、用来指导图片构建的指令。语言艺术的指令性特点至少在一定程度上可以说是我们增强和扩展想象力的源泉，这一点还得到了另一事实的证明，那就是有明确的图像塑造的另两个领域——认知心理学实验和催眠术——也存在着同样被增强了的生动性；不过除了指令性，这三者并没有多少相似性可言。

　　萨特、亨利·柏格森以及吉尔伯特·赖尔都曾指出，在白日梦的状态下，要使图像动起来或活起来绝非易事，还指出白日梦中的图像不易被倒置，并且认为图像（如一张脸之像）总是倾向于保持生成时的姿势，不像在可感世界中那样可以被旋转一定的角度。[6] 不过，语言艺术却不断地促使我们移动形象，用一个形象擦过另一个形象的表面，把其从一个直立的图像贴卧于地面。当哈代描写卡尔·达齐与伙伴们深夜徒步在草丛中穿行时，他首先指引我们将那个离我们较远的女人形象移动起来，先使她穿过草地；接着将一小股糖浆从其脖颈移至背部再至腰部；然后突然地，他让我们将其直立的形象倒向地面；最后让她努力擦去那些糖浆，使她的形象在地面上前后来回移动。心理学实验也常常要求想象者旋转空中的几何图形，把它们朝近处或远处移动。[7] 另一个应用领域是催眠术，被催眠者远远不是没有能力移动图像，他们准确地把实存之人与他们的幻象清楚地区分开来，他们自己可以移动幻象中人的手臂，但对于真实之人的手臂却无能为力。[8]

　　动感是后续章节中讨论的中心话题。但在此，我想先作一个简明的介绍，以此作为在作家、认知实验以及催眠术的指令下进行生动绘图的一个范例。相对于第一种来说，那些指令性的语句在第二和第三种活动中更容易被识别出来，因为文学作品本身是一个被省略了祈使结构的指令串。在认知实验中，被试者按要求进行的构图活动通常在具有明显的指令特征的语句下进行——

　　　　透过这扇窗户向外看，你可以看到自由女神像；透过另一堵墙上的窗户，你会看到一架竖琴。

36   请把你注意力保持在想象出的唱片的线条的中间，并努力使
这个图像维持下去……直到我让你停止想象为止。

请准确地按照你所听到的描述想象这个场景……准确地按描
述想象那个场景。[9]

——人们在催眠术下被要求进行的绘图活动也与此类似：

现在请注意看，并告诉我你是否可以看到那张面罩或者透
过面罩看到强盗的脸的某些部分。现在请注意看，当你能看到
强盗脸戴面罩站在那里时请告诉我……现在请再注意看，当你
听到他威胁别人时，请告诉我。细听他的咒骂，当你听到他咒
骂连篇时请告诉我，这样我就知道你又回到了那里，见到其人
且听到其声。[10]

即使指令句是以希求的语气发出的（比如"我希望你能绘出这样一幅
图……请把你的思绪移回到两年以前，回到你祖父的房子里"），在指
导性方面，它也不比感觉模拟中那些更直白的祈使句（"请想象……
请细看……请听"）逊色多少。反过来，我们也可以说，在小说或诗
歌作品中，每一个描述性的语句之前都有一条被隐去了的祈使句存
在（而这种隐去则毫无疑问增强了我们对物体"被给予性"的感觉）。
《德伯家的苔丝》的开篇一段其实便可以这样去读：

五月下旬的一天傍晚 [画出这一景致]，一个中年男人正从
沙斯通向布莱克摩尔谷或称布拉克摩尔谷 [听这些名字] 周边地
区马洛特的家走去。[仔细看走路者的双腿] 他走起路来摇摇晃
37   晃的，一双腿颤颤巍巍地支撑着身子。他的步履有些歪斜，走起
路来有点左偏。[将你的视线向上拉，移到他的脸部] 他的脑袋
时不时会点上一下，就好像对什么意见表示同意一样，[现在拉
到他的颅骨处] 其实他脑袋里可没在想什么特别的事。[现在，
请注意看他的手臂：请告诉我们你都看到了些什么，以便我们

知道你的确是在直盯着他的手臂] 他的一只胳膊挎着一个空鸡蛋篮，帽子上的绒毛皱巴巴的，在他摘帽子时大拇指总会碰到帽檐的地方还打着一个已经被磨得破烂不堪的补丁。[现在请想象出另外一个人物] 这时一位上了年纪的牧师正骑着一匹 [注意看其颜色] 灰色母马向他迎面走来 [仔细看他的双腿]，[听将要出现的这个声音] 嘴里还哼着小曲。[听一个声音说道] "晚上好。"[看这个声音是谁发出的] 这个挎着篮子的人开口说道。[11]

我们对图片的绘制速度是十分惊人的，尤其当是其中的某个单句——例如第二句——实际上是一串错综复杂的小指令群时：

[仔细看行者的双腿] 他走起路来摇摇晃晃的，一双腿 [现在想想它们负重的样子] 颤颤巍巍地支撑着身子 [以及它们是如何负担起那重量的]。他的步履有些歪斜 [看他的步履向哪一边倾斜]，走起路来有点左偏 [将一个几何图形放置到已出现的这幅图的中心处]。

阅读的确需要大量的想象构建。

也许对此处所述活动的最好检验方法并不只是看它们是否确实出现在那些擅长感觉描写的作家的作品中，而是看，如果我们忠实地依令而行的话，素日白日梦中的境遇是否能有丝毫改观。因此，方便之时，你不妨做这样一个试验。先想象一张好友的脸庞；然后在另一场景中再次想象这位朋友的脸，但这一次，请让他坐在窗边的小桌旁，让苹果树影在其脸上和衬衫上来回拨弄。然后仔细看那树影的形态；一片树叶飘进了窗子；请让这位朋友用一只手托起这片树叶，用另一只手托起一本书；也许，你还可以在那已然负重的手上再添上另一本书。如果此时有一位真实出现在眼前的朋友用语言指导这一想象顺序和变化，效果更好。看看是否这样：如此想象出的朋友的脸与你之前所能想象出的相比要更加明晰、活泼、实在，更容易移动，更有动感？我自己当初做这个试验时，想象出的朋友甚至都开始哈哈大笑起来了。

在本书开头的这些章节中，我不停地在说，虽然我们习惯上将想象活动和语言艺术都当作是连续性的，但其实它们都是非连续的。语言艺术既非真也非幻。与白日梦相类似，语言艺术也具有非真实性：不论是白日梦还是诗歌，都是在把一个之前不曾在世界中存在之物带到这个世界上来。但是，语言艺术还具有非虚幻性的一面，它能弥补想象活动的一般性缺点——如它的虚弱性、二维性、短暂性以及对意愿的强烈依赖性，取而代之以可感世界中存在的生动性、固体性、持续性和被给予性。我已经阐释过，这些之所以是这样，是因为作家授予了我们如何复制感觉的深层结构的步骤，而且这些步骤自身具有指令性特征，能够摹仿出感觉的"被给予性"。在相信人们为了解析生动图像的生成之谜已经付出了千百年的努力和相信我们甚至根本还没有开始给出这个问题的答案之间，我徘徊良久。艾伦·格罗斯曼（Allen Grossman）说，这就是那个人们每天清晨醒来时都会疑惑，但在这一天的余光中又总是忘记解决的问题。[12] 关于这个问题，我们应该写些什么，约翰·阿什伯利这样说：

> 有些事
> 应该被写下，这些事情如何影响
> 你，在你写诗的那一刻：
> 一个空空如也的脑袋
> 与茂密的、卢梭般的树叶一样的交流欲望相冲突
> 如果只是为了别人，满足他们理解你和为了其他交流中心
> 而抛弃自你的欲望，那么理解在吐纳间
> 或将始于此，但也终于斯。[13]

4. 想象花朵

我在之前的某些章节中曾写到过生动性问题——写到过白日梦形 象鬼魂般的苍白无力，以及由书而梦的形象，与之相反，神秘地（或者说难以言表地）具有生动性。并且当时，我以约翰·阿什伯利的诗句结束讨论。

> 有些事
> 应该被写下，这些事情如何影响
> 你，在你写诗的那一刻：
> 一个空空如也的脑袋
> 与茂密的、卢梭般的树叶一样的交流欲望相冲突

阿什伯利不断地重提这一话题，而且当他要表达在诗的支配下心灵的神奇构图能力时，他反复使用的意象——正如上述诗行中出现的茂密的树叶——就是花："此时刻，问君诗画中何所置，"他写道，"花儿美无限，飞燕草尤佳。"[1]

在散文诗《不论事态如何，不论身在何方》中，阿什伯利提到了写作的发明，"跨时代孵化技术使我们的先民能够和别人交换遗传特 征"，并接着说道：

　　也许，他们是想让我们享受其所享之物，比如一个夏末的傍晚，并希望我们能找到其他一些人，感谢他们告诉我们哪里寻找这种财富并进行享受。像古人一样地歌唱，我们或许可以透过那些纱纸和痕迹，看到从他们到我们之间的基因传承。那些卷曲之物可以表示一只手，或者某种特定的颜色——比如郁金香的黄色——将在某刻突然闪过，并且在其消失之后，我们能够确定，它并非源自想象，亦非出自自我暗示，但也就在那一刻，它变得同任何已消逝的记忆一般毫无用处。无热无光，它带来的是一种确定感。仍旧在那个时候，在那遥远的夏夜，他们定有某个特定的词汇来称呼此物，或者已知晓某天我们会需要这样一个词，于是愿意向我们伸出援手。[2]

由于非凡的生动性，也由于同时具有的确信感，那黄色的郁金香的突然闪过，看起来似乎既非出于"想象"，也非源于"自我暗示"，而是来自感觉。阿什伯利转而描述黄颜色，描述飞燕草花朵的具体特性，或者转向描述大脑中的茂密的叶子般的交流渴望，读者读后都有同感。加塞特（José Ortega y Gasset）和本雅明（Walter Benjamin）都曾要人们注意马塞尔·普鲁斯特的"植物的生命"。而谢莫斯·希尼对紧紧缠绕于香豌豆、峨参和牧草上的诗意也做过反复的刻画。诗的创作，他写道，就是一场挖掘，"挖掘的发现就是植物"。[3]此处将诗人等同于花木的做法，在赖纳·马利亚·里尔克那里也许可以说达到了顶峰，他甚于普鲁斯特和希尼，似乎相信自己就是花儿一朵。[4]

42　　我们也许可以说，想象只包含一些对象，可以说只有通过这些对象，我们才能认知想象，也可以说想象在意向性状态中很独特，因为它并不能够轻易地分解为状态和对象的双层结构。举个例子，恐惧，可以通过地震、考试这样的事物来进行描述，但我们也可以通过意向性状态，即我们熟悉的那些肢体和心理上的感觉经历，将它辨认出来。其他一些状态也与此类似，比如快乐和惊异，都可以通过对象物和感觉经历将它们识别出来。[5]

　　与之相反，想象却全靠它的对象。几乎没有记录表明，在想象图像时存在感觉上的经验。[6]这并不是说，我们缺乏想象活动的记录；

当然我们有一些。但几乎在每一个实例中，这一活动都将想象的对象作为代表。如果拿珀加索斯作例子，讨论的中心就在于想象活动如何关注自然界存在之物——比如马和翅膀——并将它们重新组合。如果表象物是一个不在场的朋友的脸庞，比如让－保罗·萨特的安妮和皮埃尔，那么中心就会被放在这样的想象活动怎样出现在日常的感觉活动中（哲学家们，比如瓦诺克 [Mary Warnock]，就会这么认为）。而如果表象物是耶和华—— 一个禁止进行任何具体特征描述的对象，那么在没有想象对象的情况下，这种想象是几乎不可能的，因为要将"无物"本身当作一个物来进行想象是几乎不可能的。

当将要进行的想象的对象物是一朵花时，对于该活动隐含的描述又会是怎样的呢？或者这样来问可能更准确一些，即如果将要进行的想象活动是针对郁金香那黄色的光影或者飞燕草的独佳之处，那么我们会做什么样的记录呢？因为与珀加索斯和耶和华的图像不同，花朵总是可以随时分解为一系列具体的表面。回答出这个问题正是本章的要务所在。 **43**

一朵花十分适宜于当作想象的对象，出众的生动性几乎与感觉世界的相同。如果拿我们几分钟之前刚刚介绍过的四种表象之物为例——珀加索斯、耶和华、安妮和皮埃尔的脸以及花朵——前两者可以证明想象活动的非真性，后两者则可以方便地称为反虚构性的冲动。珀加索斯和耶和华的例子表明了想象为世界带来新事物的能力，虽然其创新程度不同：珀加索斯与柯勒律治的幻想，或者二等的想象，相一致，属于将自然界中零散存在的元素施以全新的组合方式的能力；耶和华与柯勒律治的原初的想象能力相一致，展现了创造出整体上史无前例的物体的能力。后两者则相反——其一是不在场的朋友的脸庞，其二是黄色的郁金香和蓝色的飞燕草——都表明了非虚构的特征，表现了想象进行感觉摹仿的志向。它并非是要远离这个世界而另外制造出全新的，也不是要为这个世界缀补上一些其原本没有的特点，想象真正想做的，是制造出一些在感觉上已然存在的事物（或者某些特定的属性，比如生动性和被给予性）。但是，白日梦中的脸庞证明了想象在作为摹仿的范本的感觉原型面前显得逊色，而一朵白日梦中的花则可以说明，就像我想要试图提出的那样，想象力的摹仿活动可以获得如此的成功，以至于人们有时几乎不能相信，被模拟的感觉活动其实并没有真的发生过："郁金香的黄色——将在某刻突然闪过，并且在其消逝之后，我们能够确定，它并非源自想象，亦非出自自我暗示。"

有两个问题尤为关键。为什么花儿如此经常地被当作想象活动的**44** 代表性对象？这也许是因为它们太美了。[7] 但人们也曾注意到——比如伊曼努尔·康德就注意到了——在世界上，美无处不在。于是，问题就来了，在如此浩瀚的美丽之物当中，为什么偏偏花朵如此经常地毛遂自荐，成为我们关于什么是想象活动的首选？

第二个问题则是关于具体图像所展示的非真性和非虚构的启示。一个具体的图像的内容可以将我们引向对想象活动结构特征的思考。比如，珀加索斯也许不仅反映出了想象将一些已有的部分拼装成一个全新的整体的能力，它还反映出想象制造出无重量形象的行为。有人可能会说，脑中图像的轻薄性和无重量特性使珀加索斯能够在身无双翼的情况下腾空而起。（但也许他需要借助于它们才能够前行：没有双翼，他可以随风飘动；但只有有了双翼，他才能真正飞起来。）从珀加索斯身上，我们还能够看出一点，即想象力求带我们从物质世界中升腾起来，从被附加的束缚中脱身出来。花朵，毋庸置疑，使与想象相反的运动凸显出来，即对自己有意地加上负担，将自己重新带回地面上——其意旨所在，换句话说，就是要在生动性方面向物质现实提出挑战。还有什么是悬而未决的呢？这就是我们要问的第二个问题。

也许，花朵凑近前来是因为它们为可想象的对象。脸庞的例子说明了感觉摹仿的艰辛；而花朵似乎则在宣称摹仿易如反掌。也许每个人在一生中都至少有一次听到过有人回应了马塞尔在《追忆似水年华》中的怨言，抱怨自己不能生动地想象出某张特定的脸庞，使生动性与对这人的感情之深成正比。但你是否听到过有人这样抱怨，说她虽然对楼斗菜钟情倍至，甚于其他一切花草，或者说世界上她最爱唐松草，却没有能力在脑海中清晰地想象出来？事实上，人们似乎非**45** 常喜欢侃侃而谈，互相倾诉哪天早上他们最爱的花卉或者落新妇（花名——译者注）丛中那些粉色的阴影，因为在众多被称为蓝色的花朵中，它们才是真正的蓝色，但也可能是紫色或者淡紫色，抑或他们最喜爱耧斗菜的形状——所有这些既可能出现于电话中的对话，也可能出现于信件里的诉说；也就是，都出现于没有真实的物质体存在于视野里的情况下。

在关于植物学的信笺中，让－雅各·卢梭拒绝给出他当天所描述的花的名字，他坚信自己可以将一幅足够清晰的图片植入与他通信的人的脑海，使得她之后只要在草地或花园中看到它，就能一眼认出来。在《致德里泽尔夫人的第五封信》中，他直白地请求她在脑中构建出伞形花科植物那辐射状的轮辐："请想象一根又长且笔直的茎，上面缀带有互生叶片……"他不停地中断自己的叙述进行教导和鼓励："如果你能够想象出我刚才所描述的那幅画面，你将可以在你的脑海中……"最后，在很多页之后，他向她祝贺道："你显著的进步，我亲爱的表姐，还有你的耐心，深深地鼓励了我，且不论你一路遭受了多少折磨，我现在终于能鼓起勇气来描述那些伞花科的植物，而不必要把具体的植物放在你的眼前；这将需要你付出更加集中的注意力。"[8] 在完成了作者指引下的想象，德里泽尔夫人最终被允许去城郊找一朵真正的开花的伞花科植物。这样卢梭关于花的易于想象的假设，便与我们关于那些并不实际在场的花朵下意识的谈话不谋而合了——虽然我们通常并不会禁止对方去看我们谈及的花朵（这样一来，我们对花朵的想象甚至变得更加容易了）。

花朵还常现身于长篇、意义深远、具有高度判断色彩的美学谈话中。但为什么会如此呢？是什么造就了耧斗菜的特殊性，又是什么使得想象唐松草这般容易呢？

想象之花的空间

花朵，与人脸有所不同，总是呈现出最适合想象的体积。一个想象之物肯定要占有一个可确定的地方，而这个地方的大小则部分地取决于物质世界中的要感知的对象的大小。例如，如果某张图片出现在躯体边界之外的某个位置，那么它一定不会逃脱整个视野可控的范围。如果这个物体与花体积差不多，那么它也许就会立刻出现在眼前那个小碗状的空间内：这部分是因为，在感觉世界内，花总是置于花瓶、窗口花钵，抑或马蒂斯、马奈、雷诺阿、梵·高所画的花瓶、窗口花钵，并被从地面托起，送到我们前面的小空间内。该现象之所以出现，还因为花朵十分适宜于那个空间，而这种适宜是一匹马，不论有无羽翼，都无法具备的。如果一匹马放在那里，人所见的将只能是小小的一部分。要想使我们看到更多，他就须被放在，比如说，至少十英尺之外。而要使马直接出现在我们眼前，唯一的办法就是将其彻底进行压缩。

如果该图出现在躯体的边界之内，道理也差不多。当我们想象位于身体内部某处的一物时，我们总是习惯性地在想象时置之于大脑之内。事实证明，在躯体的其他部分展开想象其实也非常容易，例如，你可以在前额内给珀加索斯画像，也可以在前臂或食指内进行想象。[9]如所想象的是动态图像，情况也是如此，比如一个人倚窗而坐，正用一片树叶和一本书进行着重力实验，斑驳的苹果树影从其脸上擦过：不论是在前额、前臂还是食指内，所有这些都可以轻松地出现。不论是珀加索斯还是椅上之人，都依据所放的物理位置而改变了大小。在食指处，它们变得极小：小得令珀加索斯几乎难以展翅，小得令那人实验中的树叶及从其脸上擦过的影子几乎肉眼不可见。事实上，那苹果树影子的实验已变得毫无存在必要可言，因为其价值在于让我们看到面孔逐步物质化的过程（即其可移动性和固体性），而在此处，在食指上，我们甚至连他脑袋的轮廓都看不清了。

一个图像几乎总是进行缩小或伸展，以填满占据的物理空间。承认这一点非常有用，因为如果我们现在将食指或前臂放置一边，回到体内想象通常发生的领域——前额，那么我们将不可避免地看到，与椅中人或珀加索斯或其他大部分物体（所有这些当被放在靠近脸的外部空间里都将遭受彻底压缩的处理）不同，不论是约翰·阿什伯利的黄色郁金香、杰弗雷·乔叟的雏菊、威廉·华兹华斯的白屈菜、威廉·布莱克的百合、赖纳·马利亚·里尔克的罂粟或者其他多数花朵，都能在不改变外部世界中的原有尺寸的情况下，恰到好处地进入内部想象空间。

如果一位诗人要描述一朵花，即便只是（我认为）提到了花的名字，那朵花也将会这样出现：在我们面前稍作停留，便马上穿过抵触的骨头，并在大脑内部安居且照亮内部空间。在里尔克的《一盆玫瑰》中，他将玫瑰直接放在了我们面前。

> 在你面前立着整整一盆玫瑰，
> 它们十分令人难以忘怀，
> 丰满有曲线……

当他继续描写花朵的缤纷多姿时，花朵们似乎已经进入我们想象的内 **48**
部，想象则立刻接纳了它们的尺寸和轮廓：

> 无言的生灵，无息止的绽放，
> 占用了空间，却没有侵占花之外的领地
> 花开了，旁边的花叶退缩了，
> 几乎没有轮廓的存在，就像空地被荒芜
> 只留下纯洁的内心，如此奇特的柔软
> 并且自我照明——直至边缘：
> 我们还知道什么可与此相提并论呢？[10]

作为感知摹仿的代表性对象，花儿最出人意料之处在于，你可以开始捕获到我在本章开头所说的关于想象记录中从未得到过的那个东西：名曰图像构成的感觉体验。"我们还知道什么可与此相提并论？"当然，里尔克此刻希望我们能给出肯定的回答，能够开始进行一项认知活动，可以理解我们之前曾在何处见过它们，我们目前在何处观看它们，能理解"空地被荒芜""纯洁的内心""如此奇特的柔软并且我照明"中的真意。

　　乍看起来，似乎娇软、自我照明的花瓣就是脑中图像的组织自身，它们不是大脑要在图中仿制的对象，而是图像得以绘制的底版。诗人将容易想象的花（即使在白日梦中我们也能不费吹灰之力想象出它们）展现给我们是为了将其他不那么容易想象之物绘制在这个底版上。在诗作《当紫丁香最近在庭院中开放的时候》中，沃尔特·惠特曼（Walt Whiteman）用了十五个诗节来使我们催眠了似的在夜光下的

丁香花（每一片心形的叶子都是"一个奇迹"）和夜空中正在陨落的
星星之间徘徊（丁香花、叶子和星星），而直到第十六节，他才突然
提到了一个哀悼中人的脸庞，"啊，在黑夜中你银白色的脸面上发光
的伴侣哟！"[11] 这夜光下之花其实扮演了一个为脸庞之形象提供模版
的角色。它（与他其余诗歌中的草叶一样）就是一个工作台，在这个
台上其他不易想象之物变得容易想象了。

就效果看，花瓣是使其他物象得以成型的物质基础，就是"脑
中的视网膜"。[12] 这在阿什伯利的诗中也有反应。一闪而过的郁金香
的黄光不仅使其自身变得可见，也为夏夜之像映入脑海提供了底版，
如果重读该诗，我们会发现它似乎简直就是写在一朵花或一片叶子
上的："像古人一样地歌唱，我们或许可以透过那些纱纸和痕迹，看
到……那些卷曲之物可以表示一只手。"此处，正像在布莱克的其他
任何一处一样，似乎这些植物的组织、藤蔓和卷须就是那些经亮化处
理过的底版，使诗中之画得到呈现。[13]

可爱的形状、完美的弯曲度

声称身体的大小和喜爱之物的大小之间存在直接的联系似乎太机
械了。（事实上，我已经知道这个奇怪的公式以后还会回来。）但这
一判断的确在认知心理学的实验中得到了证实，证明在构图过程中，
"人们会自然而然地倾向于想象那些小尺寸的物象，就好像它们与我
们贴得更近似的"[14]。在一项实验中，当被实验者对十种体型大小不
同的动物进行想象时，他们总是将较大者放在比较小者更远的位置
上，尽管实验也证明，被实验者实际上也并不能将小型动物的细节看
真切，因为小型动物（与花有所不同）并不总是与我们靠得足够近，
以便我们可以对各方面的特征一览无余。与一只想象中的兔子相比，
一头想象中的大象常被放置于距想象者脸部更远的地方，这就像在视
觉感知中，一头真象也只有被放在离我们较远的位置上时，我们才有
可能尽览其全貌。该实验的设计者考斯林（Stephen Kosslyn），还向
我描述了其他一些实验，它们同样也表明，想象摹仿总是遵循真实感
觉空间上的种种限制。比如，被要求描述一匹马的双耳的人，在回答

速度上，要比第一次被要求想象出马尾与马背相交处的人（在被问及耳朵的形状之前）迅速许多。也许，后者回答得较慢是因为他们必须带着思维越过马背这一长长的距离。

在感知的领域里——作为白日梦和在作者的指引下进行想象的反面，不将感知者和被感知物之间的匹配放在关键性位置上是几乎不可想象的。例如，大部分的物体不是因过小就是因过大而无法看见，而且毫不奇怪的是，某物必须在可理解的范围之内人们才能明白，就如我们能够清晰听到的那些声音（如婴儿的啼哭）的大小与内耳的机制之间存在某种精密的匹配关系一样。事实上，关于身体的物质轮廓与其所爱之物之间存在匹配关系的判断甚至可以延伸至感知的快感中去。约瑟夫·艾迪生在《旁观者》中就有几篇文章提到过，我们对于"凹面和凸面"物体有特别偏好，因为这些形状与眼睛的形状之间存在某种和谐性。

抬头看着那圆顶的外部，你的眼睛可将其包围大半；仰视其内部，只须一瞥，你就能一览无遗；顷刻间，整个凹面体都落入了你的视界之中……的确，存在着这样一些物体，眼睛可以网罗其三分之二的表面积，但是，由于对于这些物来说，视线必须分为几个角度，因此我们得到的也不是一个整体的影像，而是几个相同种类的影像……因此，在想象野外和天空时，通过弧形的口子可以激起无穷的想象，而通过方形或者别的形状进行想象就没有那么容易了。[15]

51

我选择艾迪生关于眼睛的物理曲线和"整个凹面体[因此]都落入了你的视界之中"的谐调关系的描述绝非兴起而为，而是因为许多花朵都具有这一特别的形状，并且，与尺寸的情况相仿，形状也对花朵的易想象性有所贡献。

在弗吉尼亚·伍尔芙的某部短篇小说中，叙述者对"生命的转瞬即逝，感知的荒废和修复；一切都那样偶然，那样杂乱无章"发出了惊叹，但是她突然转向了一个天堂般意象的描述："但在此生之后。纤细的绿茎缓缓向下推移过来，于是那杯状的小花，不断地翻

转，用紫色和红色的亮光填满了你的内心。"[16] 这形状涌入我们想象
的脑海，就像涌入我们的感觉中一样，而想象活动，好像把眼睛的曲
度吸收入了自身深处，似乎在寻觅着这形状，并只有在花之上才能如
此经常地找到它。约翰·拉斯金的小册子《空中女皇》（那部让马塞
尔·普鲁斯特对其无限崇拜和着迷的作品）中，有相当一部分用于描
述各种花，一朵接着一朵，突出描写了风铃草、毛地黄、日光兰和名
为 Draconidae 的花的凹面形状（"小杯子"和"花瓶"，"小管子"和
"小瓶子"）。他写了一大簇的 Drosidae："其花瓣质地的娇嫩"使"它
们具有了那完美的弹性曲线，或是杯状的，就像番红花或正在绽开的
钟状花，就像真正的百合花，或者杜鹃花般风铃似的，就像风信子。
[17] 卢梭不断地对个体花朵中的那些"小花瓶""小花伞"和"小亭子"
进行描写，他所作三页之长的关于甜豌豆花的五瓣的调查就是如此。[18]
这凹面的小花还多次出现在 D.H. 劳伦斯的珀耳塞福涅受辱记中，花朵
52 下的冥王突然出现在地面上，像抓住珀耳塞福涅一样抓住了我们的注
意力："紫色的银莲花／山洞／彩色的微型地狱／幽黑的山洞。"[19] 冥界
那难以捉摸的广阔疆域突然变得可见（就像艾迪生说过的那样），就
在那一瞥中，它现身为银莲花的形状。因此，同样并且更加愉快地，
这形状还现身在里尔克的《罂粟花》一诗中，在那里，花朵"呈现出
凹形，乐于开放"。从诗中最后一个使用连字符号的单词"poppy-cup"
（杯状罂粟花）中，我们可以用耳朵听出这首诗的自我陶醉。[20]

　　在讨论生动性、固体性以及作者的指令时，我已经说明，白日梦
中之物的各方面特征是如何与语言艺术指导下想象出来的不同。一个
白日梦中之物具有萨特所称的二维性、呆滞性、单薄性等种种特征。
而语言艺术启发的想象之物则与之相反，它们在一定程度上具有感觉
世界的生动性、固体性、持久性和被给予性，这种效果的部分原因在
于作品的指导性特征，直接引导读者构建形象，使事物显得就在那里
接受我们的感知，而不是依靠读者自己的意向。经作品指导的想象之
物的生动性还可以被归功于一些具体的现象，如对图像物质前因的摹
仿，对想象本身的某些特长（如薄纱状）加以利用，文中虚构之人的
感觉实验，以及这些技艺在文本中的不均衡分布（在作者引导我们进
行想象时，它们往往大量出现，而在书中虚构之人希望想象出某人或

某地时，它们却缺席）。

对于这串名单，我们还可以在很少数情况下再追加一项：当一个图像，不管出于什么特别原因，可以的的确确生动地出现在白日梦中时，语言艺术就会不假思索地将这个图像吸纳入自身策略中去。在此处，我的任务只是简单指出这个特殊图像，即易于进入白日梦的花朵，**53**并且说明究竟是什么使得它与众不同，什么使得它容易如此想象。

集中地原则：色彩和构图底版

花朵的可想象性可以部分归结于它的尺寸，合适的尺寸使花能够呈现在我们面前的空间里，并闯入被亚里士多德称为"我们庞大而湿润的大脑"内部。还可以部分地归结于它的杯状体型，是它使花得以越过我们双目之曲面，不论在真实的视觉活动中还是在视觉摹仿中。第三个特点在于集中的程度。认知心理学的实验文献表明，"人体用来构造图像的能量和处理能力是十分有限的"，这就导致了越小的图像往往越易成为"丰满之像"。[21]我们自己可对这个论断的准确性进行检验。如果你闭上双眼想象，比如说，一幅包含了我们视野所能及的风景画，那么用具体的色彩和板块全部填满是异常困难的。如果换一种方法，你先想象一朵花的面容——它在你的视野中只占很小的一部分，它的花瓣会从边沿突然终止，花瓣之外不再需要构建什么图案——那么具体的颜色和表面则都变得触手可及了。

我们可以将这称为广度与密度之比率。花朵将想象任务带入我们构图能力所及范围之内。如果说这一结论看起来有些荒诞或陌生，那么置之于画家的类似工作中，你就不会觉得陌生了。在 1883 年那临终的最后几个月里，以及之前在病痛和虚弱中熬过的两个年头中，马奈创作了一系列的油画，所画大部分是玻璃杯或花瓶中的丁香枝，偶尔也有些玫瑰和其他花卉。如果马奈的身体的确虚弱（而且据说是虚**54**弱不堪），那么其虚弱可以从作品尺寸而非密度的缩减看出来。这些画都非常小。例如，《玻璃杯中的丁香》的画布只有约 10×8 英尺大；《香槟酒杯中的玫瑰》约 10×9 英尺；《丁香和玫瑰》则是 12×9 英尺。进一步来说，想象之景的真实尺寸还要远小于其画布，因为这些丁香花（在某些画中是淡紫色的；在其他画中是白色与浅绿色相间的；只在一幅中是深藏青的）与真实的丁香花枝等大（4 或 5 英尺的椭圆），且在花的边缘部分，背景均渐渐进入了那均匀的紫灰或黑色中。它们尺寸上的小巧可以与马奈的《草地上的午餐》（83×106 英尺）、《奥林匹亚》（51×74 英尺）、《处决马西米连诺皇帝》（99×120 英尺）以及逝世前最后一年那段短暂的精力充沛期所完成的、被誉为"最后的杰作"的《福利·贝热尔的吧台》（38×51 英尺）形成鲜明的对比。与丁香和玫瑰的小型画作截然相反的是，这些画不仅仅描绘了局部的物体，而是将整个画面都填得满满当当。[22] 皮埃尔－奥古斯特·雷诺阿（Pierre-Auguste Renoir）在生命的最后一天，被肺炎折磨得憔悴不堪，画了一幅小型"银莲图"，那是家中一名女仆从花园里为他采来的。他的临终遗言——"我想我开始明白了一些与此相关的事情"——所指的就是那些花。（当下流传的一些记录错误地宣称，"花儿"是他所说的最后一句话，这也并不是不可理解的。）[23] 马奈最后画的丁香和雷诺阿的银莲都在提示，绘图要受到种种限制。构图的功夫有一定的适用范围：在想象活动中，与在绘画中相似，众多高度饱满的表面的集中只有在一个更小的表面上出现时才变得可能。

在语言艺术中，我们也可以找到一些对等物，它们同样可称为"集中地原则"。在《远离尘嚣》中有这样一个时刻，当托马斯·哈代正在引导我们构建一个特定的场景时，他提到房间中任何一件家具背后的温度都是有细微差别的。对于哈代来说，集中之处并不意味着街区、屋舍，甚至也不意味着房间，而是环绕在一桌一椅周围的一股气息。关于这一细节的功用，那些宣称生动的文字是由众多细节堆砌而成的解释者是无法说清楚的；与此相反，细节的堆积，却可能导致爱德华·塔夫特（Edward Tufte）所谓的"视觉噪音"或"色彩垃圾"；这两个概念是他在分析地图、时刻表及建筑蓝图中的视觉信息提出的。进一步来说，在那一时刻，哈代实际上在做减法而非加法。他先选取了整个视觉领域，然后将我们那一刻分散于整个表面各处的构图功夫汇集起来，把它塞入一条具体的、从房间周围穿过的狭长之带中，并指明其每一处感觉的变化。如果你捡起那条窄带并测量一下其全部表面积的话，可能它也只有一朵花那么大。

这里有来自哈代的另外一例。其开篇第一句,可能会赢得艾迪生的大力赞赏:"[诺康比坡地]是一座景色平庸、由石灰岩和泥土堆积而成的凸形体——是轮廓光滑、地面隆起的一个普通样品,即使在世界末日也不会受打扰。"我们在此绘制的图片是分散的,且除了那半球形的轮廓,表面无一处被填实。但哈代再一次集中了周围所有柔和的光线,聚之于我们构图能力所及范围内的一小块面积上。

> 山坡的北边,生长着一大片年代久远并且已经开始衰败的山毛榉,林木的上端在坡地上方勾出一条线,背衬着天空,像是用流苏装饰起的一段曲拱,更像马脖子上的鬃毛。今晚,这片树林却为南坡挡住了刺骨的寒风。寒风撞击着树木,带着愤懑的隆隆声在林子里挤着钻着,发着低声的呻吟掠过丛丛树顶……[24]

56

此处,作者开始了一长段关于某区域树叶和狂风的旋转的描写,这个区域已被明确地从构图的总底版上(整个南坡部分被隐去了)划分了出来,因此完成了哈代指派给它的强化寒风号叫的任务。此处的描写有些活跃过度,但接着变为零;我们的构图能力本可用于整幅图,但此刻却被汇聚在山北麓的狂风暴雨之中。同样,当你想象(甚至是直接看)一朵花时,色彩上的极度缤纷和饱和也会突然地在边缘处完全消失。

密度与广度所成的高比率——哈代散文的特征之一,我称之为集中地原则——在花身上有所体现,白日梦中如此,在作者的指导下的构图更是如此。色彩在一小块区域上的高度集中解释了为什么花面上的变化最是备受人们青睐。比如亚里士多德,那个似乎曾经在花园里写作的人,在其关于色彩的论文中写道:"罂粟上面的那些叶子由于成熟快,呈现红色,而靠近根基的下面那些是黑色的,并且这种颜色最终占主导地位。"他将色彩的不同归结为花朵各部分不同的成熟速度,归结为不均衡的成熟速率;但此处,有重要意义的并不是他的解释的准确与否,而是他在描述希望我们想象出来的花瓣时的手到擒来。一个果实身上的色彩变化也可以用这种方式加以说明,但"就花本身而言,这更明显;……这种情形在蝴蝶花方面特别明显;因为这

57 种花在成熟期间自身有许多颜色的差别……因此，所有花的顶端最成熟，但在末梢处，它们的颜色变化也少得很。"[25]

对罂粟和蝴蝶花花瓣的描绘之清晰可与各种关于白日梦中面孔之模糊不清形成鲜明对比。萨特在开始描写彼得的面孔时，告知我们它并未有任何明确的角度表现"像是孩子们画出来的那种大致轮廓；脸是从侧面看到的，可两只眼睛却又都被画出来……它们也即是在一个包罗万象的方面上'可呈现的'。"当我们想象一张面孔时，我们"要在整体上得到那些对象"[26]。如果萨特之见准确无误的话，令人感到惊讶的是，面孔为种种特征汇集的人体部分，因为除了触觉以外，几乎所有的感觉系统都聚集于此。亨利·柏格森对这一见解作了更为全面的论述，他不仅一般性地谈论了各种物体，还专门谈及脸。他批评了那种对记忆所作的"脑部解释"，因为按照他们的说法，似乎我们对"某物的视觉回忆"需要一个物理上的影像或痕迹，以便"像保存在灵敏的硬盘或留声唱片上一样保存在大脑中"。情况万不可能如此，因为如果是这样，对每一个静态之物我们都需要准备"数千甚至数万"痕迹，至于不停变化的人脸，则还需要更多。而实际上，我们"毫无疑问"只拥有一个"唯一之象，或者说……实际上是一种不变的物体或人的记忆"。[27] 在想象一张面孔时，我们是否视之为单一物体是值得商榷的，但总体上来说，他对于面孔及众多其他想象之物所作的判断还是值得肯定的，比如珀加索斯和耶和华，似乎都呈现为单一的整体，而非一百个视点的集合。但花却恰恰相反，它一出场便立刻分解为了各种具体花朵，丁香、玫瑰或者飞燕草，而且每一种又表现出某个具体的成熟阶段，带着准确色彩分布，从中心到边缘颜色各异。这样的情况不仅发生由书而梦的情景中，甚至还可以出现在日常

58 的白日梦以及各类谈话中，也就是在朋友的言语引导之下或园艺书的友好指导之下的想象活动。

花的分类目录，比如《吉尔伯特·王尔德的萱草》(*Gilbert Wild's Daylilies*)，常依赖于语言而非照片，也体现出作者对花的可描述性的同种信任[28]——也就是相信读者可以凭语言建立清晰的脑中图像。萱草类的"satinique"词条，像其他条目一样，以开花时期、花型、大小、单瓣长度、雄蕊长度的一组编码记录开始，续之以若干行的文

字描述。对花型大小的记载（在 satinique 一条中，作者写道，花长 5 英寸，中单瓣长 2⅜ 英寸，雄蕊长 1⅝ 英寸）具有重要意义，因为它指明了用于绘图的底版，接下来的描述就将发生在那里。以下就是那段描述：

> 布满褶皱，深红色，有同种颜色的轻轻隆起的主脉、蓝紫色的叶脉和阴影，以及淡洋红色的花眼、金色的喉颈及淡绿色的花心。一块无瑕的锦缎。萼片向后反曲着，赋予花朵一个扁三角的外形。寒夜之后，花开尤盛。

这不长的目录在其 90 页篇幅中的每一页几乎都有近 20 条这样的描述，展示了 1 600 种萱草，其描述之详可以使读者清楚地将其中任何两种区别开来，例如"缀有玫瑰色斑点的嫩黄色"的 Oriental Garden 和"在菱形装点的部分覆有淡紫色的暗黄色"的 Oriental Influence 泾渭分明。色彩以某种方式随着天空中光线的变化——气象条件以及一天中时刻的转换——而变化，这也得到了明确说明，就像在 Iffy 的词条中，"光洁滑润的瓜实"在阳光下显出"一种雪样的粉红"；在 Oakleigh 的词条中，它"在乌云密布的天空下"将变成"缀有兰花斑纹的回忆中的白桃"；或者在 Copper Canyon 的词条中，在"有狂风的热天"过后看起来最为可人。有时，在某特定天气下色彩的渐变甚至是用神秘的色谱来进行描述和说明的：萱草中叫 Real Wind 的那一种（也许正如你已经知道的那样）"在云层下显出活泼的色彩……孟塞尔色调中的淡橙色 2，5 YR 8/6，带有玫瑰色圆环，被蓝色主脉分割，主脉一直深入到黄绿色花心"；[29] 但是，"在阳光下，它却是孟塞尔色调：中度淡黄（10 R 8/6）到浓烈黄粉色（10 R 7/9）。杯形花朵"。方才引用这些章节也许存在一定的误导性，因为它们只是对条目中只言片语的摘录，因此请允许我给出一种萱草的全部记载，比如 American Revolution：

> 一季中旬多次开花，花径 5½ 英寸，花瓣 1⅞ 英寸，萼片 1⅜ 英寸。非常柔软、深酒红色，纤小的绿色花心在到达轻轻卷曲的尾

端之前渐渐混入一片黄色之中：似乎有一条线镶在其边缘处。柔
软度……在夜晚达到最佳。花蕾的外观呈深红色……顶部繁多的
分支上将诞生出更多的花茎。

我将就此打住，虽然我将非常乐意再增加一些其他的例子，如
Raspberry Dream, Raspberry Wine, Raindrop, Raining Violets, Random
Wit，以及 School Girl, See Here, Someday Maybe。（我隐约感觉到本
国有一个人曾为所有萱草、赛马以及口红进行命名。而 Random Wit 明
显是一匹赛马，See Here 则是一支口红。）

花瓣的轻薄性

除了大小、形状以及集中地，花还有第四种促成自身易于想象
性的特征。在关于固体性的讨论中，我们已经知道想象力在制造二
维的、薄纱般的形象方面有特长。现实世界中那些同样具有透明性
或薄膜性质的现象（比如轻薄的窗帘、烟雾或雾霭）要比那些厚重、
坚实的现象更容易在大脑中被摹仿出来。许多花（如耧斗菜、风铃
草、毛地黄、甜豌豆和木槿）都具有薄纱般的质地、轻薄的花瓣（人
可以透过花瓣看到阳光或者看到背后重叠的花瓣的形状），这使它们
与那薄纱般、缺乏坚实性的脑中图像具有某种亲缘。就此来说，吉
尔伯特·王尔德的萱草并不是代表花朵的易想象性的最佳例子；因为
在织物的领域中，缎子和天鹅绒确算得上柔软，但是在花的王国中，
Satinique 的缎面和 American Revolution 的天鹅绒却似乎太过于坚实
了。其实萱草目录中有很多条目都明确指出了某种花具有"坚实的质
地"，这是一个并不常用于描述其他花的词汇。萱草并不具有许多其
他花所具有的那种单薄性，也没有蜘蛛网和豌豆花般的空灵性。

亚里士多德把植物的这种单薄性叫做"轻薄性"。他解释说，正
是它们的这种轻薄性，这种物质密度上的缺乏，使它们可以在一天之
内迅速成熟："构成植物的质料很近便，因此，它的生成很快。它之
中的质料是轻薄的不是浓稠的，所以，生成和生长都很快。"他非但
不把轻薄性看作某种物质的缺乏，反而视之为一种积极的享有；某

植物"内含有"轻薄性。他这样写道:"在内含有许多轻薄部分的物体中,蒸发物趋于上升;因为空气托举着它。我们经常看到这种现象。因为当我们把金质物品或其他某种重物投进水中时,它立即就下沉了,但当我们把轻薄而微小的木块投进时,它漂浮在上面,而不是下……一切轻薄之物都不会下沉。"[30]

但花瓣的轻薄性常常被认为是通过减法得到的,这种减法过程似乎有三种不同的表现形式:第一种是用直接的言语指令将存在于那里的某物擦除;第二种是让色彩从花面上离去;第三种是将花置于连接物质与非物质的过渡桥梁之上,让它在两者之间不断徘徊。就像我已暗示的那样,我们可以毫无偏颇地认为吉尔伯特·王尔德的萱草既不是非常坚实,也不是非常厚或者粗糙。但即便是这里,减法特性也是十分关键的,从该目录对"slightly"("轻"或"淡")一词的频繁使用中,我们就可以看出来。Satinique,你也许还记得,就被形容为"布满褶皱,深红色,有同种颜色的轻轻隆起的主脉",且有一个"淡洋红色的花眼"和"淡绿色的花心"。Oriental Garden 并无玫瑰色而只有一些玫瑰色的斑点,就像 Oriental Influence 也并不是完全呈淡紫色,而只是有一些淡紫色覆在表面上罢了。"在阴云密布的天光下"Oakleigh 也并不是真正浅桃色,而只是"回忆中的白桃"。其浅桃色一定曾经在那儿存在过,但很明显它是被移走了。这些四五英寸的小花都变成了填满色彩的小池,在我们眼前时隐时现。

我之前称为花的集中地之特征与我现在称为轻薄性之特征似乎将我们引向两个不同的方向,之前强调的是花面色彩的饱和密集,而现在我强调的则是这种特性的减少。当然,这两种特性之间存在某种谐调性,因为持久存在的是色彩的生动性(或密集性),而被减少的则是物质性。在阿什伯利笔下郁金香的黄色闪影中,色彩从本已十分柔软的表面上腾起,并且以更加轻薄但完全饱和的状态保持着其花瓣的形状。色彩从物质中分离出来,这也在里尔克的诗中反复出现。在描述蓝色绣球花的伞形花时,里尔克说它们是

一种蓝色
它们并不享有,而只是对远处来光的反射的色彩。[31]

61

超然而去物质化,色彩的形状跳进我们的脑海之中。在该诗的结尾

62 处,一片超然的蓝色与一片超然的绿色相会,并突然间充满了生气,
这就是在大脑中一种颜色轻轻擦过另一种颜色的表面时所能体会的效
果。里尔克将蓝色的生命力的展现称作与绿色相遇后产生的"快感",
这种色彩腾起或与另一色相遇时自我体验到的快感,也出现在《一
盆玫瑰》中。此处,里尔克将亚里士多德视色彩变化为花朵成熟过
程的观点与那种强调从物质上的集中向去物质化的图像过渡的桥梁
的观点综合了起来:

> 这朵花明显开得太过了吗?
> 在空中难以描绘的粉红色
> 已经带有紫罗兰的苦涩余味。
> 那细棉布般的花不是一件外套吗?
> 在衣服里面仍然柔和而温暖,内衣
> 依然连在一起,两者突然落在
> 早上森林的影子下面。[32]

　·减少的第二种表现形式,即色彩从花面上消失,与减少的第三种
形式,即把花置于物质与非物质的过渡桥梁之上,有时是密不可分
的。卢梭在他的字典中,对"花"一词条长达数页的描述就以对花朵
势不可挡的易想象性的陈述作为开端,("如果我应该交出自己的想象
力,顺从这一词语所引发的甜蜜感觉,")接着讨论花朵得以逃避一般
植物学定义的途径,因为在那些看起来颇为重要的部分除去后,花朵
仍可继续存在:"花的本质并不在于花冠",因为在小麦、苔藓、山
毛榉、栎树、桤木、榛树以及松树上,虽然都有花,但其花冠要么没
有,要么几乎不可见;花的本质也不在于花萼,因为郁金香和百合都

63 缺少这一部分("但没人能否认郁金香和百合都是花");也不可能在雌
蕊和雄蕊上("在目前所知的所有瓜科植物中……一半花无雌蕊而另一
半则无雄蕊;尽管这种缺乏并不能阻止它们成为花,也不能阻止它们
被称为花")。[33]同样,弗里德里希·席勒,在《人的审美教育》中不
多见的对某一具体物体的召唤中,将花放置在物质与非物质的过渡通

道上："在说花开花谢时，我们将花当作一个在转变过程中存在的东西，并且可以这么说，借给它了一个人格 [eine Person]，在其中，两种状况都得到了表现。"[34]

这种解释认为，容易想象之物之所以可以准确地进入大脑，是因为它已经处在从物质到非物质的通道的某个阶段上了，在我们关于固体性的讨论中这个观点已经以一种隐蔽的方式出现过了。在那里，我曾引用了一系列的文本片段，在每一篇中，都有一层薄纱从一个被假设为固体之物的表面拂过，通过或完整或不完整的运动之遮蔽来完成对固体性的摹仿。薄纱状物可赋予其下方之表面固体性。但当时我并未提到，参与这一过程的薄纱状物体经常由一朵花来充当。举例来说，于斯曼在《逆天》中写到的德泽森特希望能够永远穿行于地板之上的"可触摸的彩虹色"出自镶嵌在一只龟壳上的珠宝。德泽森特之所以选择珠宝，是由它们所发之光的特性决定的：那偏紫的红光和"强烈的火光"是贵榴石和半透明的矿石发出的；冰蓝色和海底绿的光是蓝石英、波光玉以及锡兰猫眼发出的；以及最后那束"微弱光线"则是从被选作装饰"壳之边缘"的石头发出的；它们之所以如此，是为了不与内部的光辉争夺眼球。[35] 而内部的图样，对各种珠光宝气所作的安排，本身就被设计为一束花。

在弗吉尼亚·伍尔芙的短篇小说《墙上的斑点》中，一名女子见证了墙上一个无法辨认的影子持续的物质化进程：最初是一个斑点，然后变为一片玫瑰残叶，接着变成"一颗两百年前被钉入的巨大钉子"，再接下来变作一个木头上的大洞，最后变成了花园里的一只蜗牛。在这个不断固体化的过程中，该女子自己也已变为了一棵树。在故事一开头，薄纱、花朵和墙就同文本有一种亲密的同伴关系："大约在今年 1 月中旬，我抬起头来第一次看到了那个斑点……现在我记起了炉子里的火，一片黄色的火光，一动不动地照在我的书页上；壁炉上圆形玻璃缸里插着三朵菊花。"[36] 在华兹华斯笔下，地球的固体性也是由一小簇盘旋于地面上方几英尺处的花状星光建立起来的。在《傍晚终始曲》中，他将田野里的花想象为白日里的星辰，它们发出"闪耀的光线"，直至黄昏恢复了它们的绿色。在另一首诗中，他称雏菊"还是像颗星，银冠闪耀；你怡然自若，仿佛静静安眠"。只要有雏菊生长之处，"闪耀的群光"就会出现。[37] 其他例子还有很多：里尔克的薄纱蕾丝饰带就以一朵花作为内部图饰；康德在其微型目录中罗列了数种纯美之物——花卉、禽鸟、甲壳动物、音乐、几何图形——并推而广之，将"墙纸上的一簇簇树叶"也囊括了在内；但丁《神曲·天堂篇》中的赤金色光环，从开满鲜花的河岸中穿过时，"炜炜／闪着夺目的辉彩在奔涌，两岸／点缀着春花，绚烂得无比奇瑰。／从这条浩荡的大河中，活光灿灿／激射起火星，溅落两岸的花朵，／……然后，火星仿佛因馥郁而醉酡，／霍霍再跃入神奇绚丽的光澜里"[38]。

　　花之所以可视为想象的典型代表，不能不归功于易于想象的特性。这种特性又可归因于它们的大小和我们头颅大小的关系，它们的形状和我们眼睛形状的一致，它们的高度集中地和我们构图能力所及的范围相符，它们的轻薄性使他们升起并进入我们脑海中，我们还愿意接收它们并将其当作其他更难构图的物质的底版。很明确，我们是彼此相依相生的。难怪奥维德推荐的跨物种之爱对于想象活动以及创造新鲜之物十分关键。（艾迪生说：荷马告诉我们"什么是伟大"；维吉尔告诉我们"什么是美"；而奥维德则教会我们"什么是新"。[39]）

　　如果阅读奥维德之作与琢磨奥维德之论之间隔了漫长的一段时间，你也许会得出这样一个错误的结论：认为人类变为树或其他植物只是为了抵制欲望，让那惹是生非的爱情有个果断的了结。即使是变成了那以树皮为衣、枝繁叶茂的月桂或是细长的苇草，情爱还是会在图像感极强的植物细节中照行不误；如果有些传说称一花一木都曾为人身，那么它们只是为当下彼此间的互相爱慕制造一个借口。虽然相比较而言我们现在在性取向上更加慎重和矜持，但跨物种之爱并没有完全消失：黛安娜·阿克曼指出这样一个奇怪的现象，即人们想要吸引其他人时，他们往往会借用花的香气而非使用其自身的体香。[40]

　　我将转向最后一个问题：关于想象认知，花儿之像究竟给我们展现出了什么呢？[41] 我曾严肃地暗示，花的组织是想象活动展开的工作平台；对这一点，我需要更详细地展开和说明。

感知摹仿

亚里士多德曾说，我们与其他生物的区别在于我们能够在对某样东西没有吞食之欲的情况下喜爱它。他写道，所有的动物，包括人类，都有为食而嗅的能力；而人类之嗅还有第二种原因，这就是闻花朵时的情况，我们闻香，但不带任何吞噬的意图。我们对食物的嗅觉，亚里士多德说，是非连续性的，且可因情而异的——某物闻起来味道好坏取决于我们那时是否饥饿——但我们对于花的嗅觉却并非因情而异，而且始终如一。[42]（加利福尼亚以及其他某些地区的人可能会对这一区分方法提出反驳，因为他们素有食花的饮食传统，但在世界上的大多数地方，亚氏的这一理论还是站得住脚的。）当然，嗅花之气、赏花之貌、触花之质、想花之像，这些也都是一种吞噬，至少是一种内化它们的方式，因为我们将花当作感知和想象的客体移入了我们体内。路德维希·维特根斯坦称，当一个人看见美丽之物——比如一片眼睑、一座教堂，双手就想将其临摹下来。[43]如想象一样，这也是一种内化的行为，一种希望将其收入囊中、制造一个残留影像的行为。**66**

我们将花内化——将其当作想象的适宜对象而归为已有——是因为它表现了在想象中发挥作用的认知力的特殊属性。这一活动形式上的特点在于对象的内容得到了展现。在此，我很有必要强调一点，即此处所谈并不是我们将认知投向花朵、树林和岩石（那个自罗斯金[Ruskin]以来一直被称为"感情误置"[pathetic fallacy]的过程），因为目前的问题并不在于把我们的思维过程向外投射到花朵上去，而在于把花朵内化进我们的大脑中来。并不是我们的智慧被赋予在植物上，而是植物对我们进行了恩赐。在大脑中绘制一朵花，植物自身的奇特的认知或半认知活动体现出我们想象认知的独特本性。想象像什么呢？就像成为一株植物。想象是什么呢？它是一种非感知：它可以是感知摹仿的类感知、微感知、准感知、将感知、尚未感知、感知之后。正如名为Oakleigh的萱草只是回忆中的白桃一样，想象本身并不是感知活动，只是对感知活动的追忆。**67**

对于植物感知力的记录常常分为感知前象和感知后象两类。例如，对于诗人路易斯·格吕克来说，花的全盛时期是在"尚未到来的"

春天，是"还在门口徘徊"的时候，是"准备阶段"，属于"正式到
来前"的时段。[44] 而对于奥维德来说，则表现为后象，这一点可以从
他大量使用"仍然"（still）这一单词的习惯中看出：

> 她才这样祷告，顿觉四肢逐渐麻痹，
>
> 婀娜的腰围绕上一层薄薄的树皮，
>
> 她的头发变成叶子，双手化为树枝，
>
> ……
>
> 阿波罗实难忘情，把手放在树干上，
>
> 他感觉到树皮下跳动不息（英译本中作 still beating——译者
> 注）的心脏，
>
> 他拥抱着树皮像拥抱着人的肢体。（英译本中作 still were
> limbs——译者注）[45]

当潘（Pan）抓住绪任克斯（Syrinx）时，他发现仙子已经走了，在
原处只留下了后象，那"只是一丛芦苇"。"只是"（only）一词预示
着故事的结束或者向着失望的突然转向。我们被告知的则是他们求欢
时发出的轻柔骚动是如何产生出潘的长笛的，而且"他仍然叫它们绪
任克斯"（he called them Syrinx, still）。[46] 在奥维德所有的作品中，"多
年生植物"——水仙、树木或芦苇——具有的强大力量来自于后象的
属性，来自于（即使在消逝后）仍在那里的属性。

　　我尝试着准确地对植物的"准感知"中的"准"字作出阐释，但
这一尝试很快又延伸到了其他一些问题上，不仅是关于它们是否滋养
自己，是否感到痛苦或快乐（罗斯金称为"狂喜"，维吉尔称为"振
奋"，D.H. 劳伦斯描述为"亚欢愉"），自身的活动接近于哪种形式的
感知；它们是否有灵魂（柏拉图所说的第三种灵魂；路易斯·格吕克
所说的附带性灵魂）；甚至还关于它们是否有生命。柏拉图和亚里士
多德对此虽然犹豫不决，但还是作了肯定的判断。柏拉图在《蒂迈欧
篇》中说："所有有生命的存在都该称为生命体。"[47] 不过这样的断言
似乎是对之前某个猜测所作出的回答，似乎之前的文章在说："植物
虽然不是一个活着的生命体，但由于它确实拥有生命力，因此它必须

68

算作一个生命体"，因为（现在轮到柏拉图文中的那句话出场了）"所有有生命的存在都该称为生命体"。亚里士多德关于植物的论著是这样开篇的："在动物和植物中也能发现生命。在动物中，生命是显而易见的，但在植物中，生命却是隐秘的，不明显的。"[48] 如果没有感知力，它们还会是活着的吗？如果它们确是活着的，难道会没有感知力吗？

通过前象与后象、亚感知与超感知，花木将思维过程揭示了出来，使准感知与一种过渡形态的准确性结合起来。似乎为了找到泰然自若的花的"模糊感知"存在之事实，我们需要一定的精确性，而这种精确却又以某种形式的敏锐表现出来。

达到这种感知上的敏锐，我们同时需要视觉和触觉的帮助。花瓣可以成为想象的替代性视网膜。据估计，一个成年人的皮肤面积总和约为三千平方英寸。[49] 与此相比，视网膜所覆盖只是小小的一片薄膜状的区域：里尔克将其称为命运的小泪珠。[50] 但从生理学上来说，百分之三十八的感觉体验是都在这一微型区域上发生的。[51] 按生物学家的说法，眼睛是大脑最直接的窗口[52]：不满足于通过中介接受信息，大脑还将自身移动至颅骨表面，以期与大千世界发生直接的邂逅（这就难怪为什么凝视他人的眼睛总是能令人激动不已；从中，对方大脑中的湿润的组织直接可见）。同眼睛和大脑的关系一样惊人的还有眼睛、大脑和植物三者间的关系。1958 年出版的十五卷的《眼科学大全》（*System of Ophthalmology*）在开篇作了这样的探讨，将植物的膜状组织视为人类感觉之鼻祖，把具有光化反应的叶片和花朵看作人类视网膜的先例，因为它们能在新陈代谢和运动变化中释放能量、产生变化。在对从"模糊感知到认识理解"的路径进行追踪时，斯图亚特·杜克－埃尔德爵士记录下了那关键性的时刻——单细胞组织中的"四散的反应"让位于多细胞组织将信号从感受器传递至运动组织的能力的时刻。"通过这种方式，"他写道，"光线在新陈代谢、定位和着色各种反应上的作用就通过原始神经网络联系在一起，然后汇集于中枢神经系统的神经节上；最后从眼睛出发的神经传输途径抵至脑神经节并最终到达前脑，这个极度复杂的从视觉感知到知觉领域的机能就完成了。"[53]

　　查尔斯·达尔文的收笔之作,《植物的运动能力》的写作宗旨和成就之处就在于论证了"光对植物的作用方式几乎和它对动物神经系统的作用方式一样"[54]。从模糊感知到"敏感性的集中化"的关键转换在植物身上已经完成,这种转换使植物有能力将影响"从受激部位传递到另一个部位,并使后者产生运动"。我们的感觉系统,达尔文写道,在传输方面比植物更完美。他曾将精密仪器固定于植物之上,使它们将植物"一天中来回振动"的复杂运动记录在一片片玻板上。由此生产的线条充斥着整本书:每一条看起来都不像有规律地上下波动的心电图,而是像几幅重叠在一起的星座图,或者一段复杂舞蹈的舞谱。植物的地上部分对光具有极高的敏感度,地下的细根末梢对触觉的敏感度也非同一般,从达尔文阶段性的感叹中就能看出这点:"就其功能而言,植物体中没有哪个结构比胚根的尖端更奇妙。"在最后一本书的最后一句话中,他如此写道:"几乎是毫不夸大地说,获得了这些敏感

70 性而且具有指导相邻部位运动的本领的胚根的尖端,像一个低等动物的大脑那样起作用……从感觉—器官接受印象,并指导几种运动。"[55]

　　达尔文对幼苗的运动、细根末梢的运动、叶片为防止有害射线落在其表面而将边缘转向阳光的运动、巨型金合欢树的整体运动都进行了跟踪,对于金合欢,他写道:"每条生长嫩枝都在描绘小椭圆形,每个叶柄、亚叶柄和小叶也是如此。"每一个"花序梗",甚至地下的"小根的尖端都在努力描绘出椭圆形或者圆形",尽管土地阻挠它们这样做。他还追踪了欧洲忍冬的苏醒和沉睡的复杂模式,这种植物在普鲁斯特《追忆似水年华》第三卷中曾频频出现。这种植物的睡眠方式的记录首先出现在林奈(Linnaeus)为描述红罂粟、婆婆纳、忍冬、白麦瓶草有规律的苏醒时间而创造的花钟里。[56]

　　对于里尔克和达尔文两人来说,花瓣对光以及触觉的同等程度的敏感性都要比我们人类的感知发育成型得更早。植物对作用于叶片上的重力、在卷须的卷曲过程中的重力刺激以及自身对软硬度分辨能力的感知,在达尔文的文中都有详尽的描述。这些描述看上去与想象的感觉体验颇为类似,比如照在我们手臂上的光的难以觉察的重量,眼睑擦过眼球表面时的细微接触,以及一形象在另一形象表面的擦过。对于希腊的诗人们来说,如果光不是作用于视网膜,而是作用于人类

三千平方英寸体表的其他某处，这种现象就等同于生命的拥有："阳光不会照射在他身上了"，涅俄普托勒摩斯（Neoptolemus）这样形容死去的埃阿斯，俄狄浦斯在科洛诺斯得知自己即将离开人世，便展开双臂让阳光普照其身躯："哦，不再有阳光了。你曾经是我的。/ 这是我的肌肉最后感觉到阳光。"[57] 那年幼的波吕克塞娜，在将要被希腊军队带去献祭时，也作了相同的感叹："这是我最后一次得见天日"，并用小小的日光廊道来计算她在世界上的时光。通过这廊道，她将走向刑场：

71

> 阳光啊，阳光，我还能这样呼唤你，
> 但对于我来说，所剩下的只有
> 此刻至阿基琉斯坟墓旁的屠刀之间的阳光。[58]

每一句都是对小小的那缕日光的回应，就像雷诺阿对他的银莲花的回应（"我想我开始理解某些事情"），以及马奈对那盛满丁香的玻璃杯所发出的淡紫色和银色的光的反应。当图像与图像相擦，当你接到指令去凝视戈洛之像擦过贡布雷的墙之像，或将光打在承载着德泽森特体重的固体的地板上并让其不停闪烁，或将影子投在弗吉尼亚·伍尔芙小说的书页上，抑或托起并抓住那距草地几英寸高处的闪闪星光，这时产生的是什么样的感觉呢？是花的感觉（准感觉、后感觉），里尔克是这么回答的。想象的感觉体验，思维内部产生的像与像相擦，正是花朵在两片花瓣发生互擦时所感觉到那种体验：

> 花瓣碰到了花瓣，
> 就这样一种情感开始了？
> 而且一朵花开放就好像盖子打开，
> 里面的花瓣
> 紧闭着，好像在沉睡，
> 使花失去了视觉的内在力量。
> 最重要的是：光线必须
> 在些花瓣上闪过。[59]

第二部分：移动图片

如果某人告诉你说有只鸟从空中飞过，那么通过想象出一个黑点
在不远处移动，从而绘制出这样一幅图片并不困难。但如果你先绘制
出一只具体的鸟，然后再努力去想象她的（her）飞翔，要想让这个
图像腾空而起就相当困难了。

比如，通过长时间的练习，我现在已经能在自己的脑海中为那只
居于我花园里的刚刚出生的雌红衣凤头鸟绘出一幅生动的肖像了，这
种易于绘画的特性很可能来源于它与花有诸多相似之处的这个事实。
（十分凑巧的是，刚降生不久、披着深褐色羽翼的她第一次闯入我的
花园时，就停在那柔软的杏粉色萱草的旁边，萱草的花拍打着、或说
叠盖在她小小的身躯之上。几个星期之后，我发现眼前这只小鸟就是
那被我关注已久的杏粉色生灵，只不过已脱去了幼毛，披上了第一件
冬装外衣，我不禁大吃一惊。）如果我们去画一个淡杏褐色的圆环，
或圆润竖立的椭圆，就可以达到我在想象时所达到的那逼真程度。现
在请在图中插入一组几何图形：往下三分之一的位置，一个高饱和珊
瑚红色的三角（作为口喙），其旁边有一个透明黑色的完美的圆（作
为眼睛）。现在再加入三个色彩相同的图形，它们都具有条状排列
的红褐灰三色窄带，好像一匹被弃得尘迹斑斑的艳猩红色的貂皮布
料：在圆圈的顶部，请绘制一个同样色彩的三角（作为其胸脯）；在
大圆圈的内部，沿着垂直的方向，画一个具有同样明亮的色彩的窄
椭圆（作为一翼）；最后，从圆圈的底部笔直延伸下去，拖出一个细
长、垂直的彩色契型（作为其尾）。

但现在我试图刻画出她的飞翔，或仅是试图要想象她安静地栖在
枝丫上、轻轻画小圈似的摆动尾羽，就像她与所有红衣凤头鸟一贯所
作的那样（这一动作看起来是在调情，但其实还对其内脏的快速跳动

有辅助作用，或者可以用来表示如她引起了别人的注意，被抓住的将仅是尾而非其全身的意思），我却发现自己并不能真正地画出她的动态，而只能想象出我在绘制它们罢了。期望中的动态之于想象之鸟，就如同想象之鸟之于真实之鸟（虽近似但略显模糊）。对动作的想象或者说大脑中的动作图像似乎是强加在那实质性更强的鸟的图像上的。虽然我能想象出那只鸟，但我只能想象自己在想象她动态时的情形。

　　作家是如何使我们在脑海中对图片进行移动的呢？我们将看到，五种途径可以帮忙达到这一效果。在它们的指导下，飞翔之物有时可以与静止之物一样生动地表现出来。情况常常是这样，在引导我们的思维活动塑造图像时，作家们经常有目的地让我们将半清晰的薄纱似的想象之物，置于完全可想象之物上面；就像把更为模糊的、只具有八分之一清晰度的想象之物的薄纱置于半清晰的想象之物的表面上一样。这种具有不同可想象程度之图像的不断叠加，为想象活动搭出了基本的支架。

5. 第一种方法：明亮之光照

请清空脑海中的一切，只想象无边际的黑洞洞的一片——在昏暗
的中心将有图像出现，但在此刻图像还不准进入。请将它们全都撤
走。现在，请插入一道突然的光亮，从一个上角向其对角疾驰划过然
后消失。现在从那昏暗的背景上想象出横于底部区域的几束光线，使
它们在一场连续的闪光爆裂中出现、消失、再出现，直到最后全部消
失。接着，请取回那些水平的光束，将其汇聚起来插入垂直的中心区
域直到它们互相融合，融为一条结实的光带，然后突然地，朝着边缘
分散开去。

请想象这个不时闪现火焰和亮光的暗区——爆发，然后消失，从
大脑的视野中流过或者以弧型掠过。请在一片不是黑色而是石板灰色
的底版上想象这一切。这一次，请在一片平整的柔软的蓝色底版上重
新想象同样的火光闪闪、反光阵阵、爆裂迸发以及光的销声匿迹。现
在，请将同样的光线想象在平整的白雾底版上，就像海与岸相交时偶
尔会发生的景象那样。请想象这一情景在很长一段时间内一直持续
着。现在，你也许会突然意识到，原来你一直是在听《伊利亚特》的
故事。

此处是黑色底版上的光线闪烁。隔着田野去看那火光，似乎是
"黑色夜空中的群星闪烁"。

> 成千堆火在平原上面熊熊燃烧，
>
> 每堆旁边有五十个人坐在火焰的光亮里。
>
> 马儿啃着白色的大麦、黑色的裸麦，

现在是发生在白昼的底版上：

> 无数的头盔也这样闪烁着耀眼的光灿，
>
> 涌出船舶间……
>
> 武器的光芒照亮了天空，整个大地
>
> 在青铜的辉光下欢笑，震响着隆隆脚步。
>
> 神样的阿基琉斯这时也把自己武装。[1]

通过引入一系列的光亮，荷马让我们想象出动作。不仅包括大型军队和光线闪烁的任何一支部队的运动，还有他所希望我们看到的极具个性化的、分散的动作。《伊利亚特》是一本讲述个别士兵的不服从指挥的书，是关于——甚至是在成千上万的茫茫人海中——一个人的出现和缺席、赞同与反对的影响的书。这部史诗找到了一个表现匹夫之重要性的有效方式：它选取其中之一并塑造其为一个英雄，赋予他超凡的才能，使他足以左右战争的输赢。只要阿基琉斯在队伍中，特洛伊人就只能进行防御；但一旦他们意识到他已离去，就立刻转守为攻。阿基琉斯的杰出才能有相当多的表现形式，但其中很特别的一种在于清晰的动作，他的速度。书中写到：他是"捷足的战士"，"火一般的捷足的阿基琉斯"，"光辉的捷足的阿基琉斯"。由于其奔跑起来是"光辉的"，他的图像也会在我们的脑海中光芒四射，让我们看见他飞奔着，越过海岸，或顺斯卡曼德罗斯河而下，或绕特洛伊城三匝。"阿基琉斯重新……光亮地出现……捷足的阿基琉斯鹤立鸡群。"[2]

　　速度系母亲所遗传，忒提斯给阿基琉斯的礼物，其贵重程度不亚于集聚了赫菲斯托斯所有天赋的那面闪光的盔甲。她不仅是运动之典范，还是可被想象的运动之典范，之所以说可以被想象，是因为她同儿子一样，浑身也无处不在熠熠闪光（手臂、双足、头发以及躯干）：她是"头发熠熠生辉的"的救世主忒提斯，是"穿长袍的忒提斯"，更重要的是，她还是"发光的银足女神忒提斯"。[3] 她点亮并穿过我们的脑海，身后留下深刻的轨迹一道。这条轨迹有时始于我们大脑视网膜的顶部，并沿垂直而下：

女神直接从灿烂的奥林匹斯山上跃进深海。

有时始于视域的底边并向上闪去：

忒提斯并没有忘记
她儿子请求的事，她从海波里升起来，
大清早登上广阔的天空和奥林匹斯。
她发现克罗诺斯是明雷闪电的儿子
远离众神，坐在奥林匹斯群峰的
最高岭上。

有时，其光点中的一个可能沿水平轴移动，并与一道跳跃的青铜色光相撞，并合二为一：

银足的忒提斯来到赫菲斯托斯的宫阙，
那座宫阙星光闪烁，永不毁朽，
众神宫中最出色，跛足神用青铜建成。[4]

还有时，这运动之痕似乎是在绕着她的周边画一个个同心圆；其中的光照让我们看到了海上的泡沫，就好像在一幅对每一道海浪都作了细致刻画的日本漫画中所看到的那样，这从涅柔斯女儿们的英文名讳中就能看出：Spindrift（海浪的溅沫），Glitter（发光），Glimmer Of Honey（蜂蜜之光），Brilliance（光辉），First Light（第一束光），Blossoming Spray（开花的海浪），Sparker（火花），Race-With-The-Waves（与海浪赛跑），Sleek-Haired Strands Of Sand（头发闪烁的沙丘）。这些都为我们提供了绘图指令，因为每一个名字的每个音节都要求我们在脑海中制造光亮。在《伊利亚特》中，运动是一份可遗传的厚礼，并且总是以母系遗传的方式进行传承。出现于第十卷中的那几位杰出的领袖，有一位是凡人与女河神之子，还有一位系赫耳墨斯与舞女之嫡。参战部队中的"闪光的马蹄"（flashing hoofs）也是一笔遗产，因为克珊托斯和巴利奥斯被称为"步履轻快的卓越马驹"（illustrious foals of Lightfoot）。[5]

　　在想象自身可以运动而且还能使其他坚实之物运动的光线的时候，想象的心灵极有天赋，并且创造起来易如反掌。何以使然，这确是一个值得深思的问题。但眼下，我们只需要知道事实如此，知道《伊利亚特》在不断地指导我们进行这一思维训练便足已了。当然，《伊利亚特》的制图能力——号召我们进行生动图像塑造的能力——包括许许多多的程序，但此处，我们将只考虑用明亮之光照来产生动感这一种。荷马并未就这些构图的思维活动进行明述，但当他在描述物质世界中的种种活动时似乎早已胸有成竹。制造出一个可以代表整个世界的艺术品的愿望——比如阿基琉斯之铠甲或者被赫拉在想要吸引宙斯时所借的阿佛罗狄忒的绣花腰带（"整个世界都蕴藏在这些彩绣里!"[6]）——体现的一定是精神层面的而非物质层面的表现。认为只要一件器物（如盾牌、绣花腰带），整个世界都可以绘制于其上，这个想法的确有些异想天开；但对于大脑来说，我们却习惯性地毫不怀疑地进行填充：在脑海中，我们即使不能将整个世界都绘制上去，也能

81　将自己所知的关于这个世界的一切绘在上面。荷马对于大脑工艺的观念——比如他认为如何才能使脑中图像运动的观念——虽未曾明说，但我们还是可以从他对于物质工艺的那些描述中推断出来：一件物质工艺品所能达到的最高境界莫过于对象动态的惟妙惟肖的摹仿——比如赫菲斯托斯用黄金制作的侍女们的活动，他的三足鼎的移动，盾牌上绘制的那些舞蹈（在希腊思想中，这一观点得以传承和延续，他们认为菲迪亚斯[Phidias]的塑像是如此栩栩如生以至于要动起来[7]）——因此《伊利亚特》的创作者知道，让脑中图像动起来才算大功告成。由此说来，《伊利亚特》也算是成功的。

　　现在让我们回到本章讨论开始的地方，回忆一下当时我们所举的那些运动的例子："光彩照人的阿基琉斯这时也把自己武装。"阿基琉斯的武装——荷马在详细描写了装备的精良之后——从脚开始，并

逐步向上直到头部。他身体的每一个部分都被依次照亮了，并且只有当这整个纵向的光照完工之时，那个关键性的动作才会出现。我们首先看到的是那固定于小腿后部、带有银质勾环的精美胫甲；接着是胸铠；然后是他那有着"铜刃"和"银钉饰柄"的佩剑；再接着是盾牌，"盾面如同月亮闪烁着远逝的光辉——有如水手们在海上看见的熠熠闪光"（这光辉"射入太空"）；最后是他戴坚盔的头颅，"鬃毛缨饰如明亮的星星／闪烁光芒"。只有到了现在，当整条竖直的光带都安然就位了，我们才见到《伊利亚特》中或许称得上知名度最高的单个动作：

> 神样的阿基琉斯穿好铠甲试一试，
>
> 看它们是否合身，四肢活动自如，
>
> 铠甲却犹如双翼，让士兵的牧者腾起。

现在，作为压轴之戏，他举起了那支佩利昂梣木枪；这木枪奇重无比，以至于帕特罗克洛斯在向阿基琉斯借武器之后不得不将它丢弃一旁。虽然木枪很重，这图像还是继续移动下去，我们看到阿基琉斯的动作与整个部队的喧哗躁动、与那"光亮马鞭"和"闪光的马蹄"交织在了一起。[8]

在这篇关于着装的文字起始之处，阿基琉斯自己是立定不动的，唯一运动的只有那束光，它由盔甲的表面出发，环绕于阿基琉斯身体："光芒闪闪射入太空。"到目前为止，对明亮之光照所提出的要求仅局限于保持自身的动量。但这只是为另一个运动作筹划，后者不是光之动，而是一名男子，一名全副武装的男子之动；同时，这运动也不是一段随意的从一个位置到另一个位置所发生的位移，而是一段位置清晰可辨的运动："神样的阿基琉斯……立起脚跟转动"。荷马让这个与一个重物之象相傍相生颇为重要，因为正像他在诗中孜孜不倦地提醒我们的那样，我们所见并不是一片虚无缥缈的幻象，而是一群有着剽悍、温暖、刀枪可入的血肉之躯的士兵。墨涅拉奥斯之所以能将帕里斯的盔甲远远掷出去，只是因为（通过阿佛罗狄忒的突然介入并将颚下之带弄断）盔甲已经失去了那个墨涅拉奥斯企图杀死的人的重

82

量。克珊托斯因负伤而摔倒在地之后，战队里的其他马匹也不断被她的重量带倒，直到埃阿斯出手剪断了缰绳，才使它们从同伴巨大重量带来的毁灭性灾难中解脱出来。类似的关于重量的事件在史诗的各个关键节点和转折处都出现过。而构成整个故事的转折点的恰是阿基琉斯拒绝割断可使其免于被帕特克洛斯尸体拖倒的缰绳。同样《伊利亚特》最后一卷是献给赫克托尔躯体的重量的：普里阿摩斯，其父君，拒绝将自己从特洛伊最杰出的战士的尸体分开；第二十四卷整卷则是围绕着那辆"轻便的骡车"而展开的，这骡车先是逐步接近那装在柳筐里的尸体，然后又载着它重归故土。①

83　　　虽然荷马创造运动而非创造固体性的技巧才是此处的正题所在，但不可否认，他所要移动的都是一些具有重量的图像（比如阿基琉斯立起脚跟转动），一些因为发光而看上去如乘翼而飞的图像。阿基琉斯立起脚跟转动开启了一长串的骚动，以斯卡曼德罗斯河上对特洛伊人的屠杀为接续，以不知疲倦的环特洛伊城池的奔跑为高潮，也就是在一对一交锋获胜之前，阿基琉斯绕着普里阿摩斯所辖之城跑了三圈：

> 如同星辰浑身光闪地奔过平原。
> 那星辰秋季出现，光芒无比明亮，
> 在昏暗的夜空超过所有其他星星，
> 就是人称猎户星座中狗星的那一颗。
> 它在群星中最明亮……
> 阿基琉斯奔跑时胸前的铜装也这样闪亮
>
> ……阿基琉斯来到近前
> 头盔闪亮的战士
> ……浑身铜装光辉闪灿
> 如同一团烈火或初升的太阳的辉光。[9]

---

① 除明亮之光照外，这些特殊的运动还需要其他一些技法的参与，我将在后续章节中对此进行细述。

在表现这一连串让人精疲力竭的事件中，史诗都运用了明亮之光照这一思维常规方法。它具体表现形式又分三种。第一种在上述引文中已表现得十分清楚：光线发自于人物本身，或者阿基琉斯的盔甲，或者从他的对手，其中以赫克托尔最为著名，他的脸颊上映着盔光。（只有在两个场景之中——赫克托尔在城门口告别他襁褓中的婴孩时以及他在阿基琉斯面前战死之时——他的盔甲才与身体相分离。）赫克托尔也有许多与阿基琉斯相同的情况。光的闪烁有时只是为了维持自身的动量，但也有时是为了让我们看见他沉重的全身在运动："头盔闪亮的赫克托尔愤怒地……"[10]

　　在《伊利亚特》中，对明亮之光照的第二种使用方式是，光发自于移动之人即将经过的物而非移动之人本身：

> 紧挨着泉水是条条宽阔精美的石槽 　　　　**84**
> ……特洛伊人的妻子和他们的可爱的女儿们
> 一向在这里洗涤她们闪亮的衣裳。
> 他们从这里跑过，一个逃窜一个追，
> ……
> 而是为了夺取驯马的赫克托尔的性命。[11]

　　使用光照的第三种方式是将移动之人放置在一个大型发光外壳之中。阿波罗将赫克托尔的尸体放在一片金色的云中，以免在被阿基琉斯绕帕特罗克洛斯坟冢拖行过程中受到伤害和污损。不过，阿波罗这么做与荷马这么做的初衷却不完全相同；对后者来说，金色的外壳除了可以有效保护尸首，还可以帮我们看清尸体被拖行的过程：不论我们是否能从其中看到尸首，我们都看到了一片移动的金光。同样的发光外壳还出现在荷马对阿基琉斯和赫克托尔二人环城赛跑的刻画之中，只是稍显隐晦一些，他们的奔跑画出了一道"旋风"，而这道旋风看上去要比两人本身大得多，几乎可以和他们的赛道一般大小：

> 他们也这样绕着普里阿摩斯的都城，
> 旋风般地绕了三周，神明众目睽睽。

但在这里，外壳的出现较为隐晦或者说隐蔽，因此当我们读到这段时，也许并没有将它当作一条发自于荷马的明确指令，而我们在读斯卡曼德罗斯河上的屠杀一段时，却曾明确地感觉到荷马的指令。河上的这场交战，虽然包含着难以计数的动作，但实际上也都是在一个疾驰的银色外壳内展开的，这就是"闪光的洪水"，"这条优美、多银色漩涡的河流"：

> 将他冲向平原，整个原野满溢着洪水，水上漂浮着
> 无数精美的铠甲和被杀死的青年的尸体……
> ……闪光的波涛也重新回到优美的河道里流淌。[12]

85　这并不是说，整场战役都被作了去物质化处理，化为了一道光，因为整条河都为血肉模糊之躯所阻塞，并最终将阿基琉斯驱逐出境，以驳斥后者的伤人之罪。但直到放逐的那一刻，这条河也还是一个包括了所有事件和运动的敏捷、光亮的容器。

　　《伊利亚特》对明亮之光照这一技法的运用可以总结为以下几点。尽管有时它要求我们去想象一些飘浮不定、看似随意的心灵光束，然后将它们分别与另一个整体性的涌动联系在一起（比如战士们从战船上的涌出），但情况更经常表现为，它要求我们去想象一个高度明确的运动。有时，一束光水平地移过一个位于中央的平面（比如忒提斯急匆匆地前往赫菲斯托斯的屋舍）；有时垂直向下移动（比如忒提斯下山寻子）；有时自中心部分发出，并被其他光束包围（比如涅柔斯从深海升起，涌到海面）；有时沿一条水平轴逐渐变宽，然后绕心旋转或者滚动（比如阿基琉斯试穿他的甲胄，赫克托尔听到战争的剧嚣而脱身逃走）。所运动的可能只是光线自身（比如光芒从盾面上或头盔上发出），但也有可能是一个实体的男子或女子。光线可能发源于移动之人的身体，也可能发源于移动之人所要经过的事物（比如那个洗衣池塘），也有可能环绕并包围着那些人（比如金色的云和银色的河流）。这发光的运动甚至还可能发生在人体的内部，比如，在安德罗马克为夫悼亡的最后，她称赫克托尔为"城邦的王"，特洛伊城门和护垣的唯一守护者，并恸哭道："现在你躺在翘尾船旁，远离双

亲／待狗群吃饱，发光的蛆虫又来吞噬／赤身裸露。"[13]

凡听过《伊利亚特》故事的人都知道，被明亮之光照赋予了生动性的不仅仅是阿基琉斯一个，也不仅仅是阿基琉斯和忒提斯，或者阿基琉斯、忒提斯加上赫克托尔。我们看到海伦娇步穿行于特洛伊高高的城墙之上："美发闪光的海伦"、用"发光的白色面巾"遮住头的海伦、"妇女中神光熠熠的女人海伦",[14] 有了这样的描写，我们还有什么理由说自己想象不出她的情影呢？我们看到帕里斯坐在内室中，赫克托尔走了进来，拿着辱话"谴责"他：既然赫克托尔手提一支十一腕尺的长枪走在宫殿里（"青铜的枪尖／在他前面发光"），既然帕里斯在其兄长走近时是正忙着擦亮兵器，我们又怎能说自己想象不出这场景呢？[15] 我们看到帕里斯与兄长一起步行穿过城门，之后（在与墨涅拉奥斯进行了一对一的较量之后）我们又看到他飘动着，被阿佛罗狄忒挟在臂膀间带回到了他芬芳四溢的床上。当帕里斯的名字几乎成了"容光焕发的身躯"的同义词，当这身躯的俊美又佐以盾面和肩上所挂的豹皮的光芒（这景象曾给墨涅拉奥斯带来了惊恐），我们又怎会看不见特洛伊城那进进出出的运动呢？我们看到的不仅仅是腿的动作（如奔跑、齐步走、跨步、在神的搀扶下跛行），还有肩膀和手臂的动作。"居住于奥林匹斯的缪斯啊，请告诉我，"荷马说道，"阿开奥斯人的船舶是怎样燃起大火！"但是，要想象一个做投掷动作的手臂所画出的弧形几乎不需要花费什么大脑的努力，因为在诗人祷告之前的不远处，就有一段关于埃阿斯在战役中"周身各个肢节／汗水淋漓"的描写："坚强的左臂／不停地挥举闪光的大盾牌业已力乏……他已经气喘吁吁，周身各个肢节／汗水淋漓。"[16]

最后，像其他帮助我们对运动进行想象的技法一样，明亮之光照还能帮助我们体会到故事中人物的内在运动。这一内在的运动事件可能是某一具体持续的情感——比如阿基琉斯的愤怒、忒提斯的坚定的母性之爱，也可能是短暂的激情——比如当赫拉为了将宙斯的注意力从战争上转移开去，从赫菲斯托斯为她建造的卧室中取出"安布罗西亚神膏"，"用油膏抹完柔美的肌肤"，又把"三坠暗红耳环／挂在柔软的耳垂眼里，光灿动人"，结果宙斯心中"激荡着甜蜜的情欲"。[17]

当然，内在运动不完全等同于这些具体的情绪（比如愤怒、情

87　爱、欲望），而更倾向于那将诸情绪都囊括在内，即生命的意识，这在许多语言的关于速度和生气的意味深远的双关语中都有体现：忒提斯被称为迅捷的"银脚"；"璀璨的东西如此快乐走向毁灭"。雕塑家和其他以不动的材料为对象的艺术家往往都希望摹仿物质世界的运动，因为动态本身就带有一种勃勃的生机：菲迪亚斯的雕塑似乎在动，于是也就似乎有了生气，赫菲斯托斯的黄金侍女和自动鼎如此，闪光盾面上所绘制的那些舞蹈场景也如此。难怪赫拉去那个由顶级工匠建造的房间里获取代表生机和活力的"安布罗西亚神膏"。而《伊利亚特》的创作者也是不断地回到某个类似的心灵作坊里，去取所有可以被放置在躯体表面、四周以及旁边的东西——光艳的亚麻布和精美的绣花锦袍，光灿灿的金属和耀眼的盾牌，安布罗西亚神膏和满身的汗水，波光粼粼的池塘和金色的保护外壳——以便那些图片焕发出运动的生气，否则不论本身多么生动，只能处于静态。渐渐地，这些持续性的柔软的运动将意识本身那奇妙的光辉，那每一刻都在不断更新的生命自身的光辉，展现在我们眼前，就像《伊利亚特》中对一个婴孩的描述那样——"娇嫩的孩子，一个奶娃，/……像一颗晶莹的星星"[18]，而意识的残缺则代表着生命本身的丧失，比如安德罗马克看到了赫克托尔之死，将雪白的臂膀甩向了天空（而之前她一直是抱着孩子的）：

> 晦夜般的黑暗罩住了安德罗马克的双眼，
> 她仰身晕倒在地……
>
> 漂亮的头饰远远地甩出，掉落地上，
> 有女冠、护发、精心编制的发带和头巾，
> 那头巾系由黄金的阿佛罗狄忒馈赠，
> **88**　头盔闪亮的赫克托尔送上无数聘礼，
> 把她从埃埃提昂家族迎娶的那一天。[19]

她手臂向上伸展的动作和那些发亮的头饰转而又促成了早些时候从大脑视网膜中滑动而过的婚礼行列中间部分的突然变亮。

安德罗马克向上伸出的手臂，我们将看到，自身还蕴藏着第二、第三甚至第四种关于使形象生动起来的秘诀。在以下的章节中，我们将经常有机会再次看到她，因为本章（就像其他关于运动的文献中的一小部分重要章节一样）只是对所有可用的技巧和方法都适用的文本的一个选集和提取。

那么，被我们遗留在一幅静态图片中的那只小鸟儿又怎么样了呢？在讨论了其他技法之后，我们还将提到她。但作为这一阶段的保证，当然我们可以说明亮之光照是众多带给她飞行动感的思维方法之一。从济慈的诗中，我们能够确知这一点，他的金翅雀在半空中，"拍着双翅停在空中／显示出黑黄色的翅膀"。从华兹华斯的诗中，我们能够确知这一点，沐浴在"银光"中的天鹅向前游进了一片黑暗之中，身后留下了一片"月光照亮了的尾波"。从惠特曼的诗中，我们也能够确知这一点，他的反舌鸟希望发现其伴侣在升起的星辰中的前进姿态："啊，你高空的星星哟！／也许我这样渴望着的人正跟着你们一同升起，一同升起。"我们还能从荷马的诗中知道这一点，他笔下的普里阿摩斯祈祷一条预兆，使阿基琉斯能仁慈地对待他。于是，宙斯便派来了一只有"闪亮的"暗黑色翅膀的猎鹰。[20]

6. 第二种方法：轻薄性

就明亮之光照这一方法来说，其最难能可贵之处在于，它发现了一个光点可以轻而易举地在人的脑海中进行移动，并且指出这样的事实：如果给这个易动之物搭配上另一个固体之物——比如一个人或一匹马，我们可以使后者便于移动。在接下来的这一章当中，我们将继续关注固体之物的移动问题，而且我们会再一次发现这样一个事实，那就是一个固体或结实之物常奇怪地与另一个具有相反性质之物成双成对地出现，这种性质就是想象之物固有的、轻薄且薄纱一般的特性，因而从某种程度上来说可以在物理上很好地进行控制。这一过程需要表演这样一个把戏，即对摹仿现实的脑海中图像和真实世界本身都进行部分删减，以便双方相互借鉴一定的特性。我们将选择脑中的形象与所代表的真实世界能够在缺乏重量方面保持高度一致的地方作为讨论的开始。换言之，也就是选择虽为固体却又因缺乏固体性而显得虚无缥缈、极度轻薄的物体。

在《伊利亚特》弥漫着甜美芳香、琳琅满目的仓库中，有一间满藏着这一类型的脑中图像，以后我们还将不时地回到对这本书的讨论中去。但是这一类型的实践在另一位极有天赋的作家的年代稍近的故

事中得到了极好的表现，这就是福楼拜的《包法利夫人》。乍看起来，似乎《包法利夫人》中那个相对平静、舒缓的、打着哈欠的世界在动作的关注程度上无法与《伊利亚特》相提并论。可一旦我们翻开这本

书就会发现，福楼拜实际上一直都全神贯注于让读者心中的图像运动起来这一问题。即使是外在事件也以此为目的：查尔斯·包法利由于为艾玛之父医治伤腿而与她邂逅；他非但没有治愈，反而进一步损害了一名年轻病人的行走能力，从而作为外科医生被宣告彻底失败。就像一位外科医生帮助病人恢复身体那样，福楼拜竭尽全力让他笔下的人物动起来，从那些最轻微的小动作到那最极度的运动（如结尾处那辆颠簸着狂奔的马车）。可以说，这部小说实际上是一部关于脑中形象如何在艾玛及我们脑海中创造出来的书。福楼拜有时明确地告知我们，这种思考表现在艾玛脑海中的那些形象之上，有时则表现在书的外部、客观的空间之中，例如歌剧中奢华的布景或勒合先生兜售的薄纱巾（后来这些都变成了艾玛浪漫地渴求的对象）。对于读者而言，纱巾和剧景都是脑中图像而非真实可感的图景；由于对艾玛来说都是真实可感的，福楼拜可以通过给出一些明确的指令，以便我们心中形成图像，但当所写之物为仅出现于艾玛脑海中的形象时，他却往往做不到这一点。

有一点看起来似乎是自明的，那就是在任意两个图像之中，那个更容易绘制出的也往往更容易移动。例如，轻薄之物——鬼影、薄纱窗帘、阴影——比固体之物更容易动起来。（我举此例是希望向读者发出邀请，请他们也暂停一下，就当下正在讨论的脑中构图方式作实际演练，以判断我的论断是否准确；不过，在这里，我并不打算用"尝试一下"这样明确的邀请之词，而仅仅是描述我坚信的在成像过程中发生的事情，并假定读者已经接受了关于有效性的邀请。）实际上，在想象中使轻薄之物动起来是如此容易，以至于本书在开篇中将普鲁斯特笔下的在墙上活动的戈洛之影子以及哈代笔下在书架上移动的苹果树影当作了理所当然之事，而将重点放在了我们大脑中的轻薄物之移动如何创造出下面厚重、固体的平面之上。

91

勒合先生的轻薄的丝绸和围巾以及那镂雕的、格子图案的椰壳蛋杯让艾玛·包法利着了迷，这些物件的轻薄性与脑中图像颇为近似。我们可以很容易地在脑海中将它们绘制出来，也可以轻松地让它们动起来。

> 时不时地，好像为了掸掉浮尘，他用指甲弹一弹摊开了的围巾的
> 纵缎面，围巾抖动了，发出了轻微的窸窣声，在傍晚暗绿色的光
> 线中，断面上的金色圆点，好像小星星一样闪闪发亮。①[1]

这句话以明亮的光照结束，但在这一思维过程发生之前，那丝巾早就
处在动态之中了。

　　轻薄之物——如头发、纸张、轻薄的纱布、花瓣、蝴蝶（移动之
花）——几乎可以不费吹灰之力地在脑海中连续运动。在以下选取
的章节中，第一、第三篇来源于福楼拜；第二、第四篇来源于艾米
莉·勃朗特。不论这两位作家中的哪一位，都坚定不移地相信，读者
移动那些轻薄物体之图是十分简单易行的：

92

> 告别之后，他们不再说话；四面都是风，吹乱了她后颈窝新生的
> 短发，吹动了她臀部围裙的带子，好像她扭来卷去的小旗。

> 一本书摆在她面前的窗台上，打开着，简直令人感觉不到风间或
> 掀动着书页。

> 一只手从黄布小窗帘下伸了出来，把一封撕碎了的信扔掉，碎纸
> 像白蝴蝶一样随风飘扬，落在远远的红色苜蓿花丛中。

> 我在那温和的天空下面，在这三块墓碑前流连！望着飞蛾在石楠
> 丛和蓝铃花中扑飞，听着柔风在草间吹动，我纳闷有谁能想象得
> 出在那平静的土地下面的长眠者竟会有并不平静的睡眠。[1]

脑中图像的属性之一在于它们总是在不定的漂移中，不论是轻如蒲公
英种子那灰色的丝绒，还是重如蓝黑色的墨汁。脑中之像如此易动，

---

① 是指甲的轻轻一弹使得丝巾动了起来，但我们所见到的却不是指甲而是丝巾。此
　处，我将把关注点放在丝巾之动上面，而忽略我们是如何看到指甲的（如果我们
　的确看到的话）。关于手之动，我将在后续的第八章中加以讨论，也就是讨论移
　动图片的第四种方法：拉伸图片的那一章。

以至于要将它们牢牢地控制在大脑视网膜之内倒需要费一番周折。在指令的引导下，做下面的事情都不难：在脑海中放置一张飘忽不定的薄纸、一小缕颈旁飘逸的秀发或者被风吹起的书页抑或一条围裙带；因为飘忽不定正是脑中图像的天性，福楼拜和勃朗特在此处只是对这一特点作了充分的运用罢了——他们只是引导我们去做了一些我们惯为之事（或者，更准确地说，是那些我们天生就习惯于听任其发生的事，因为这些运动并非在我们意愿指引下才发生）。在每一篇引文中，具体的飘动的发生与另一个更难想象的运动并存，我们只要见到其中之一，便相信也见到了另外一者。最突出的例子要数那辆载 **93** 着艾玛与情人的马车的颠簸之行：此处黄色车帘的轻微抖动与飞蛾般碎纸片的随风飘散（要求我们想象的运动）是车体剧烈颠簸之动的替代品；我们知道车确确实实在动，但很大程度上却没有被直接要求将其想象出来。

因此轻薄之物的随意飘动几乎可以在完全不受我们直接干涉的情况下自行发生。这也是它们一个尤为显著的特征，但当我们决定进行干预时，我们有能力使这些缥缈之物的运动变得精确、有力起来，而这种方法在坚实固体物身上使用要难得多。在《伊利亚特》靠前的章节中，诗人曾写到过这样一个高潮时刻：帕里斯和墨涅拉奥斯提出要用一对一的单打独斗取代阿开奥斯人和特洛伊人之间那耗资巨大并使无数生灵涂炭的冲突。当两人分别将武器向对方掷去时，要求我们去想象的却不是那沉重的武器自身，而是轻薄的对等之物：

> 帕里斯先投掷铜枪，枪的长影在飞。

这件兵器击中墨涅拉奥斯的盾牌却没能将其刺穿。然后，轮到墨涅拉奥斯掷枪了：

> 他挥动长矛并猛力一掷，长长的影子飞了出去。

同样的情况还发生在另一处描写单斗壮观场景的章节中，不过这一次发生在阿基琉斯和赫克托尔之间；在书的第二十二卷中诗人这样写道：

　　　　　　　　　　阿基琉斯说完,

　　　举起长杆枪投了出去, 枪的长影在空中飞行。

赫克托尔蹲下身来躲过长枪并叫道, "现在你先吃我一枪——", 于是片刻之后:

　　　晃动着投出他的长杆枪, 长长的枪影飞出。[3]

94　反复出现的诗行有两个关键性的特点。第一, 本身难以通过想象刻画出的沉重的枪之飞行被易于想象的影之飞行代替。(荷马本可以使那兵器的沉重感从我们的注意力中略去, 但他没有这样做。我们必须对它的重量及其飞行有所感知: 于是我们转向了影子。)一旦枪击中、刺穿或者擦过对方的盔甲上闪亮的皮革, 诗人就立即又回到了枪体本身, 换句话说, 一旦需要让重物重新静止下来, 他就把注意的焦点重新移回到枪体本身(这时只需要想象一张静止的图像就可以了)。第二, 与围裙带或者随风飘散的碎纸片和飞蛾不同, 这里的影子并不在大脑的视网膜中漫无目的地随意移动: 它的运动不仅有方向, 还有速度和力量。

　　对某句话进行不断地重复可以说明, 该句正是史诗的套语之一, 对于这些套语, 我们往往嗤之以鼻。但它之所以能够成为一句套语, 正说明了它是经过层层筛选的、能够生动地表现枪之飞行的最佳途径。换句话说, 这一套语的出现告诉我们, 古人们已经可以深入地对思维活动作出一些结论性的判断, 他们认为, 通过这种方式可以使某条指令对人头脑中的思维活动施加影响。此外, 我们可以发现, 图像的重构——即指导我们去想象那些我们过去已经在脑海中成功画出过的图像——实际上也是一种重要的方法, 不仅出现在《伊利亚特》中, 在大部分需要想象参与的作品中也都有体现: 当我们对某一图像的第三次甚至第四次进行想象时, 思维过程就要简便许多, 而思维结果却可以变得更为生动。诗歌和小说向来就是需要人们反复阅读的, 即便是在某一次的阅读过程中, 我们也会不停地被要求重现已形成的图像, 而我们在第一次构建这些图像时总是费劲得多。

　　轻薄的替代物可以用来取代厚重之物本身，而且轻薄的替代物可以在脑海中作有力量和有方向的运动，这些在华兹华斯的鸟的运动的描写中表现得十分明显。此处是《狄翁》中所写的那只天鹅，它奋力向前冲去的姿态在之前关于明亮之光照的讨论中我们已有触及，但现在我们要从轻薄的倒影这一角度对这个动作重新审视和思考。当这只天鹅向前运动时，山水从其下面掠过，但此处要求我们绘制的并不是那沉重而难以移动的山水之像，而是倒置的、倒影中的、易移的山水之像：

> 看啊！——好像每一股巨大的力量推动着似的，驶来了
> 那毛茸茸的船首，温柔地穿过
> 水晶湖面之镜，
> 倒立的小山和倒影中的树林突然不见了踪影，
> 还有倒垂的岩石，天鹅所到之处，
> 总是这样迂回地默默飞翔于水的上空。

同样的替换操作还出现在华兹华斯的《水禽》的精彩的飞翔描写中，他写到鸟雀在空中划出成百上千的圆圈，它们出现，又很快消失，好像刚要降落在这里却又立刻重新腾空而起。除了轻薄性，华兹华斯在这里还运用了许多其他使图片生动起来的方法，例如让我们一遍又一遍地想象鸟雀划出的几何图形（而不是鸟雀自身）；让我们听见它们靠近我们的声音，接着又马上远去。但是在那最为高潮的时刻，当他要我们去想象那些飞行中的鸟雀本身时，华兹华斯指引我们去绘制鸟雀的倒影，随着它们落下又从"水面，或那闪光的冰面"上再次腾起，其倒影先是增大然后缩小。

> 可你瞧！消失的一群又腾空而起，
> 迎面而来——听得见振翅的声音：
> 始而低沉，继而是一阵急响
> 匆匆掠过，又低沉下去。鸟儿们
> 怂恿太阳在羽翼翎毛间逗弄，

恁恁冰封的湖水亮出图像来——
亮出的是它们自己蹁跹的影子
闪动在光洁的冰上；有时飞得低，
贴近了冰面，影子便更加鲜明，
也更加柔美；接着又猛然一冲，
高飞直上，急如星火，就像是
对歇息和歇息之处都不屑一顾！[①]

尽管在描写它们最终向上飞去时，华兹华斯运用了明亮之光照（"急如星火"），但当他要我们不仅看见水禽的躯体（"亮出图像来……蹁跹的影子……更加鲜明，也更加柔美"），还要看见它们的运动时，他还是描写了倒影中的轻薄之像。与沉重木枪的飞影一样，这些倒影在大脑中微光闪烁的表面上运动起来也是既轻便又迅速。

　　轻薄之物的运动有时是轻浮不定的，但有时也带着巨大力量。除此之外，做一些具有高度精确轨迹的运动也是它们能力之所及。要对它们在脑海中移动的这种精确性作最好的阐述，我们最好先放下阴影和倒影之例，重新回到那些关于蝴蝶和飞蛾的例子中去，因为在分量上，它们要比木枪、天鹅以及各类水禽轻得多，也可以更为直接地想象出来：一只蝴蝶几乎与其影子一样轻，也比它在水中的倒影重不了几分。虽然脑中图像的轻薄特性使它与木枪之影更为相似，与木枪本身差距较大，但却与蝴蝶和蝴蝶之影有着几乎同等的相似性。蝴蝶鉴别图册，或者至少是写得最好的那些，常假定对该生物的飞行姿势的描述可以不同于对其他较重的飞行物（如鸟）的描绘。当然这些描绘是如此成功，以至于某人站在开阔的草原或是铁轨旁边看到那些真实的蝴蝶时，可以将这些真实的运动与书中所描绘的那些匹配起来，并由此辨认出眼前所见之蝶的具体种类。不过根据书中描述，在大脑中凭想象绘制出这样的飞行也并不困难，这样一来我们即使在隆冬季节安坐在避风的室内，也可以将它们想象出来——不仅可以想象我们

---

① 《华兹华斯诗选》，杨德豫译，桂林：广西师范大学出版社，2009年，第132页。——译者注

在想象它们，还可以真切地想象出它们的形象。这类书的描述有时是通过明亮之光照实现的："叮的一声，一道橙黄色的亮光闪过，这就是那旋转着飞行的苦行僧来了，"作者这样向我们形容美国红灰蝶 **97**（American Copper）；关于细尾青小灰蝶（Great Purple Hairstreak），我们从书中获知："当它飞来时，我们会看到一道从布满整个翅膀的闪闪发亮的蓝色鳞片上射出的亮光"[4]。也许羽翅的振动从来不会完全离开光的闪耀和跳跃，但一般来说，这种精确的运动本身却往往是不发光的，或者至少需要通过一种与明亮之光照不同的思维方式进行表现。

更何况我们所要想象的并不是蝴蝶的色彩而是它们的运动姿态。与那些鸟类手册相类似，蝴蝶手册当然也会包含一些静态的图片（包括语言的与视觉现的），这些图片明确了蝴蝶的斑斓色彩，观察者们如果有幸能够遇到一只停在甜豌豆或多毛金光菊上采蜜的蝴蝶，就能亲眼看见它们的色彩。但如果某本手册旨在通过运动姿态对蝴蝶的品种进行辨识的话，它们的颜色，不论多么绚丽多彩，都会立刻被弃置一旁，因为凭某蝴蝶在飞行中展示出来的色彩只能判断出它属于哪一科——此刻从我们眼前飞过的是一只蓝蝴蝶（Blue）或者一只灰蝶（Copper），还是一只黄粉蝶/菜粉蝶（Yellow/White）——却不能判断出它是灰蝶，黄蝴蝶或者黄粉蝶/菜粉蝶中的具体哪一属，哪一种。[5] 举例来说，我们在对两只不同的灰蝶作出区分时，所依靠的是它们的动作而非它们的颜色（即使是当我们坐在一个空房间里对它们进行凭空想象时也是如此）：红灰蝶飞起来是"一道橙黄色的亮光闪过"，像个"旋转着飞行的苦行僧"；而 Bronze Copper 则是"一种体型较大、飞行动作轻柔洒脱的灰蝶"。[6] 难道还会有谁连飞行的苦行僧之动作与轻柔洒脱飞行之姿也区分不出来吗？此处，脑中图像之动既非漫无目的的漂移也非刚健有力的滑动，而是可以被精确标记出的一种运动。

运动姿态的明确性可在粉蝶一科（不论是黄粉蝶还是菜粉蝶）中得到极好的说明，它们飞起来就是一些小小的黑色的面，好像从艾玛·包法利所乘马车中飞散出去的那些碎纸屑似的，只不过在具体飞散的方式上有所不同罢了。不同的蝴蝶占据了不同的层面，有些在足下，有些在眼睛的水平面上，还有些远远高于头顶。在那个较高的区域里，请首先绘制一只"高飞的菜粉蝶，它飞行有力……不时地急转弯"，然后再画另一只，它"喜欢大幅度地振动翅膀，沿较直的路线飞行"，现在再画出第三只，"它飞得高、有方向感且十分平稳……翅膀振得幅度大而有力"。这三只，按它们出现的顺序，依次是 Cabbage White，Checkered White，以及 Cloudless Sulphur。同时在你的足旁，如果你看到了"一只体型小巧、极富光泽度的黄粉蝶，飞起来急速，位置低且路线笔直"，而另一只飞起来则"更贴近地面，振翅轻柔"，那么后者就是 Sleepy Orange，而它那活跃的同伴则名曰 Little Yellow；现在第三只又接踵而至，这是一只 Falcate Orange，它在脑海中动起来发出缓缓闪动的光辉：它那"鲜橙色的翼梢"与"白色的翅膀"形成鲜明对比，这使它即便是在飞行之中也可凭颜色辨认出来，它的飞行"十分娇弱、紧贴地面，极少超过两英尺的高度"。[7]

我们已经讨论过了大脑如何使那些轻薄之物的图像运动起来这一问题，比如一条薄丝巾、一小缕头发、一只蝴蝶、一张在凯瑟琳·恩萧敞开的窗外被风吹起的书页、一个运动的影子或水面或冰面上的倒影，等等。我们已经知道，轻薄之物可以轻易地移动或飘动起来，且这似乎正是它的天性所在；因此一段让我们绘制出该类物体的描述所做的实际上就是把想象的这种特性充分调动和利用起来，不仅用于对二维图像的建构，还用于使它运动起来的过程。但是轻薄之物也并不总是这样随意飘动，它们还可以有目的地向前急驰，就像阿基琉斯之枪的飞影或者华兹华斯诗中那天鹅掠过的岸边景致在水中流动的倒影一样。最后我们还发现大脑可以绘制出精确的羽翅振动和飞行路线，也就是说，我们不仅可以在脑海中绘制出图像，让它动起来，还可以让它们的运动变得十分精确。

我们还看到，轻薄性这一方法可算得上是明亮之光照的近亲。有时我们甚至难以说清楚，一只蝴蝶某次振翅的可绘制性是源于轻薄性还是源于闪动的亮光。轻薄性与明亮之光照两种方法的近似不仅体现在翩翩蝶影上，还体现在那镶着圆形亮片的丝巾的颤动以及在"暗绿色的光线"中的闪闪发光，体现在冰面上即将降落之鸟的倒影两侧的羽毛被阳光照亮之时刻，或是当它们突然向上飞起，留下一道光束之时。轻薄性和明亮的光照总是相伴出现，对于这种如影随形，我们可以给出两种不同的解释。思维创造运动的不同方式常常被综合地加以使用：事实上随着我们讨论的进一步展开，我们还将发现（在那最完美的关于构建运动的指令中）三种、四种甚至五种同时出现。当然，这两者的关系不仅仅是可以同时出现在文章中，它们还可能走得更近，由于光比阴影或蝴蝶还要轻许多，明亮的光照本身就可以看作是轻薄性的一种极端形式，鉴于光不仅轻薄而且明亮、简洁，在脑海中绘制出来更加轻而易举。如果我们承认这一点确实无疑的话，那么我们以明亮的光照作为开始然后转向轻薄性，实际上就是从一个具有极端轻薄性的物体转向了其他在轻薄性上稍弱些的物体。现在，我们要转向不那么轻薄的物体——事实上就是真正的固体。

7. 第三种方法：增加和移除

100　　如果一个图像出现然后消失，看上去就好像移动了。这种移除的方法操作起来十分简单，因为要让图像保持上三秒、五秒或二十五秒钟倒是要花不少力气，难度不亚于最初的绘制。但要让它从视线中消失却几乎不费什么力，因为放任自由的话，这图像自己就会消失。

　　在一个冬日的破晓时分，查尔斯·包法利第一次去贝尔托农庄，就在他将要到达目的地时，作者要求我们刻画出那名为他做向导的小男孩，他出现、消失，然后再次出现。对于下面这句话，我们需要在脑海中绘制三幅静态的图片，树篱前站着一个男孩，树篱前没有了那个男孩，男孩站在了大门口："小男孩钻进一个篱笆洞，不见了，然后又从一个院子里面跑了出来，把栅栏门打开。"同样，当艾玛·包法利静立在窗前时，她看见的街上人来来往往、川流不息，对于这一景象，我们可以先让人群出现在窗框内，然后再把他们全部移除。为了增强效果，这一段文字还指导我们对这些路人进行去物质化处理，使其化为鬼影，这样一来我们便可以用图像轻薄化的方法辅助这一移除操作的顺利进行：

101　　莱昂从公证人事务所走到金狮旅店去，每天要走两回。艾玛听见他的脚步声由远而近，她听时身子向前倾；而那个年轻人却总是同样的装束，头也不回，就从窗户外溜过去了。但是到了黄昏时

分，她时常用左手支着下巴，把开了头的刺绣撇在膝盖上不管，
忽然看见这个影子溜过，不由得震颤一下。[1]

我们看到艾玛先是以两个近乎静止的姿态出现，然后有点动起来：
莱昂在那儿出现，又从那儿消失了；在黄昏时，同样出现然后消失。
（当然艾玛的图像我只能说是近乎静止的：在他第一次出现前，她是
向前倾着身子的，在他第二次出现的过程中，她开始起身，而且事实
上在几秒钟之后跳了起来；福楼拜表现这些动作的方式可以说是他对
移动想象之图的技法所作的最突出的贡献，对此我们在下一章中还会
读到。）那窗框使莱昂必须走过的路途变得很短，以至于他那"溜过
去"的身影实际上并没有多少空间需要穿越：在《伊利亚特》中，木
枪之影的水平滑动则需要我们在脑海中保持更长一段间隔，要想对此
作出证明，我们只需要想象一下枪影从敞开的门前经过时发生的情景
即可。仅仅是通过他的身影在那里出现，然后消失，莱昂之像看起来
就有了"滑过"和"溜过"的动感。

　　最后，这种增加和移除的方法还以擅长指导我们去构造那些混乱
的动态场景著称。当我们飞速地在脑海中接连放上一串静态图像时，
一阵骚动便很容易地刻画了出来：

> 马车又往回走，车夫也没有了主意，不知道哪个方向好，就随着
> 马到处乱走。车子出现在圣·波尔，勒居尔，加冈坡，红水塘，
> 快活林广场；在麻风病院街，铜器街，圣·罗曼教堂前，圣·维
> 延教堂前，圣·马克卢教堂前，圣·尼凯斯教堂前——海关前，
> 又出现在古塔下，烟斗街，纪念公墓。

102

与大多数其他作家相比，福楼拜更喜欢向我们指明他运用了哪些绘制
图像的步骤，就像他在这里向我们诉说那马车夫的绝望时，他写道：
"垂头丧气，又渴又累，难过得几乎要哭了。"而在写马车时，又写
道："这辆走个不停（Scarry 所引原文为'出现然后又重复出现'——
译者注）的马车，窗帘拉下，关得比墓门还更紧，车厢颠簸得像海船
一样。"[2]

　　这种对脑中图像的操作方式——先画出再让其消失；或者先画出，再逐步让其淡出视野——是十分明显而直接的，并不需要我们花费太多的心机去理解它。但当它实实在在地在作品中出现时，我们却往往很难一眼就将它辨认出来。以《伊利亚特》中那重复出现的、需要我们去对海面浪花进行想象的时刻为例，我们可以对此作出清晰的阐释。在该书的第二卷中，当将士们从船上涌向地面去参加全营大会时，荷马写道：人潮的涌动如海上的"呼啸着的海浪之上的海浪"，"有如波涛对着险峻的海角轰鸣……那波浪从未让它平静下来……从各个方向涌来的波浪，"那"有如咆哮接着撤退的大海的／波涛在长滩怒吼"。像"咆哮接着撤退"这样的词组需要我们首先绘制出一道海浪，然后让这图像卷起，再然后将其完全撤除。而"呼啸着的海浪之上的海浪"这样的语言需要我们做的则是先绘出那道波浪，然后令其消失半秒钟，最后再令其出现；从效果上看，我们这就令海浪之像充满了跳动之感。一道接着一道，"黑色的波浪向上翻腾"，这图片来了又去，走近又远逝；通过这组简单的增减操作，大海和军队就好像在我们面前动了起来。[3] 虽然这些动作之间不乏一些细微的区别——图像有时从左边走近来，有时从右边，有时在夜空中出现，有时则在蓝天上现身，但实际上，所有这些工作，只需要通过一个图像的出现和消失，就可完成大半。

　　这增加和移除的方法之内又具体包括三种不同的思维活动形式。
103 一种需要令某个图像出现、消失然后再出现，就像在从艾玛窗前两度经过的莱昂或者荷马笔下的海浪表现出的那样。另一种需要大脑迅速而连续地构建出一连串各自原本都为静态的图片：动感的实现就依赖于这一个事实，即在保持中心人物或物体在图片中不动的情况下不断变换所处的背景或环境，就像载着艾玛和莱昂的马车从一座又一座的教堂前穿过的例子中所看到的那样：它依次穿过圣·罗曼教堂（Saint-Romain）、圣·维维延教堂（Saint-Vivien）、圣·马克卢教堂（Saint-Maclou）以及圣·尼凯斯教堂（Saint-Nicaise）。其实，只要想象那马车依次出现在一座灰色教堂、一座棕色教堂、一座青色教堂以及一座黄色教堂之前，也能达到基本相同的效果，因为这一连串具体的教堂名称在功能上只是一组进行背景撤换的指令罢了，而并不需要我们去构建一所所细节清楚、更不要说在历史上真实存在过的房子。第三种形式只是对以上第二种进行了一些轻微的改动。仅仅是通过先绘制一辆马车出现在圣·罗曼教堂之前，然后置之于圣·维维延教堂之前，我们就已经好像看到它动起来了；但如果要在这两张图片之间插入一张绘有那座圣·罗曼教堂却少了那驾马车的图片，那么我们会发现，只增加了这一过渡性的、被撤除了马车之像的图片，我们捕获的运动感会得到大幅的提高。这种方式正是我们在为查尔斯·包法利引路的小向导的例子中所看到的：在绘有一个男孩站在树篱前的图片和一张绘有这个男孩站在大门前的图片之间，还插有另一张绘有那扇大门，但门前却没有站着那个男孩的图片。有些时候，图片是整张地消失，但也有些时候，整幅图安然无恙，只是其中的某个组成元素——例如一个人或一个物件——在撤换中消失了。现在的问题是，我们究竟是怎样从一幅图片的绘制活动中过渡到第二幅的呢？

　　艾米莉·勃朗特在其作《呼啸山庄》中，为了写活那有剧烈运动发生的时刻，在描写方面上使用了许多方法，增加和移除便是其中之一。通常，勃朗特笔下那些最有感染力的动态场景都是以二元更迭的形式表现出来的：两幅图先后出现在脑海里，梆、梆，两张意象派风格的构图，其中第一幅被第二幅擦除或移除掉了。以下是丁耐莉对于凯瑟琳死前与希刺克厉夫见最后一面时的场景的叙述。

　　　　他们各自站住的一刹那，然后我简直没看清他们是怎么合在一起　　**104**
　　　　的，只见凯瑟琳向前一跃，他就把她擒住了，他们拥抱得紧紧
　　　　的，我想我的女主人绝不会被活着放开了。

我们首先画了两个在空间上分别独立的人，随着咔哒一声，两个像被粘在了一起。"向前一跃"这个动词表现了对人物操作的突然修正，尽管并未细说这修正究竟是如何发生的。实际上，作者免去了我们想象过渡图片的重负：作者写道，"我简直没看清"。这一景象继续着：

　　　　他投身到最近处的椅子上。[4]

两幅图片从我们脑海中经过：其一是希刺克厉夫（将凯瑟琳拥在怀中）站着；希刺克厉夫（仍将凯瑟琳拥在怀中）坐着；"投身"一词并非一个我们真实看见了的动作，而只是像一条命令一样，强迫我们将这两张图片中的第一张切换到第二张。希刺克厉夫坐在椅子上的图像出现在我们的脑海中的，好像他真是被投到那里去的一样。

　　我已经在上文中写到过，作家的指令对于我们生动地进行想象具有重大的意义。在做白日梦时，我们对于自己意志力的感知影响了我们所构之图的生动程度：一个反复做过多次的白日梦之所以能在生动性上略胜一筹，是因为白日梦需要的是一种自主或说独立的品质；一旦在事实上身处构图活动之中，我们自身就不会感觉到自己为之付出了努力。但有了作家的指令，情况则大不相同，抑制了我们对意愿的自觉，让图像近乎接近于真实感知世界的那种"被给予性"以及由此而生的生动性：书中的那些图像看起来就像是自然而然地"到达"我们的脑海之中，就像被感觉到的一样，尽管是我们将它们（根据某旁人的指令）构建出来的。

　　对此，勃朗特之笔可作为一个极好的例子。大多数作家都希望尽可能地掩饰他们在发号施令、我们在听命遵行这一事实。但在勃朗特的书中，指令常以一种极快的速度上传下达；尽管我们注意不到，它还是有效地传达到了我们以及书中那些虚构的同胞处，因为在该书中，指令总是以命令的语调出现，也就是命令我们展开各种构图活动的那种语调。"想象这个。现在就去做。动作要快。"她使用的那些动态性的动词力量十足，就好像仅凭这些祈使指令的突兀和自信专断就能使我们立即实施完毕。我们平日对于想象的抵触被彻底地克服了。在小说的前半部分中，当勃朗特让希刺克厉夫走下酒窖的楼梯时——

　　　约瑟夫在地窖的深处咕哝着，可是并不打算上来。因此它的主人就下地窖去找他，留下我与那凶暴的母狗和一对狰狞的蓬毛牧羊狗面面相觑。这对狗同那母狗一起对我的一举一动都提防着，监视着。

在这一段中，我们好像根本没有时间去进行抵抗，去说我们画不出走下地窖这一动作。小凯蒂的话同时包含了自信的动词力量和轻薄性："敏妮和我飞奔回家，轻快地像一阵风一样"；我们好像因此画出了她们飞奔时暗淡和轻薄的图像，尽管在通常情况下，我们对一只鸟都很难进行这样的操作，更不用说对一个小姑娘和她的小马驹了，除非我们要画的只是这只鸟的影子或是在冰面上的倒影。[5]

　　但现在我们必须回到增加和移除这一方法上来，因为我们刚才已经把奄奄一息的凯瑟琳和希刺克厉夫留在紧紧相拥的状态中。他们拥抱得太久了，以至于在凯瑟琳的手臂上留下了斑斑青块，而只有当另一个图片挺身而出时，这青块才能得以消退：丁耐莉、凯蒂和希刺克厉夫共处卧室之中的图片突然毫无过渡地被另一幅绘有埃德加、丁耐莉、凯蒂和希刺克厉夫四人共处一室的图片替换了。埃德加这样走了进来（之前文中已稍有一些关于他已经在房子周围的提示语言）："埃德加冲向这位不速之客。"[6] "冲向"这个动词，在我们脑海中展示出的并不是一幅表现埃德加如何进门的动态图片，而是另一幅意象派图画的突然出现，就像"投身"一词表明了希刺克厉夫坐在椅中的图片如何到达我们脑海中一样，也如"向前一跃"一词表明了那幅希刺克厉夫将凯瑟琳拥在怀中的图片是如何到达的一样。换句话说，我们从未看见埃德加从门中进来。他只是突然地直接出现在那里，与众人站在一起。图片中，三人图像顿时变成了四人之像。

　　通过祈使句的指令用第二张静态之图来取代前一张静态之图并由此制造出动感，是艾米莉·勃朗特的独特方法。但这个现象——一个看起来是描述文本中的动作的动词实际上推动和描述了图片如何到达想象者的脑海中——却具有一定的普遍性，可以在许多其他地方也看到。带着祈求参半的语气，约翰·邓恩（John Donne）请求他的爱人允许他的手在她赤裸的胴体上移动游走：

　　　　请许可我那漫游的双手，允许它们游走

但同时邓恩也是在向想象者发出请求，请他们让绘有他的双手的图片移过绘有那女子身体的图片，这一动作由五张静止图片以及五个对应

106

的女子身体上的位置的图片来实现：

> 请许可我那漫游的双手，允许它们游走
> 前方、后方、中间、上方、下方。[7]

此处的方位词明确地指出了身体上的位置，是所要绘制之图的实际内容。在沃尔特·惠特曼的《从永久摇荡着的摇篮里》，方位词自身就是一些指令，一些给出方向的动作。像"从……里""在……上""上自……"这样的一些词，看上去似乎不带什么动作色彩；但当它们作为每一行的首词出现的时候，就获得了与一个生动的动词相同的力量和突兀之感。

107

> 从永久摇荡着的摇篮里
> 从反舌鸟的歌喉——如簧的音乐中，
> ……
> 在荒漠的沙洲和远处的田野上，
> ……
> 下自遍澈地面的清光，
> 上自摇动着如同活人一样的神秘的暗影，
> 从长满了荆棘和乌梅的土地上……[8]

虽然引文的第四行运用了明亮的光照，第五、第六行运用了轻薄性，但它们全都运用了移除之法。这些方位性的指令在我们甚至还未完全完成一幅构图之前就把我们的注意力从那里移开，以使那似见非见的图像（摇篮、嘲鸫、沙丘和田野）有机会逃之夭夭。它的消失——这也是那些难以持久存在之像的惯有属性——通过我们自己精确的运动向图片的外部、上方、下方移动而完成。① 它从我们下方、后方、上

---

① 在句首用介词来表达祈使，惠特曼的这种用法并不常见。虽然在动作描写方面，华兹华斯令人高山仰止，但通常只在要让某个运动停下来时，他才会在句首使用祈使，比如，"等一等，我请求你，等一等……"；"请停在我身旁……"；"停一停，前行的勇者……"；"停一停，快乐的小知更鸟"；"请止步，旅行者……"；"安静，安静，

方的消失实际是对我们自身的运动的一种生动摹仿。

虽然增加和移除之法在福楼拜的著作中比在勃朗特或荷马的著作中表现得更明显，但它在三者笔下的出现都有着十分重要的意义，而且并不需要我们真正去移动图片，只是需要我们将注意力从一幅静止的画面或是一组静态的画面移过就可以了。（与此相反，我们已经讨论过的其他一些方法——明亮之光照和轻薄性——都需要将图片本身进行移动，这在第八章的伸展这一方法中，我们还将再次看到。）这种通过穿插静态图像而表现出来的动感还广泛运用于电影和动画片的制作中，只是在那里这种方法对于我们来说已经习以为常了，以至于我们几乎感觉不出它在这传承许多世纪的想象活动中扮演着多么明显的指令角色。[9] 诗人和小说家们常常有意识地让我们的注意力穿过一组静止不动的图片，还常常让我们长时间地关注那纹丝不动的舞台。凯瑟琳和希刺克厉夫在一段时间内被固化于他们相拥的动作上；艾玛·包法利则好像一动不动地坐在窗前的椅子上，从早晨一直到黄昏。同样《伊利亚特》在许多关键段落中也常常把焦点放在完全静止之物上，然后突然地令图片再次动起来。在他们那环特洛伊城的重要赛跑中，阿基琉斯和赫克托尔是相对静止的，他们保持着相等的间距：

> 有如人们在梦中始终追不上逃跑者，
> 一个怎么也逃不脱，另一个怎样也追不上。

此外，故事的主人公们还常常在一次迈步的中间位置被打断——"阿基琉斯（在迈步中停住）无比愤怒地回答"——或者像掷铁饼者的雕塑一样，正要投掷，却在之前某个充满动感却实际静止的姿态上被冻住了：普里阿摩斯之子波利特斯就是这样：

（接上一页）躁动的地球……"。如果他是在句首用动词来引入某个动作，那么这个动词表示的一定是感觉或言语行为，而不是肢体行为："注意看……"；"列数……"；"看……"；"告诉我……"；"说……"（但"拿……"和"找……"则是例外）。极少数情况下，华兹华斯也使用介词，但一般都是用"向上"（up）这个词，目的是标明听众和读者在诗境中的位置，让我们靠近，而非远离，诗中的意象："起来，提摩太，起来……""飞上上帝的宝座"；"起来！起来！我的朋友……""跟我一起站起来……"。

> ……那人一直充当
> 特洛伊人的哨兵，他信赖自己腿快，
> 坐在老埃叙埃特斯国王的陵墓高处，
> 等待阿开奥斯人从船边出发前来。

109 不论是对这位"有名的捷足"高度形象的文字描绘还是他的自我描述，都同样地使他在一次迈步的中途突然停下来，就好像塞提斯曾在某幅的静态的场中宣称她的爱子将不久于人世所说的那样："从此我便不可能再见他穿过城门返归可爱的佩琉斯的宫阙。"迈步一旦放置于城门这样一个具体而固定的地点，整幅画就立刻变得完全静止下来。阿基琉斯对帕特克洛斯宣誓永远效忠的词句，也描绘出了他自己弯曲的双膝将要或刚刚离地的姿态：

> 可我这颗心为什么还在考虑这些事情？
> 帕特克洛斯还躺在船里，没有被埋葬，
> 没有受哀礼。只要我还活在人世间，
> 还能行走（跳跃的双膝还能上举、载我前行），我便绝不会
> 把他忘记。[10]

　　以上每一个段落都邀请我们去构建"静止"的图片，尽管移动图片而非固定的图片才是我们真正目的所在。我们翘首以待，去看阿基琉斯完成他因在特洛伊高大的城门口发出怒吼而暂停下来的步子；去看两位捷足绕城墙追逐，相隔不远；去看那忠实的伙伴在双脚跃起之后重新踏在地面上。而且我们还可以发现，这些我们早已知晓的可以通过轻薄性或明亮之光照实现的运动，通过增加和移除也可以很好地实现。在一幅图片中，可能某一组成部分被移除了：例如图中艾玛站在花园的台阶上，但半秒钟之后，她就不在那了。或者这单独的图像可能不断地重复出现，比如海面的浪花或一个热恋中人例行散步。或者，这幅图片可能突然地被另一幅所取代，就是这样凯瑟琳好像投入了希刺克厉夫的怀抱之中。这幅图还可能一构建出来就立即作了让位，随着想象活动的进行，让位给了后续的第二、第三幅，乃至第

四、第五幅图，就像艾玛·包法利的马车之行或者约翰·邓恩的得到
特许的双手或者惠特曼笔下那发出长叹的想象者凝视着下方渐行渐远
的景致。而且由于将思维的焦点从一幅静止之图移到另一幅上的困难
程度丝毫不亚于直接想象出一个实际的动作，它必须要借助作者指令　**110**
的力量和特异功能。

　　增加移除之法是可用于固体之像的方法中最简单的一种。在下一
章中，我们还将看到更令人称奇的一种。

8. 第四种方法：拉伸、折叠和倾斜

　　大脑中似乎存在着这样一类移动图片的方法，难以用语言说明却十分简单易行。其中之一是拉伸图片，也就是使图像本身显得像一小块印有图案的花布或透明纱布，我们可以紧紧抓住底部并握住顶部缓缓地拉长，或是拉住两边使图像变宽。

　　这一现象有两个特征。第一是图像往往具有薄纱的性质，看起来好像一小块被映上、绘上或者印上了某幅图片的皮革那样透明和轻薄。一条丝巾总是又轻又薄，比如勒合先生兜售的那条用手指轻轻一弹就能飘动起来，而丝巾在脑海中的像也具有相同的特征。不仅是丝巾之像，一个如人一样的固体在脑海中的像也是这般又轻又薄。虽然真实的丝巾和真实的人在密度上存在巨大的差异，但它们的像却一样轻薄且一样只有二维性。因此，就像一条真实存在的丝巾和其在脑海中的像都能被手指弹得飘动起来一样，一个人（或者其他任何一物）在脑海中的像也可以被挥动、摇晃或是抖动起来，似乎它本身不过是一小张纸或一小块布似的。

　　第二个关键特征在于怪异的手或类似于手的东西的出现。我们并没有把手指伸进大脑中去摇晃和拉伸图像，甚至也不曾去想象用一只手操控图像，除非指令明确要求我们去这样做，就像手指弹丝巾的例子那样。就像英文中"操纵"（manipulate）一词的词根所表明的那样，图像的可挥动性或者说可操纵性似乎来自我们用手做动作的过

程。就像我们在别处所做的一样，出于时间的关系，此处暂时将为什么手可以运用到这种方法中的问题搁置一旁，不去问其所以然，只知其然便足够了。

我将列出拉伸这一方法的各类表现形式，用这种分类开启讨论将大有裨益。《呼啸山庄》中有一句"我们冲向家的方向"（We stretched toward home），这是丁耐莉对她和小凯瑟琳在沼泽中迷失方向后重返画眉田庄之行所作的描述。在阅读这一串单词所花的短短几秒钟之内，我们已经在脑海中看到了她们的躯体向着目的地的方向拉扯、伸长的样子。持续使用拉伸的大师是福楼拜，他的字里行间充满了大量弯曲、倾斜、拉伸和撕裂的操作。从中我们可以辨别出这一技法的九种不同的类型：第一是拉伸图像，使变高；第二是侧倾图像，使稍微偏斜；第三是在脑海中将它的周围向外拉，使整幅图好像发生了膨胀；第四是在保持其余部分不动的情况下，抓住图像的一角或一边拉伸（就像我们在《包法利夫人》中被要求想象一只突然伸出的腿或脚时所作的那样）；第五，不对整幅图或其边缘进行操作，而是在中心部分上操作，使图像中的一小部分得到拉伸；第六，将图像折叠或是弄皱，或是将其中心点向我们自己的方向用力拉扯，并同时保持其余部分不动；第七，抓住一小根小线进行拉动，使得整幅图仿佛开始被拆散；第八，像用手指一样在大脑中抓住图像，用力摇晃或是抖动它；第九，把图像撕裂。

要想亲眼见证一下这九种类型，最快捷的方式便是找一位朋友，请他把《包法利夫人》一书翻至任何一页，大声朗读十分钟，这样一来你便可以在无阅读之劳形的情况下，将所有注意力都集中于你的脑海中的图像刻画和移动这个问题上。福楼拜孜孜不倦地使用着拉伸技法，以至于你无须花费任何努力就能找到它们，只要竖起耳朵，你就会发现它们无处不在。不过，为了给这一思维实验提供有益的辅助，我有必要先做些展开和说明。（即便是这里，我所作的描述也只是在邀请你在脑海中验证某一图像的运动。）

福楼拜常常让我们快速而连续地操练两种、三种或者四种不同类型的拉伸，例如，在下文中，我们头脑中的那艾玛·包法利之像首先被垂直向上拉长了——

113

　　艾玛去高碗柜里……拿来两个小玻璃杯……

然后倾向一侧——

　　因为她的杯子差不多是空的，她不得不仰起脖子才喝得着……

就这在这一句之内，接下来的指令让我们去拉伸图像中心——

　　她头朝后，嘴唇向前，颈子伸长，没有尝到酒，自嘲了起来……

接着的最后一种拉伸技法，也是较难实现的一种（但福楼拜却经常让我们去练习）：保持图像的绝大部分固定不动，而将内部的小块向着我们作拉伸——

114　　同时把舌尖从两排又细又白的牙齿中间伸了出来，一点一滴地舔着杯底。[1]

我已经说过，要实现第四种类型的拉伸实非易事，不过我还应说明一点，那就是第三种类型的实现——例如一个人露齿而笑——同样也可令人啧啧称奇。要理解"这般笑了起来"一句的意思并不困难；但真正要让一张人脸之像笑起来——让人的脸部发生这样的运动而图像的其余部分保持不动——就不那么简单了。在《安娜·卡列尼娜》的开头部分，托尔斯泰告诉我们，列文可以在他的脑海中为吉娣画出一张栩栩如生的肖像，却无力使这图像笑起来（因此，他每当亲眼见到吉娣时就会惊呆）。但在我们阅读过程中，托尔斯泰的吉娣也好，我们娇媚的艾玛·包法利也罢，她们在我们脑中的肖像，不止一次地成功地微笑了起来；而且我们还发现，福楼拜和托尔斯泰在促成这一奇迹发生时遵循的步骤和方法几乎是一模一样的。

　　不仅仅是短句或词组，例如我们刚才所见的那些例子，一些长达

数页的场景也可以成为拉伸之法的九种乃至十种类型的发生场所：在
奥马家度过的那些夜晚，那些全凭打牌、玩多米诺骨牌或者读杂志打
发时间的夜晚，场景中随处可见图像的上升、半上升、折叠和扭曲，
正是它们推动了一个个场面的展开；在那豪华的歌剧布景中，也有类
似的情形（它那华美而单薄的景致，就像勒合先生的精致丝巾一样，
为福楼拜提供了一个充分展现他心中的移动图像方法的机会）；那些
冗长的关于莱昂和艾玛在红十字旅馆及教堂重逢的场景也是如此。在
那里，稍微的侧耳、脚的伸出以及难以觉察出的点头几乎都用这一方
法实现，只有几个更具有戏剧性的伸展动作例外，例如艾玛记忆中的
前恋人罗多夫伸出双臂的样子或是在教堂里那导游突然伸开双臂时的
样子。[2]

　　你可能会反对说，福楼拜之所以写这些懒散而缓慢的动作只是因 **115**
为他要刻画的是一个近乎静止的中产阶级世界。不过我要说，在这里
福楼拜是在有意识地构建一个关于动作的各种可绘形式的故事，有意
识地设计出一个涵盖了许多思维方法的故事。因此，读者不仅仅简单
地了解到出现了哪些动作，还真实地在大脑视网膜中看到了它们。即
使是福楼拜在准确无误地对一些全身的动作进行描写时，例如散步或
骑马，所运用的方法也相同，与描写在画室里度过的那些浑浑噩噩的
午后以及在歌剧院包厢那有限的空间度过的漫长的夜晚的拉伸方法没
有两样。举例来说，当他们陷于热恋当中时，查尔斯·包法利盯着艾
玛走路的样子，而我们则基本上是通过声音勾画出走路这一动作的，
其中唯一一例外的是艾玛身影的伸长，因为我们是在视觉上看到它的。
首先是走路的声音：

　　　　他喜欢艾玛小姐的小木鞋走在厨房的洗干净了的石板地上。

然后是伸长：

　　　　鞋高后跟把她托高了一点；当她穿着这鞋子走路时，她的身
　　　　体在他前面……

之后便又回到了声音上：

> 她一走动，木头鞋底很快抬起，和鞋皮一摩擦，发出了嘎吱
> 嘎吱的声音。

116 如果你是在听别人大声朗读这个故事，那么对行走的听觉体验便自然是真实地存在于词句的抑扬顿挫之中了；不过，这名女子走动发出的声音（与读单词的声音相反）只是我们根据字句的真实声音想象出来的罢了。[3] 如果你在默读，那么这声学上的幻象便是双重的了。因为我们不但在想象着那些单词的声音，而且我还在它们的基础之上，对行走发出的声音进行想象。在两条听觉指令之间，插有一幅视觉图像，上面所绘的艾玛并非水平向前走，而是其垂直地向上伸长（但即便如此它还是让我们感觉到我们看到她在空间里向前移动）。对于走过的路面（那刚洗过的板石路面）的详细描写是典型的福楼拜式的，因为他总是喜欢写些地面、湿草地之类的东西，就像他喜欢写人们脚上穿些什么一样，如艾玛的木底鞋上的木头或皮鞋上的皮革，查尔斯被炉火烤的暖呼呼的拖鞋，莱昂那擦拭了一遍又一遍的浅口帆布鞋，阿特米斯侍女穿着"一双粗布拖鞋，懒洋洋地在石板地上拖拖拉拉走着"等等。[4] 但是关键在于，用向上的移动取代向前的移动，这一方法与我们在那些缓缓地探身（"有时，他甚至探起身子，精心地为夫人挑选一块最嫩的肉"）和向前倾身（"艾玛为了看他，把身子往前倾，指甲抓进了包厢的丝绒"）的动作中看到的属于同一类别[5]。这些伸长都实实在在地发生在我们眼前。这并不是说，我们脑海中那幅艾玛之像比我们上一次见到的长，而是说，这拉伸、变长的变化过程在我们的大脑之目前实实在在地发生着。在我们构建这些图片的过程中，福楼拜要求我们不断地调整图像的高度，以便思维的伸展运动真实地摹仿出女主人公行走时的运动姿态。

　　此处我们有必要做个停顿，更细致地验证一下在我们大脑之目前面确实出现了竖直拉伸——不论它是在艾玛从查尔斯面前走过时发生的，还是在她起身去高碗柜里取两个酒杯时发生的。当我们看到她的像从 x 高度变为 x+1 的高度时，我们的意思是说，这种类型的拉

伸——与我们不久将讨论的拉伸、折叠、撕裂等其他类型的方法相同——也是连续性的而非二元更迭性的。我们知道，福楼拜有时也会使用一些二元更迭的技法：如果艾玛在上楼梯，那么他就会让我们先去画一幅她站在楼梯底部的图像（然后让该图像消失），再画出她站在楼梯一半高度的图像（然后让这图也消失），最后再画出她站在楼梯顶部的图像。有一个实际的例子，其中福楼拜对她在这三处分别体验到的不同感觉作了详细的描写：在楼梯的底部，"石灰渗出的冷气好像湿布一样，落在她肩上"；站在楼梯上，她听到"木楼梯嘎吱作响"；在楼梯顶部，"一道淡淡的白光从窗口照了进来"。[6] 之所以说这里的运动之感是二元更迭的，因为它要我们绘制的是几幅独立的静止画面，其中的每一幅都会在下一幅尚未绘制出之前从我们眼前消失。① 但拉伸则相反，确确实实是让我们绘制的图片出现了运动，不断地重新调整自己的位置，并且在这连续性的调整过程中，它从来不曾消失过。图像一直在我们眼前浮现着，就像麦克白那浮动的匕首向这边转毕又向那边转去一样。

　　有时，这两种过程表现得十分近似，就像有时轻薄性和明亮之光照会发生重合一样。要将这一近似性解释清楚，最简单的方法就是用"倚"（leaning）和"倾斜"（tilting）作例子；它们是《包法利夫人》中出现频率最高的动作。"leaning"是从书上人物或中立的读者的角度来说某动作看起来如何，而"tilting"则更确切地说是从想象活动的角度来说的，是读者让某图像变得有斜度，好像有一只手对其姿态进行了操作似的。当然那倾斜者本身也可能有这样的感觉，就像霍茨波告诉凯特那样，"这不是一个……斜靠在一起接吻的世界"[7]。

　　正如我们在认知心理学的文献中所看到的那样，旋转是想象者十分拿手的方法之一。它既可以二元更迭的方式进行，也可以连续地来进行。此处是一个以第一种方式来实现旋转的例子。首先请想象一截竖直放置的树枝。让这幅图消失。现在再想象一截水平放置的树枝。

———————————

① 如果我们对一本书或一首诗已经了如指掌的话，那么这一系列静止的图片可以说早已被绘制好了，大脑很快就能将它们重新调集起来，就好像是将它们再作一次浏览似的。大脑本身的运动可以增加关于对象物运动的感觉，这就像坐在秋千上的人很难辨别出是秋千在动还是天空在动一样。

这种九十度的旋转感就是通过二元更迭的方式实现的，类似的例子在那些文献中还有许多。但在其他一些时刻，我们还可以看到树枝、人或者某个生物以连续的方式发生了九十度的倾斜（例如福楼拜的鹦鹉"露露"就这么干过，就在它以巧妙方式跳下楼梯的时候[8]），如果需要倾斜的只是很小的一个角度，那么以这种连贯性旋转的方式来进行还可以使动作变得更容易实现，就像我们多次在《包法利夫人》中看到的那样。不过要举出其他的例子还是有一定困难的。《呼啸山庄》中的丁耐莉把一支点燃的蜡烛以及一份晚饭端进暗室，并看到希刺克厉夫正"靠着开着的窗台边"时，我们见到的她的蜡烛如何弯掉正是一个例子。

"要不要关上这扇？"我问，为的是要唤醒他，因为他一动也不动。

我说话时，烛光闪到他的面容上。啊，洛克伍德先生，我没法说出我一下子看到他时为何大吃一惊！那对深陷的黑眼睛！那种微笑和像死人一般的苍白，在我看来，那不是希刺克厉夫先生，却是一个恶鬼。我吓得拿不住蜡烛，竟歪到墙上，屋里顿时黑了。

"好吧，关上吧。"他用平时的声音回答着，"哪，这纯粹是笨！你为什么把蜡烛横着拿呢？赶快再拿一支来。"[9]

蜡烛上下位置的变化是由从明到暗的转换来实现的，即这蜡烛发生的旋转是由二元更迭的方式表现的吗？还是我们在它与房间里其他部分一起消失在黑暗中之前，真实地在眼前看到了蜡烛向下的翻倒过程呢？早在从明到暗的转换发生之前，蜡烛的旋转就已经开始了，只不过在房间尚处于烛光之中时，希刺克厉夫关于是否关窗的回答延长了这一过程。此时，虽然蜡烛已经开始了它由上至下的翻转运动但火焰却尚未熄灭。只有当蜡烛完全到达了它最终的水平位置时，我们才听到了希刺克厉夫对丁耐莉失手打翻蜡烛的斥责。

对于《伊利亚特》中阿尔戈斯士兵接受了阿伽门农"让我们坐船逃"的命令后开始转身越过平原向各自的船只奔去这一场景，我们也可以提出同样的问题。他们越过平原这一水平运动，荷马首先是用被风掀起、沿着水平轴线翻滚的海浪来进行表现，接着又用麦穗的穗头摇摆，从竖直到水平的姿态转换来进行表现：

> 大会骚动起来，有如伊卡罗斯海浪，
> 那是从父亲宙斯的云雾里面吹来的
> 东风或者南风掀起的汹涌澎湃的波浪。
> 有如西风吹来，强烈的劲头猛扑，
> 压倒深厚的麦田，使穗子垂头摇摆，
> 他们的整个集会就是这样激动。[10]

前两行中波涛汹涌的海面为风在后两行中压倒麦田的动作作了铺垫。而这一旋转动作的想象到底是二元更迭的还是连续的，无疑因读者而异。而福楼拜则比其他大多数作家都更倾向于选择用连续性方式实现旋转：在他的笔下，我们通常都只是将图像旋转三度、八度到三十八度（而很少像勃朗特笔下的蜡烛或荷马的麦穗那样转九十度），并且书中的人物总是喜欢做这样的倾斜，以至于我们对此可以说十分驾轻就熟。

　　现在让我们回到在关于二元更迭和连续的辨析之前所得到的那个结论上去。那就是，福楼拜对于这种拉伸运动的偏爱并不能归结于他只是希望描绘出一个中产阶级的消极世界，因为他即使是在让我们去想象一个散步或骑马的动作时，所运用的往往也还是这种方式。我们有必要在此处再举一个剧烈运动的例子：那就是查尔斯·包法利在一个冬日的清晨，于破晓之前骑马赶往他第一次遇见艾玛的贝尔托田庄。 这一运动以为他引路的小男孩的二元更迭的出现－消失为结束。但在这一旅程的前些部分，福楼拜选定了查尔斯这个人物图像，或是使他前俯后仰地运动（他在马鞍座中笨重地颠来颠去），或是将他折叠起来（他俯身贴向马脊以避开那些低矮的树枝），或是将查尔斯所经过的背景中的某些元素进行拉伸——小鸟的轮廓得到了膨胀，而那片田野，如果严格按照福楼拜的构图指令去做的话，自己也会在我们眼前伸展开来：

雨已经不下了，天有点蒙蒙亮，在苹果树的枯枝上，栖息着一动不动的小鸟，清晨的寒风使它们细小的羽毛竖立起来。萧瑟的田野平铺在眼前，一望无际，远处一丛丛树木，围绕着一个个相距遥远的田庄，好似灰蒙蒙的广阔平原上，点缀着紫黑色的斑点。这片灰色一直延伸到天边，和灰暗的天色融合为一了。

当福楼拜告诉我们"语言是一架压延机，感情也被拉得越来越长了"时，他近乎是在向我们宣告一项更重要的事实：语言就是一架压延机，它不断要我们去伸展那些图像以便将它们拉长或拉宽，而且通过这么做，使图像以几种可能的方式之一运动起来。[11]

如果你心中还留有一些犹豫，还认为我们之所以能在《包法利夫人》中找到如此多这种类型的伸展，是因为作者有意将自己局限于一些细微动作的描写上，或者是希望表达对于中产阶层慵懒无聊的批评的话，我们可以通过《伊利亚特》中一模一样的方法将犹豫彻底清除干净。这些细节的行动，当我们在史诗中碰见它们时，可以发现其意义之重大、地位之显赫，足以勾勒出史诗其余部分的面貌特征。当我们碰到"捷足的阿基琉斯／在他们中间站起来发言"这样一行诗时，那个我们在大脑视网膜中构造出来的图像便是在做垂直拉伸运动，其方式就与福楼拜经常用来写躺着的人坐起来、坐着的人站起来、站着的人向前俯身或者某人因穿上木鞋而增高的方式一样；只不过阿基琉斯的起身具有更为重大的历史意义罢了。同样，"宙斯点头"这一句——我们通过向下折然后抬举来实现，同样的方法也曾用于福楼拜所写的点头之处——所写的不仅是《伊利亚特》中最具不祥之兆的行动之一，还是最具有戏剧性效果的行动之一，丝毫不亚于任何一场军事行动。《伊利亚特》所写的集会场景大都要求我们通过一系列的拉伸来构建。有时所构之图像被整个地晃动起来（"大地在他们的脚下呻吟，会场上喧嚷阵阵"），有时场景中的某个形象被拉长（"阿伽门农站起来，手里拿着权杖／那是赫菲斯托斯为他精心制造"），然后被倾斜（"阿伽门农拄着权杖……"）被折起（"阿伽门农告诉他的部队宙斯'曾点头答应'说特洛伊终将获胜"）。[12] 在构图技法方面，这些运动与福楼拜描写艾玛起身去碗柜取酒杯又后倾啜饮时所用的非常相似。

在以下的篇幅中，我们将重点关注那些至今为止我们还都只是蜻蜓点水般地提到过的那些类型：折叠图像、摇晃、撕裂、向外拉它的轮廓或其中心部分的一小块——就像抓住铃鼓的边框不动而将鼓膜向我们自己的方向拽一样。随着我们对这些类型的讨论的展开，我们还将看到，如果对图像在被移动方面的高度灵敏性有足够注意的话——也就是，说如果我们能注意到它的拟物质性或可伸延性或可操纵性的话，我们制造动态图片的能力将会得到很大的提升。要做到这一点，主要有两种可行的途径——关注图像的物质性征或是关注手对它的操作，福楼拜主要以第一种为主，而勃朗特偏爱第二种。

得手之操纵，伸展更自如

暂且不提优秀作家们发出的那些构图指令，即便只是通过一些简单的思维试验，我们也可以发现，如果对图像的物质属性或者手的想象性介入加以高度关注的话，这图像移动起来会更加容易。让我们重新回到那只娴静地栖在冬日花园里，耐心等待被移动的小小雌性红衣凤头鸟身上。

实际中往往也是如此，一只真实的红衣凤头鸟——我们书中所写的那只的摹仿对象，其生命的头七个月通常都是在沉思式的静坐中度过的。她那仅有的运动通常是二元更迭式的：我曾在玻璃暖房里观察她，看她的小爪紧紧握住一根光秃秃的紫藤茎，离开之后再回来，看到她此刻静立在木槿的光枝上，将一只脚完全藏于隆起的小胸脯中。在夏日里，她总是不停地变换栖息地点——时而是丁香、紫衫或者紫藤，时而又是篱笆、长凳或山茱萸，完全不在意双脚所抓是自然之物还是人工所造之物。但在冬天，她只会用双脚上的小勾去抓住那些有生命的东西，例如紫藤、紫衫、丁香等，因为这些可以帮助她在低温的空气中保持自己的体温，从而坚强地存活下去。这个冬天将是十分严酷的：降雪达 107 英寸，温度也常降至冰点以下。除了心脏以每分钟 391 次的速率跳动（这也许可以凭其小黑眼珠的闪闪发光判断出来）以外，她看上去几乎一动不动。轻薄之物们绕着她自由地运动着：树上那最后一片树叶从她身旁飘过，雪花在空中飞舞盘旋；她却似乎对此漠不关心，即便雪花开始在面额和肩膀上不断累积起来。有时狂风肆虐可达 8 级，她的羽毛都立了起来，就好像在颈子上套了一件小小的狐皮斗篷似的，那羽毛看上去是那样轻，似乎最小的微风就足以让它们都竖起似的，但它们又裹得那样紧，只有最猛烈的风才能将它们拨乱。雀儿虽小，却外貌庄重。现在风吹起来了，她栖在紫藤之茎上，双脚紧紧将其握住，高枕无忧的样子。此刻，太阳在低空中照着，不过在那些阳光灿灿的日子里，太阳可以用光芒填满整个房间，还能将紫藤之影投在内墙壁上并慢慢地移动。她的影子或倒影也常常会飞进这间屋子，而且——由于屋里到处是玻璃制品（如窗户、花瓶、桌子等等）——她的影子会不停地晃来晃去。特蕾一飞进来，整个房间就立刻乱了套，不过倒也没什么被打碎。在我寻找并最终发现她的那段时间里，这只小鸟从各个物体的表面上溜过，最后恰当并稳稳地在窗玻璃几英寸之下的地方坐了下来。

　　轻薄之物在其身旁飘动飞舞；她的影子也在屋内闪动；但她自己的移动是二元更迭的。我们不久就会看到，她可以通过脑中的伸展活动进行运动。为了看到这一点，我们必须先放下脑海中所有关于一只鲜活小鸟的知识，因为我们要移动的并非这只可人的小鸟，而只是她的像罢了。[①] 与几分钟前不同，我现在要告诉你的并不是她如何在零下 10 度的天气中保持 104 度的体温，不是她的将温暖的血液输往双足末梢的动脉如何生长在将血液运回心脏的静脉旁，以便将静脉的血重新加热。我也不是要告诉你她的羽毛在数量上是更接近于一只蜂鸟（只有一千根）还是接近于一只天鹅（多达两万五千根）。不过她的羽毛数量应该更接近天鹅，尽管在体型上她更接近蜂鸟；她的羽毛排列平整，就像一只光泽度极好的长袜，每片羽毛宽阔的表面都还有许多分枝，像天鹅的羽毛一样，与躯干只有一个点的接触。一桩简单的事实在于，这红衣凤头鸟在我们脑海中的像要比一支半透明的羽毛或一株楼斗菜的单生花瓣还要轻；为了使小鸟之像飞起来，我们所需要的

---

① 用明亮之光照、轻薄性和二元更迭绘制动态图片，都不是对一只真实的小鸟进行的操作。但我们有能力这么做，即使在我们的脑海中已经储存了相当多的关于真实小鸟的活泼性和真实性的特征。

是关于脑中图像而非关于真实鸟雀的写实主义态度。

　　我很早就发现，不仅使鸟儿的图像飞起来很困难，即便只是想使她的尾巴有节奏地摆动起来也绝非易事。但是请观摩一下，此时此刻在我们思维能力的可及范围之内，这样的运动是如何创造出来的。她仍旧像之前那样安坐在我们面前，那是一个漂亮的深杏色的大椭圆，顶部有浅红色的羽冠，向下还延伸出一条长长的红色契状尾羽。现在，请想象在她的尾巴上系上一根线或细丝，或者一根蛛网线也可以，缓缓拉向你自己的方向，然后松开，再拉，再松开（由于这条丝线并不是真实存在，也不是系在一只真实的小鸟身上，因此，我们并不需要像把一根丝线系在心爱的鸽子身上的济慈那样 [13]，对自己的行为表示懊悔和自责）。她的尾巴就这样在我们眼前运动摇摆起来了。如果她是坐在一根树枝上，以她自己以及大部分同类最喜欢的方式翘着尾巴，你可以把丝线向下拉动几度，松开，然后再拉再松开：这样她调情时的姿态便绘制出来了。让我们假设她现在以第三种姿态出现，即坐在一根树枝上，将长尾巴水平伸向背后：那么请将她向下拉然后再松开。在以这种方式坐着的时候，她通常会向下摆动尾巴，同时双脚抓住树枝保持不动，将身体左右扭动几度，就好像是在保持双脚不动的情况下作一小串全身弹跳；通过抓住那条丝线，向下拉再向左向右轮流拉动几厘米，你就可以让她的尾巴在身体其余部分保持不动的情况下上下摇摆起来，并同时带着娇小的躯体做些侧向转动。

　　现在，令人拍案叫奇的事情发生了。一旦你完成了这个程序——即使只演练了一次——你便会发现，那线或丝绳可以束之高阁，不再需要了。下一次，你仅需凭重新看见她的渴求就可以将这一小跳绘制出来（尽管在你的前额或闭合的双眼背部，似乎仍有丝线的拉放操作在进行，就好像有谁把一个精巧的牵线木偶的杆和轴安装在那里似的）。每当我看见她以第一种姿态坐着，面对着我，尾巴竖直下垂，她尾巴的动作就变得尤为生动，我甚至可以感觉到她搅起的一小股微风从我脸上拂过。

　　在这个例子中，我们希望运动的部分位于她躯体的周围，如果所要求的拉伸运动出现在其他什么位置上的话，你还可以创造出一个类似于想象之手的东西对其进行操纵。例如作者偶尔也会要我们去看图

125

像内部的一片薄膜向我们移过来，而其余部分保持不动。但就像我提到过的那样，福楼拜的作品中大量存在这样的例子：艾玛伸出舌头，或撅起嘴，或者是一名歌剧演员的喉部或胸膛随着歌声一起一伏；这些内部的拉伸从轮廓上是看不出来的，它就好像是正面朝向我们的手鼓，在整个框架保持不动的情况下，中心的那部分向我们逐渐逼近。通过一根系在歌剧演员喉部的思维之线，我们可以看见他的喉咙是如何起伏颤动的，因为他们并不是真实的血肉之躯而只是精致的图像而已；过一会儿，我们还可以看到，他的喉部是如何在没有丝线的情况下动起来。以下是华兹华斯诗中的一个片段，诗中所写是一只知更鸟，虽然身在笼中却又似乎于那房间里无所不在，华兹华斯用二元更迭的方式达到了这一目的，他先让我们想象出一组关于房间各部分的图片（包括内部、外部、屋顶、地板），然后让每一幅图都在出现后迅速地从我们眼前消失。他这样描写，并没有一开始就要我们去想象出那只鸟。当我们最终见他时，他也根本就不是在飞，而只是喉咙在不停地起伏颤动着——这样一来，我们只需伸展或膨胀其像内部的一小块就可以了。如果你之前做过一些使用丝线移动图像的练习，想象这里的运动也就不是什么困难的事了：

> 时而瞥见时而消失，
> 让听者感到疑惑
> 不知道温柔的声音
> 来自房内还是房外！
> ……
> 他就在你身边——对于你的感觉
> 声音好像来自地板或者天花板；
> 简直是一个猜不透的谜，
> 直到你注意到他的起伏的胸脯，
> 和忙于膨胀和收缩的喉咙
> 背叛了喜他的精灵
> 喜欢居住于胸中的习惯。[14]

这只鸟在房间里的位置和喉咙在鸟身上的位置可能会给我们带来一些混淆和误解，虽然这只鸟只是静静地坐着鼓动着喉咙，却又在农舍内外飞穿梭行一样。虽然此处华兹华斯并没有使用任何丝线或其他形式的思维辅助手段来帮助我们去看鸟的喉咙和胸脯的"收缩和膨胀"，但在其他许多诗作中，他却常常给出这样的指令（我们不久就会看到），使想象这些轻巧、敏捷的运动成为我们的家常便饭。

现在让我们转向拉伸的其他类型，看看那些我们接收到的辅助还能以哪些形式存在。我们将看到，在帮助我们进行想象时，福楼拜惯用的是把构成图像的柔软之物展示给我们，而勃朗特则喜欢引入手的操纵。不过不论是哪一种，都是通过图像的延展性的运用使它们变得易动起来。

只是布一块

一个活生生的人不可能，也永远不应该，在别人的力量控制之下折叠、扭曲、拉长或膨胀；但人的肖像几乎没有任何这类物理的或道德的限制，尤其是当它们富有弹性时，我们便可以施加这些操作从而改变其形状。福楼拜不断地提醒我们，我们手中之物具有的并不是真人般的属性，而只是一块布一样的可拉可折，或一张纸一样的可叠可撕的特性。书中曾有这样一个时刻，艾玛·包法利被跳动的火光深深吸引，并由此开始了一段想象，其中就包含一段屈曲运动。于是我们被要求在脑海中画出一幅女像，而这个女像又引导我们在脑海中形成一些其他图像。福楼拜让我们首先去关注那图像的富有弹性的那一部分——软而有弹性的手杖，然后这一特性很快又传递至了图的其他活动的部分之上：

　　她从床上看着燃烧的火光，仿佛身子还在河谷，看见莱昂站在那里，一只手弄弯他的软手杖，另一只手牵着静静地吃冰的阿达莉……于是她伸出嘴唇，像要吻他似的，翻来覆去地说：
　　　　"是啊，可爱！可爱！……"[15]

128 艾玛脑海中（以及我们脑海中）的莱昂之像移动起来就好像是倚着一支"软手杖"。不过关于弹性的明确肯定很快便帮我们实现了构图作业中的第二个拉伸运动，阿达莉嚼着冰块咂咂作响的小嘴和脸颊（她与莱昂一样，也是艾玛脑海中冒出的一个像），以及第三个拉伸运动（这一回该运动并不是出现在艾玛脑中的图像中，而是在我们脑海中她本人的像中）：她像吻他般口呼"可爱，可爱"时嘴唇的突然伸出和前移。就算你在读书时通常用不着运动口唇，在脑海中拼写"可爱"一词兴许也还是会引起口的某处的轻微运动，并因此引起虚构的运动，使运动物质化。不过需要提醒的是，不是图像奇特的物质化过程，而是大脑视网膜上的成像过程——我们在脑海中看到了艾玛向前撅起的双唇这一确凿的事实——才是此处的正题所在。通过在白日梦中想象一幅动态的图片，艾玛自己也获取了在我们面前运动起来的力量。

　　许多福楼拜笔下的图片都有做极生动的运动的能力，这并不是因为他直接宣称这些图片是有伸曲性的或易伸曲，而是因为他将这些图片绘制在布匹上，而对于布匹的可伸曲性我们从来都是深信不疑的。就在前往贝尔托田庄的路途中，我们看到了一群迎着寒风拍着翅膀向上飞起的小鸟——从它们身上，我们已经看到一个图像如何在四周的边缘处向外膨胀开来。在那篇描写莱昂在正在玩牌的艾玛身后俯视其头顶的章节中，我们可以体会到福楼拜对于帮助我们通过拉伸图像边缘向四周展开所作出的努力。艾玛的头看上去是一个光滑的深棕色的圆形，她那紧裹着长裙的身体则是一个更大的圆形，套在这小圆的外部：

> 莱昂站在她背后出点子。他把手搭在她的椅子靠背上，眼睛盯着像牙齿一般咬住她发髻的梳子。[现在运动开始；我们在脑海中
> **129**　抓住这个人像并将其进行旋转] 她每次出牌，身子一动，右边的袍子就撩起来 [现在轻薄性参与到构图中来]。她的头发往上卷起，露出了她褐色的背脊，但是褐色越往下走越淡，[现在脑中之像的缺点又被提上了议程，变成了图片的一个特征] 渐渐消失在衣服的阴影中。[现在拉伸边沿使图像膨胀] 她松松的衣服从座位两边一直拖到地上，上面满是皱褶。[16]

紧跟在这串指令后面的是一个二元更迭的句子。一只鞋出现在裙子的边缘处，而在此之前我们并不曾见过它，因为裙子的周边原是经过向外的拉伸的；"有时莱昂发现他的靴子后跟踩了她的袍子，就赶快把脚挪开，好像踩了她的脚一样"。艾玛身体的运动可以用裙子的运动来表现，与此类似，福楼拜曾通过提醒我们注意比胸脯更接近脑中图像的蕾丝花边的可拉伸性，让我们看到了歌剧演员胸脯的一起一伏："埃德加这个多情人气得拔出剑来挥舞；随着他胸脯的开扩与收缩，他的镂空花边的衣领也就上下起伏。"就这样，我们用双手，像拉伸一块镂空的布那样将一个人的图像拉开。

　　但福楼拜不仅希望将布的这种可拉伸的特性传递到在覆盖之下的身体各部分处（例如歌剧演员的胸脯或艾玛穿着长裙的身体），还希望传递至外露的手和脸的表面。于是，在写查尔斯的前妻用"瘦长的胳膊"搂住他的脖子时，福楼拜就将它们写成是"从被窝底下伸出"来的。当那只手从马车中伸出，向外抛洒纸片时，福楼拜本可以简单地写它是从车窗里伸出来的，但他没有这样写，而是将它写成从"黄布小窗帘下"伸出来的。当一顶宽边的西班牙草帽从舞台的前部滑过，推着它的那个人就是"从舞台后部的丝绒门帘底下"走出来的。在上述的每一个例子中，我们都在大脑迅速扫过一块天生柔软的布匹后才将那动态的画面构建出来——不论是白色的被单、黄色的布窗帘，还是丝绒门帘——就好像在构建一个精确描述的动作之前必须要对脑中构图用到的柔软的原料亲自体验一次。对织物的这种详述还出现在被许多读者称为《包法利夫人》中最出神入化的地方，即粉红色丝绸阳伞的开启，一个（像福楼拜所写的冬日的晨鸟或艾玛玩牌时的裙子的场景一样）需要将整个边缘进行拉伸并使之膨胀的动作。在我们对图像柔软的表面略作观察之后，福楼拜立即要求我们构建一个并非出现在丝绸上的而是出现在艾玛脸庞的内部的动作，这就是我们所看到的艾玛的笑容（同样的事情曾让托尔斯泰笔下的列文觉得无比艰难）。要理解"微笑"这一概念的含义并不存在什么为难之处——这一点我必须再次强调以免遗忘。但福楼拜要我们做的却并不是在脑海中为这个概念登记造册，而是去绘制出这样一个奇迹般的动作，一个女子之脸微笑起来的图像：

130

在一个解冻的日子，院子里的树皮渗水了；房顶上的雪也溶化了。她站在门槛上，把阳伞拿来，并且撑开。阳伞是闪色绸子的，阳光可以透过，闪烁的反光照亮了她面部白净的皮肤。天气乍暖，她在伞下微笑，听得见水珠点点滴滴落在绷紧了的波纹绸伞上。[17]

131 如果追溯起我们第一次看见艾玛笑容的时刻，可以发现当时我们是受到了明确的构图指令的帮助的："她头朝后，嘴唇向前，颈子伸长，还没有尝到酒就笑起来。"但现在却不然，此刻丝绸光亮的特征从阳伞转移到了艾玛的脸上，而对这一转移起推动作用的，是第一句话描写的那些穿透物与物之边界的渗水。

现在有必要停顿一下，看一看我们接受指令的顺序。有些判断看起来似乎很有道理，人们要么认为布匹必须覆盖在移动之物的表面上（如歌剧演员戴着蕾丝的颈项，玩牌的艾玛穿着长裙的身体），要么认为它必须首先出现，如果它要将自身的可伸展性转赋给附近一个未被覆盖的物体表面（如阳伞必须先于微笑出现，黄色窗帘先于伸出的手，被单先于弯曲的臂膀）。但这里有一个片段，他只在开头处遵循了这一模式：我们将目光聚焦在一条裙子上，从它的边缘处一只脚伸了出来；然后福楼拜便使用了裙子的物质性，即它那可见的织纹，而这织纹接下来转而为我们塑造其他织布之类的图像（甚至包括艾玛皮肤上的毛孔）提供了帮助。此处动作的主要类型是周边的延展、旋转（一种持续的倾斜）以及明亮之光照：

包法利夫人一进厨房，就走到壁炉前。她用两个手指头捏住膝盖上的袍子，把它往上一提，露出了脚踝骨，再把一只穿着黑靴子的脚，伸在转动的烤羊腿上面，烤火取暖。火照亮了她的全身，
132 一道强光穿透了她的衣料，穿透了她白净皮肤的小汗毛孔，甚至穿透了她时时眨动的眼皮。风从半开半关的门吹进来，把一大片红颜色吹到她身上。[18]

对于物质材料的关注在伸展操作的前后都曾出现过。当我们回到那粉

色的阳伞的文本，也可以看见同样的顺序。艾玛能够微笑起来不仅是因为阳伞那极富光泽的玫瑰色映到了她的脸上，还因为之前的某个时刻我们见到了阳伞撑开之动作的柔软性。但此刻，随着微笑的消失，我们立刻又回到弹性特征，因为我们听到了雨滴"点点滴滴"地落在"绷紧了的波纹绸伞上"。这听觉上的动静，既可以想象也可以从这些字眼的抑扬顿挫中获得直接感觉上的再现，但不论如何，它都再一次将我们的注意点引回到了那丝绸的柔软和织纹的平整上去。[①]

　　如果说对丝绸的持久性关注能够帮助实现微笑的动作，或者布匹上显露在外的织纹能够帮助实现腿的伸展以及羊腿不停地回转，那么这份帮助似乎只能是追溯的结果。福楼拜不停地按这种奇怪的顺序写作，以便使我们确信他是有意为之，对此，我们可以作三种解释说明。第一种解释是，他两次提到布匹来辅助伸展动作，可能是为了将我们并不自知的思绪牢牢锁定在图像的薄纱般的性质上。动作就像一座横跨在两匹布之间的桥梁；这个动作，或者至少是它的后遗影响，一直持续着，直到第二次提到布匹。第二种解释则是第一种的普遍化：福楼拜在书的各个角落不断提到布匹，实际上是在不断提升我们折叠大脑图像（包括那些与布匹毫不相干的图像）的能力。[②] 第三种解释是，这些构图并不像我们在第一种假设中提到的那样严格地遵循指令的顺序，因为小说和诗歌之所以要写出来，是为了让人们反复阅读两遍、三遍、四遍甚至五百遍的。当我们第二次构建某幅动态的

133

[①] 声音的想象的两种方式都通过两种途径得以实现，这两种途径我们曾在艾玛踩着木鞋从查尔斯 包法利面前走过那一段中讨论过。如果我们放声或者几乎放声读故事，那么词语的声音就直接在感觉上出现了；在这些词语之上还有水滴之声和落雨之像的想象之薄纱。如果我们无声默读，这些词语的声音则是想象出的，而不是真实听到的，其他层面的想象就落在这第一层面的想象之上。

[②] 这并不是说一本充满了布匹意象的书就一定充满了动作，而不管作者是否有志于移动图片。左拉在《妇女乐园》（*The Ladies' Paradise*）（一部关于百货商店的小说）中，显然对布匹有着足够的兴趣，却并不理会它们能对移动图片提供什么帮助。只在明确地将布匹的描述和动态的图片联系在一起时才表示在引导我们去构建动态之图。更为典型的是，在有些书中，布匹只在动作将要发生时才出现：哈代就是这样，在《卡斯特桥市长》（*Mayor of Casterbridge*）中，他告诉我们伊丽莎白-简在一个"天空天鹅绒般醇和的傍晚"散步，紧接着便写道：她遇见了一个陌生女子，后者最引人注目之处是动作的"飘然欲仙"。

图片时，这工作就更容易了，完全是在我们的能力范围之内。就算这些动态图片并没有事先一摞摞地整齐码放在我们大脑中的某个图片库里，相比于第一次遇见时的情形，它们在第二次出现时也更生动，更容易构建出并移动起来。而荷马却让我们在对《伊利亚特》的一次性的阅读中就能够完成图像的重构工作：因为那些关键性的段落总是逐字逐句地不断重复。即便没有这样明显地重复，作者还可以寄希望于我们不断地对某一章节进行重读，以此证明他所要求的思维活动，在某种程度上可以独立于指令的确定顺序。但在大多数情况下，这些指令还是会按照第一次阅读时所需要的构图顺序出现。

如果去看看另一种新的动作类型，我们就会对福楼拜在安排指令的先后顺序时的准确和自觉非常赞赏。之前，我们已经考察过一个图像能够以什么样的方式在其周边进行拉伸运动，以便创造出向外膨胀的效果（例如查尔斯·包法利在途中看到的那些因羽毛竖立而膨胀起来的冬鸟、艾玛的长裙，以及撑开的阳伞），也考察过一个图像内部轻微的伸展（比如在脸两边轻轻一拉就可以制造出微笑的表情，向读**134**者自己的方向微微一揪便可使小鸟或歌剧演员的喉部胀大）。现在，我们则要考察一下一个图像内部的折叠是如何进行的。

我们已经注意到，许多形式的肢体动作都需要将整个身体折叠起来才能实现，就像下面莱昂和艾玛的图片一样：

> 因为他们两个人都站着，他站在她背后，而艾玛又低下了头，他就弯下身子吻她的后颈窝，吻了又吻……于是他把头从她肩膀上伸过去，仿佛要看她的眼睛是否同意。

然后，福楼拜便将艾玛的头向前折起，紧接又将她整个人都从图片上撤去：

> 她点点头，算是回答，然后像只小鸟一样，走进了里首的套间。

现在，注意看他首次将一匹布的图像的内部折起：

　　　　她却穿针走线，时不时地用指甲压得抹布打褶。

现在注意，他又指引我们完成一个相同的在内部进行折叠的动作，只不过这一次的操作是在一张人脸上进行：

> 莱昂一面说话，一面不知不觉地把脚踩在包法利夫人椅子的横档
> 上。她系了一条蓝缎小领带，使有管状褶裥的细麻布衣领变得笔
> 挺，好像绉领一样；只要她的头上下一动，她的下半边面孔就会
> 轻盈地藏进她的颈饰，或者款款地再露出来。[19]

只有当我们像艾玛缝补时那样伸出指甲，实实在在地将艾玛的脸部折起来时，其脸庞的底部才能在消失于皱敛的裙褶中后再次出现。

135

　　蓝色布料和皱领的邻近，对皱领有多层褶皱的详述，以及我们要在她的脸上进行的特定操作，这些都提醒我们去注意图像的物质特性以及我们必须完成的那些操作。通过这项思维操作，她脸上的一小部分可以消失、出现，再消失，然后再出现，比起把整个图像都撤去（比如"然后像只小鸟一样，走进了里首的套间"），这一动作无疑是一项更为高超的技艺。令图像整体消失只需要调动我们脑中之像的一项固有属性，即在放任自流的情况下，它们不一会儿便自动消失（不过在很少见的某些情况下，当一个图像卡在大脑视网膜上时也会产生例外）。但移除某图像中的一小部分——不仅将图像本身擦除，还要连它曾占用的那寸空间也一并去除——就不是一件守株待兔就能成功的事了，它需要我们积极、大胆地对图像采取些行动。

　　至此，我们已经考察过了脑中形象的薄纱般或说富有弹性或说布匹般的品性，考察过了我们对于它的物质性或类物质性的知识如何引导我们如何顺应其特性进行操作（包括伸展、折叠、扭曲、拆散等）。不过，对于"拆散"这一操作我们还没有细细讨论过。但有时，某个脑中图像与织物或布匹极为近似，以至于我们好像只须轻轻拉动它的一根经线，就能轻而易举地将其拆散。这是前文引过的那段描写艾玛折起一小块抹布的文字：

> 她却穿针走线，时不时地用指甲压得抹布打褶。

之后，就紧跟着有一条指令，引导读者把他的脸庞的一部分折掉并使嘴唇消失：

> 她抿紧了嘴……

136 然后，我们看到了一个将一根经线从其脸部拽出的动作，就好像被折起来的那部分也是一小块织物似的：

> 她抿紧了嘴唇，慢吞吞地把针穿过抹布，抽出一长段灰色的线。

即便不曾看见那被拽动的丝线，我们也可以体会到它的存在。但如果我们真的能够在脑海中看到它的拆散，我只能说，这是因为我们对脑中图像的布匹性质的彻底相信。

对于福楼拜来说，与此几乎同等重要的还有图像的类纸的特性以及针对纸张进行的手工操作；在这些操作中，有些与对布匹的操作重合（如折叠、打皱），也有些是专属于纸张的（如晃动，将其弄得格格作响）。举例来说，福楼拜如何制造出了——或者从另一个角度来说，我们为什么会如此迷恋上——那个查尔斯·包法利端着杏仁露跌跌撞撞地穿过一个拥挤不堪的歌剧院包厢，并最后将它泼洒在一位身着"樱桃红绸子长袍"的妇人身上这一场景？这一段描写只持续了一个段落多一点；此后我们便再也没有看到过这位妇人。促使福楼拜创作这一场景的部分是一小块液态的橙黄色与一大块樱桃红色在此处不期而遇，部分则是查尔斯之像的可晃动性，他"每走一步，胳膊肘都要撞人"，以至于他不得不将两只手全都用来握住杯子。福楼拜之所以可以在此让我们依靠自己的能力来将查尔斯之像晃动或者抖动，因为在此之前，他已经让我们习惯于想象歌剧的轻薄的纸质布景：

> 服装、布景、人物，还有人一走过就会震动的树木，都使她目不
> **137** 暇接；直筒无边的绒帽、斗篷、宝剑，这些符合她想象的东西在

和谐的乐声中动荡，就像是在另一个世界中一样。

他还相应地写到艾玛内心的"心的狂跳"与"颤抖"，仿佛"琴弓拉着她的神经"。[20] 如同通过布匹一样，通过纸张，他也提醒我们脑海中构建出的形象是"可用手操纵的"。如果我们可以提醒自己，只将注意力放在它们纸张般的二维性上，而不会被真实世界中对应物的固体性误导，我们就可以轻而易举地抖动或晃动它们，比抖动或晃动歌剧布景还要容易。现在回到我们的问题上来，福楼拜究竟是如何制造出一个男子之像，并让他穿过人群，从一位身着樱桃红丝绸外衣的妇人身边经过的呢？其中的技巧在于，他将这一场景建立在一些极为生动的元素之上；他深信我们知道如何构建它们，或者，如果有必要的话，他还可以顺便指导我们如何画出它们。换句话说，他并不是事先想好要创造哪些动作，而后徒劳地在令我们的大脑想象它们，而是事先分析出我们能够构建出哪些动作，再以它们为基础，去组织故事的叙述和展开方式。

　　实际上，通过关注构图的这一程序，福楼拜带领我们发掘出了自己在移动图像方面的潜能。即便是在我们构建一幅静态图片的过程中——如果我们可以慢慢观看自己构图过程的话——也包含了一些动态。这就可以用来解释为什么"伸展（stretching）"之类的动作会突然出现在本来一片寂静的风景图中（正如上文某段中看到过的一样）：

> 萧瑟的田野平铺（stretched）在眼前，一望无际，远处一丛丛树木，围绕着一个个相距遥远的田庄，好似灰蒙蒙的广阔平原上，点缀着紫黑色的斑点，这片灰色一直延伸到天边，和灰暗的天色融合为一了。

或者在一幅人脸的图像中：

138

> 她的脖子从白色的翻领中伸出来。她的头发从中间往下分开，看起来如此光滑……[21]

这幅大脑图片同样通过向上或向下拉伸的方式构建出来，这些方式在表现动态场景时都极为重要。有时福楼拜将故事中的动作与构图的动作合并在一起，甚至是放在同一个句子中，例如在下面这一段文字中，他以一个叙事中的动作开始，接着添上几块色块，然后将这些色块在周围混合起来，于是这些色块混合的动作与推动叙述的动作交织在一起：

> 吕茜一半靠了侍女的搀扶，才走向台前，头上戴了一顶橘子花冠，脸色比她身上穿的白色缎子长袍还要白。

吕茜的上台，就像一条色带似的，在大脑视网膜中从左边移到了右边，并且随着移动，顶部的淡橙色块、底部光亮的白色色块以及它们之间柔和的白色色块逐渐显示出了分别[1]。然后，这色带便静止了下来。当人脑在构想一幅静态的图片，例如那幅风景图以及那幅头像，真的有动作藏于其中吗？福楼拜认为是有的，而且似乎是正确的。不过情况也可能是，他笔下的静态图像的动感来自创造活动的非大脑领域：因为物质实体的创造总是毫无疑问地需要动作参与（比如制作一樽雕塑、一副盾牌或一幅油画都需要动作参与，就像散步、骑马以及从椅子上站起来需要动作参与一样），我们可以预设大脑构图中也有动作。

139　　　通过让我们关注正在使用的大脑图像的类似布或纸的弹性、柔韧性、可延展性、可折皱性以及可抖动性，作家可以提升我们的构图能力（当然在白日梦中，我们也可对构图能力进行自我提升）。在这里，它们的物质性或说类物质性才是我们要重点关注的。与大脑图像相比，布匹和纸张明显地更具物质性，但与这些文学形象在真实世界中的原型，尤其是那些固体相比，物质性甚少。不过还有第二种途径，也可以创造出相同的结果。艾米莉·勃朗特通常并不要求我们关注大脑图像的类布或类纸的特性；事实上她的作品之所以具有非凡的动

---

① 读者如果知道那些橘子花实际上是白色的话，最好还是将这顶部的色带(以及中间和底部的色带）在构图时设置为白色；不过据我猜测，根据"橘子花"这一词组中蕴含的指令，他希望即便是那些对这种花十分熟悉的读者，也能在构建顶部的色带时添上些许橘色的线条。

感，在一定程度上是因为那些诸如折叠、伸展以及晃动的操作，看起来更像是在活生生的人身上进行，而不是在那些在操作瞬间突然变成纸张模样的图像上进行。与福楼拜不同，勃朗特关注的对象是大脑图像经人手接触和操作后体现出来的灵活性。

手在操作

暂时想象一下，勒合先生店里那条又轻又薄的丝巾仍在你的脑海中浮现，现在用指甲轻轻弹它，你可以想象一只手在大脑空间里弹，也可以想象你自己那只真实的手举到了脸边，去弹大脑内的东西。现在试着想象一下，你的头脑中充满了这样的图像——丝绸、皮革、纸的小小碎片，你可以将你的双手伸进去，并引起图像的巨大波动，或者你也可以将它们一个个地拽出来然后作逐一地检查。凯瑟琳·恩萧——发热、昏迷、疯狂地盯着东西看——咬开了一只枕头，并开始"寻找孩子气的解闷法，从她刚咬开的枕头裂口中拉出片片羽毛来，分类把它们一一排列在床单上"，这就是勃朗特要求我们去做的——勃朗特本还可以加上一句，说凯瑟琳排列它们就像在纸上排列图像那样，因为凯瑟琳对每片羽毛都有嘱咐。[①] 最终她停了下来，不再将它们一一往外扯，而是开始"大把大把地将它们向外掏"，直到这些羽毛"像雪片似的乱飞"。这塞满羽毛的枕头与凯瑟琳充满幻想图片的大脑十分接近，因为她昏昏沉沉的脑袋就搁在那个枕头上，并且就在她将枕芯一半的羽毛都抛洒在房间四处后，她的脑袋将再次搁在上面。抓住它们，将它们抛向空中，让它们凭借自身的超轻体重和轻薄性，漫无目的地随风飘动，凯瑟琳就这样把枕头中的东西置于运

---

① 凯瑟琳摆满羽毛的床单让人想起纳博科夫童年时用过的那张床单，它在一个"没有月光的夜晚"铺在草地上，飞蛾"飞出黑暗的夜空"，扑进床单的光亮的表面。一个小男孩用的"魔法床单"与一位成年作家的光亮的小说书页之间存在某种联系的感觉，一系列北美蝴蝶的名字加强了这一联系，这些名字为：Eastern Comma，Gray Comma，Green Comma，Question Mark，White M Hairstreak，Long Dash，Northern Broken Dash，纳博科夫在《说吧，记忆》自传中有一段关于手的指令的描写：他写了自己如何捉住它们，将它们捧在掌心里，去闻每一个个体独特的气味，他说"有香草味的，有柠檬味的，还有麝香气味的"。(102,106)

动之中。它们是各种鸟的羽毛，而她的愿望——与该书作者的愿望一样——就是使它们的图像统统飞起来。在这些羽毛当中（火鸡的、野鸭子的、公松鸡的、鸽子的），飞得最出色的还得数田凫的羽毛：

> "这个——就是夹在一千种别的羽毛里我也认得出来——是田凫的。漂亮的鸟儿，在荒野地里，在我们头顶上回翔……

它完成这样的移动，部分凭借的是自身的轻薄性：

> 它要到它的窝里去，因为起云了，它觉得要下雨了……"

141 而部分则是凭借勃朗特此处的写作手法，即在写田凫羽毛之前，先让我们想象出了凯瑟琳手的动态：

> "啊，他们把鸽子的毛放在枕头里啦——怪不得我死不了！等我躺下的时候，我可要当心把它扔在地板上。"[22]

　　在《呼啸山庄》中，不论什么时候，只要有一个大脑图像从大脑的裂缝中钻了出来，就会有人立刻伸出手来将它抓住，或者有一只攥拳或摊开的手及时地在它附近出现。在该书的结尾部分，我们被要求去想象希刺克厉夫的图像，这时的他则陷入了凯瑟琳之魂在他脸周围两码范围内来回徘徊的梦幻之中："即使他听了我的劝告而动弹一下去摸摸什么，即使他伸手去拿一块面包，他的手指在还没有摸到的时候就握紧了，而且就摆在桌上，忘记了它的目的。"她的身影在他眼前连续晃动了三天三夜之后，他将一只胳膊笔直地伸向了她，那动作就好像是一名在海里游了三个昼夜的泳者将胳膊伸向海岸似的。同样，在该书的开头有这么一段，这就是赫赫有名的洛克伍德"伸出一个胳膊去抓"一个在窗户上制造出"轻微的刮擦声"的东西；但他抓住的并不是所预期的树枝，而是年轻鬼魂的一只手。[23]
　　通过让我们想象出一只对图像进行操作的手，而非将图像去真实化或暗示我们它同纸张或布匹一样轻薄，勃朗特让我们获得了移动图像的能力。即使是在我们刚才所引的那些特殊章节中，在我们认识到自己所移动是一个脑中图像（羽毛般的或是鬼魂般的）而不是一个实在的、鲜活的生物（如一只鸟或一个人）的情况下，勃朗特也特别注意不让图像的薄纱性质持续的太久："它们是不是红的？其中有没有红的？让我瞧瞧，"凯瑟琳说着，突然因为想到自己将在枕中的某片羽毛或脑海中的某个图像身上发现血迹而变得害怕起来；同样，洛克伍德"把[鬼魂孩童]的手腕拉到了那个破了的玻璃面上，来回地擦着，直到鲜血滴了下来，沾满了床单"。[24]让所指对象重归原位是两个场景中的关键手法：凯瑟琳将这些羽毛与生长羽毛的鸟重新联系到一起——野鸭子、公松鸡、鸽子、火鸡、田凫等；而洛克伍德则从书中写到的那些窗格上的刮擦声中醒过来，听到了窗户上真真切切的"轻微的刮擦声"，并最终抓住了那在书中以及真实的窗子上都制造出刮擦的小手，但同时他也被小手抓住了。

　　翻开《呼啸山庄》的书页我们可以看到，当我们对勃朗特笔下的故事进行想象时，绝大多数福楼拜曾经用过的那些伸展类型在我们的脑海中又不断地涌现了出来。在下面这句话中，我们将图像折起来，然后向前拉伸：

　　　林惇夫人向前探身，上气不接下气地倾听着……凯瑟琳带着紧张的热切神情，盯着她卧房的门口。

在此句之前的那个句子中，我们沿着图像的周边做缓缓地移动，使它以三种方式作伸展运动：

　　　在我说话的时候，我看见躺在下面向阳的草地上的一只大狗竖起了耳朵[伸展一]，仿佛正要吠叫，然后耳朵又向后平下去[伸展二]。它摇摇尾巴[伸展三、难度更大]算是宣布有人来了，而且它不把这个人当作陌生人看待。[25]

这最后描述陌生人靠近的一句道出了某种形式的动作，但它只出现在那条狗的思维视野里，而没有出现在我们的视野里，或是说只有通过

142

143 狗的动作，我们才看出来。就像之前的那句"仿佛正要吠叫"一样，它是一种以假设的形式出现的动作（对此在后面一章中还将再次提到），这是勃朗特作品的特色所在，就像伸展是福楼拜的特色，而明亮之光照是荷马的特色一样。

　　使得勃朗特在使用伸展图像的方法方面如此与众不同的当属她为手赋予的极高地位。这点尤其表现在凯瑟琳·恩萧最喜欢的消遣方式中：她喜爱抓住别人的头发并拽来拽去：

> 大约在夜半，我才打盹儿没多会儿，就被林惇夫人弄醒了，她溜到我卧房里，搬把椅子在我床边，拉我的头发把我唤醒。

后来有一次，一个双膝跪地的希刺克厉夫之像试图站起来，"可是她抓着他的头发，又把他按下去"。仅隔了九个句子之后，他"扭开了他的头"，而到了之后的第十四句，书中写道："在她握紧的手指中间还留有她刚才抓住的一把头发。"[26]

　　从躺着到坐起，从坐起到站立，从一个直立的姿态到一个向前弯曲或绷紧的姿态，从沿着背部和颈部画直线直到头部的弯曲处或者顺着躯干向下倾斜——所有那些在福楼拜笔下出现过的动作在此处均以同样的方式出现了，只是它们借助于手。这并不是说，福楼拜从未用过到手；他的确也用过。但他人物的手仅仅在图像确实为一匹布（而非一个类布的人）时，才对我们脑中的折叠、摇晃或拉伸起些帮助。勒合先生用手指轻弹那条丝绸头巾；艾玛折起一块放在腿上的抹布；即使是当艾玛在歌剧演员的梦幻世界中想象出了一只手，她也把手的操作对象仅仅局限于歌剧演员的衣服着装之上：

> 她可能同他周游欧洲各国，从一个首都到另一个，分享它的疲劳
> **144** 和骄傲，捡起抛给他的花束，亲自为他的服装绣花边。[27]

但在勃朗特的作品中，我们经常见到的却是如下这般景象：

> "上楼去，我有话要私下跟丁艾伦说。不是这条路：我对你说上

楼！对啦，这才是上楼的路，孩子！"他抓住她并从房间里扔了出去；回来时嘴里咕哝着。[28]

即使只是简单地通过二元更迭的方式使一个大脑形象消失，勃朗特也用到了手的辅助。希刺克厉夫在以命令的口吻叫喊，对于同样处于虚幻世界中的人来说，这命令是"上楼去"；而对于读者来说，这命令则是"让小凯蒂的像上楼去"。但凯蒂并没有执行这条命令，读者也没有执行，于是希刺克厉夫又接着发出了第二条命令："不是这条路：我对你说上楼！"但凯蒂和读者还是没有按要求执行，于是这命令又被重复了第三遍："对啦，这才是上楼的路，孩子！"这一回，希刺克厉夫亲自来帮助凯蒂执行他的命令了，同样，他也亲自帮助读者完成了这项使大脑图像动起来的任务。在《呼啸山庄》中，随处可见这样咆哮着发出的、指示某人或某物进行移动的命令，并继之以图像的固执不动，然后咆哮者动手来帮助该动令的执行。就故事内容来说，书中的人物静立着不动是因为他或她不顺从或有抵触情绪，或者是索性不能移动。不过还有一点很关键，那就是我们必须认识到，勃朗特设计这些包含抵抗因素的场景，不仅仅是因为在主题上或叙述上希望加入一些顺从和叛逆的内容，还因为在认识论上她深知，不论一个人多么迫切地期待，要使图像动起来都是困难重重的。她曾设计过一些场景，并在叙述中提供了一些解释（通常是心理学上的或政治上的），用来替代移动大脑图片的困难以及如何克服困难的说明。不仅仅是我们在遵从她的指令，勃朗特自己也在顺从人类大脑的结构进行写作。我们在她的构图指令中来回穿梭，就像华兹华斯诗中的天鹅穿梭于一片景象清晰的山水倒影中一样。

145

如果用缩写的方法，我们可以把这指令叫做"手在操作"(hands-on)。如果允许叙述得稍长一些，这指令不妨这样详细描述："我将请你去移动一个图像。请记住，你之所以具备这项能力，是因为大脑图像本身是可以被手操作的；它们对于我将请你完成的折叠、伸展以及移除的操作具有相当高的敏感性。"相应地，福楼拜的"只是布一块"的指令可以这样表述："我将要请你去移动一个图像，你有能力完成这项任务，虽然这个图像从表面看上去是一个人或一匹马，但实际上它只不过是一匹布而已。"有时，两者会一起出现：就在小凯蒂被强行用手推到楼上去之后，丁耐莉立刻又"赶紧"戴上了她的帽子，而希刺克厉夫则又咆哮开了，"放下帽子"！

我们已经看到，手在操作的指令主要应用于两种类型的物体上：那些我们一眼就看出是大脑图像的东西，或者是像大脑图像一样轻薄的东西（如凯瑟琳想到的长满羽毛的小鸟，希刺克厉夫看到的鬼魅般的凯瑟琳）；以及一些稍重的东西，比如人或者狗。当然，一个虚构的人物本身全然是一个大脑图像，就像羽翼丰满的小鸟或鬼魅一样；或者换个角度说，羽翼丰满的鸟或鬼魅，虽然是出现在大脑中的图像，但并不比小说中人物更具大脑图像的属性。但在通常情况下，作家们希望让我们视之为两类截然不同的东西。当读到凯瑟琳成功地看见田凫在头顶上盘旋时，我们认为这难以置信或不可思议，虽然就在那一刻，我们自己实际上也在执行着一项同样不可思议的操作，成功地看见了凯瑟琳的人像，我们如此真切地看见了她，就像她真切地看到那可爱的小鸟一样（如果我们也同样看到了那只鸟，我们就会更倾向于将这一效果看成是我们与凯瑟琳的心有灵犀，而不是普通的构图操作的持续进行）。那么同样的，我们将希刺克厉夫在幻想中看见凯瑟琳在他脸庞周围两码之内游走之事看成他神奇力量的表现，但其实就在那一刻，我们也在幻想中看见了希刺克厉夫在脸庞周围两码之内来回徘徊。勃朗特常让这两种类型的物体尽可能靠近，却不让它们完全重合；于是我们似乎总是会在移动图像的过程中感觉到超自然力的灵光一闪。

为什么"手在操作"的指令能够帮助我们移动图片呢？这里有三个可能的解释。第一，认知心理学近来关于大脑想象的研究表明，一个人在想象手工制品（如一只凿子、一个玩具小屋以及一座真实的房子）时与在想象非手工制品（如一块石头、一个蛋壳）时，大脑的工作区域是不同的。[29] 这项研究还指出，人们在想象手工制品时与想象一个动作时，大脑中的工作区域却是相同的。[30] 情况还可能是，设想一个手工制品增强了我们对人类操作的感知，并也因此增加了移动大脑图片的能力。当勃朗特引入一只手时，也许实际上她所作的是对那些非手工制品（如一个人、一只鸟）所处的大脑区域进行调整，将它们转而安置在手工制品或手可操控的物品所占用的大脑区域上。如果她或者福楼拜将一个非手工制品（如人或马匹）与作为手工制成品的布匹或纸张放置在一起的话，这种效果也同样可以出现。①

第二种解释来自历史悠久的感知研究：大脑中用来接收和处理来自身体不同部位的感觉信息的区域在尺寸上有很大不同：用来表明身体各部位在神经活动中而非肉体上所占空间的图表明，所占位置最大的是手（在大小上可与之相提并论的只有双唇和双足），许多其他部位所占的空间加起来才能像它一样大（而躯干、手臂、腿以及生殖器官所占的区域都很小）。[31] 我们知道，大脑构图所调用的大脑中的神经路径与感觉接收的路径是相同的，[32] 于是情况可能是，通过指向手，大脑就会调动更丰富的资源来完成使图像移动这一任务。

第三种解释并不像第一种那样将关注重点放在大脑想象上，也不像第二种那样放在大脑想象所依托的感觉神经路径上，而是将重心放在了实在的感觉上。虽然在阅读过程中，想象者几乎全身保持静止，但眼睛（扫过一个个字句）和手（翻动一张张书页）还是不断地在运动。你完全可以察觉到，手指掀起并翻过书页时的细小动作与勒合先生用手指弹动丝巾的动作是那么相似。首先，手指必须从整本书厚厚的一摞纸中将该页单薄的纸边分辨出来，然后必须掀起，或者翻动，与其他书页分离。在阅读左页和右页的过程中，手指总是不停地重复着这样的动作：当读到左边一页时，右手手指就找到了那将要被翻动的书页的右上方边缘；接着阅读活动移到了右边的一页，手指就会沿那一页的侧边移到底角处，一旦两页都读完，就会出现翻动书页的动作；右边的书页将被翻过，缓缓地变成新左页，接着手又越过两页的表面，向上移回到刚才所在的、书页右上角的那个位置上，准备好做下一个翻页的动作。在这个过程中，崭新的世界不断地出现在我们眼前。

伸手、拉伸以及折叠是手的实际动作——就像阅读时手在书页表面所作的移动那样。当洛克伍德的手抓住那鬼魂同时也被鬼魂抓住时，他们的手臂穿过窗台上的那摞书纠缠在一起，而那摞书本身也因

147

148

———————————

① 用"手工制成"一词，我想说的是，布或纸都是通过人工制成的，不论是否经过了机器的辅助加工。它们都是人造之物而非自然之物。

此被赋予了动感:"那堆书也挪动了,仿佛有人把它推开似的。"[33] 洛克伍德在卧室里发高烧做梦时,我们也应邀想象了许许多多的动作;我们并不是站起身来,像演员或舞蹈者那样身体力行地将这些动作表演出来(虽然我们也可能会像舞蹈演员那样感觉到想象出来的动作在自己整个静止的躯干上涌动)。但身体的某些部分——比如手与臂膀——却真正不停地运动着,于是那发生在卧室中的动作之一——洛克伍德伸出手臂并用手抓住那鬼魂的动作,就在我们的躯体上有了对应的反应,而这反应则使所有想象的运动变得生动、真实起来。同样的道理也适用于希剌克厉夫正在伸出的臂膀和攥住又放开空气的拳头;以及凯瑟琳的挥动的胳膊:她时而将羽毛抛向空中,又时而将羽毛扔向地面。我们的手和胳膊,也像他们的一样,摆着某些特定的姿势;我们抓住了那些被他们抓住的东西——纸张、布匹、羽毛以及空气。

　　与此同时,我们的眼睛也在不停地运动,骨碌碌地转着,从左边移动到右边然后再移回来,在书页上逐行下移,并不时回到方才被遗漏的细节,然后又继续向前移去。这些实际发生之动作与书中人物之动作混杂交织在一起,就这样我们在躯体上对于书中出现的运动进行摹仿,使大脑视网膜上的虚构的动作看起来更为真实,更为生动。常常,整个身体之运动为眼睛之运动所取代,例如在《呼啸山庄》中,丁耐莉在描述她同凯蒂的长距离散步时,就没有描述整个身体的动作——至少在文中没有提及——而是对眼睛的转动进行了描述:"而且时不时地我可以从眼角里瞅见她把一只手抬起来,从她脸上揩掉什么。"[34] 同样用眼球之滑动来替代躯体之滑动的情况还出现在华兹华斯在《序曲》中对溜冰的描述:

149
　　　　我常远离喧嚣的尘世
　　　　来到偏僻的角落,或者独自偷乐
　　　　悄然侧视,将众人置之不理。[35]

　　在接下来的第九和第十一章中,这些关于散步和滑冰的章节还将被讨论和重新提到。单就此刻来说,手才是我们真正的兴趣所在。与

"只是布一块"的指令相类似，"手在操作"也需要将图像去真实化，并让我们更深刻地认识到图像是人造之物，以便增强我们移动图像的能力，与对天然的独立存在之物的操作大为不同。这种去真实化还可能导致另一个不曾在"这只是一块布"指令中看到的结果：通过将一个想象中的动作与一个真实的感官事件，即我们双手的实际移动，联系在一起，还可以将其所带来的生动感和真实感转借给我们脑海中的其他图片，使它们也变得生动和真实起来。

我们已经看到，如果通过对图像的物质性或类物质性施以足够的关注，或者通过想象用自己的手去触摸图像，从而我们对图像的可操纵性变得更强，那么我们就会发现，自己移动那些业已构成之图的能力也大大增强了。这一点并不是对每一种移动图片都适用，而实际上只适用于我们眼下讨论的这一特殊类型，即通过折叠或拉伸图像制造出的一系列运动，当然这一类型又具体包括了九种不同的思维过程。由于这些运动要么发生在图像的内部（如露出微笑、打哈欠、唱歌时鼓起喉部或胸脯），要么发生在图像周边一个十分有限的范围之内（如起身、侧耳、点头），福楼拜是这一方法的举世无双的优秀实践家，他之所以对这一种方法特别感兴趣，似乎是因为他创造出来的都接近于不动的场景或者是缓慢的运动。但我们已经看到，在以下三个例子中，这种推断并不完全成立：其一，《包法利夫人》中刻画的那些剧烈运动，如散步和骑马，与缓慢的运动的表现方法相同，实际上都是通过拉伸的方式表现出来的；其二，勃朗特的《呼啸山庄》，一本与剧烈运动紧密联系的书，也深深地依靠于这种方式；其三，也是最有说服力的一个，《伊利亚特》这部致力于刻画英雄壮举的史诗，也大量运用了这一方式。这些作品都对该描写手法有所依赖，只是在程度上略存差异：《伊利亚特》主要依靠的是明亮之光照的方法，并间歇性地辅之以轻薄性，增加和移除以及拉伸诸法；福楼拜则主要运用拉伸手法，不时地也穿插一些诸如明亮之光照、轻薄性以及二元更迭之类的手法；勃朗特——我们很快就将看到——则将她的动作主要置于潜在的和假设的活动之中，并与其他四种方法一起使用。这三位作家中的每一位都以能同时并用多种方式著称，华兹华斯也是这样，他在近几个世纪所有作家中在用诗描写动作方面首屈一指。

150

《伊利亚特》出色地大量运用了拉伸的九种类型，并在其构图实践中巧妙地并用了"手在操作"和"只是布一块"两种指令。荷马似乎认为，大脑形象蕴含着巨大的弹性，以至于那些我们之前作为静止图像之例加以引用的图片也被他赋予了一定的柔韧性，使它们可以成功地动起来（它们就像一块布，那么柔软，那么富有弹性，即便静止之时，看上去也好像随时会动起来似的）。当阿基琉斯发誓说永远不会忘记帕特罗克洛斯时——"只要我还活在人间，我的富有弹性的膝盖（springing knees）能够承载我"，我们很难有足够的把握说明，他行走中的双膝之图像是保持静止的还是运动的。对于"迈步（stride）"一词来说，情况也是这样；《伊利亚特》深深依赖着这**151**个词，因为不论是在英语中还是在希腊语中，这个词都对弹性和伸展性有着惊人的表现力——这表现力如此之强，以至于即便一个士兵在某一跨步的中间停了下来（就像前文中用来说明静止性的段落那样），他的图像还会继续将腿收缩或者跳起来。英语中这个词的伸展性可以通过词源得到解释，它由两个概念合并而成，其中一个是大步伐（被解释为"大步行走"，"将两腿大跨度地分开"），一个是冲突争斗（被解释为"用劲"，"极度紧张"，"挣扎"，"争斗"，"争吵"，"争斗"）。[36]将这两者合起来[37]则表示，以二元更迭的方式蕴含于"迈步"中的是一步长于一步的大跨步——一长步然后是更长的一步，一长步然后是更长的一步——以及在脑海中创造出行走这一动作的张开和收缩（如果我们去想象一条不停地以两英尺、五英尺、两英尺、五英尺的方式变幻长度的直线，就可以看到同样的效果）。就像羊毛和亚麻布一样，一个图像不仅可以被拉伸、扯搬或拆散，还可以被撕裂，例如在《伊利亚特》中，我们曾被要求去想象这样的图像：墨涅拉奥斯的长枪刺穿帕里斯盾牌那闪光的皮革，"刺破精美的衬袍"。此处很明显，这图像本身就是一匹布，但当图像本身与布匹并无关联时，我们也常常被要求执行"去撕裂"的指令。试想一下，下面这几行要求我们运用什么样的思维方法：

> 迈着轻快的撕裂的步伐（tearing strides），敏捷地奔过平原，
> 阿基琉斯也这样快捷地迈动两腿和双膝。

两种方法可以用来在头脑中刻画出这图景。当阿基琉斯一步步向我们走来时，我把他的形体想象为一次次地撕断了图片的竖直的中线。或者，你也可以在脑海中不断地将他脚下的土地一次次地撕裂。

不过，如果我们在诸如"跳跃""迈步"和"撕扯"之类的词上流连的时间过长，我们便会在这样一个争论中迷失方向，那就是荷马原文所用的希腊语以及那些目前已有了该诗译本的世界各语种中的这些词是否含有其英语单词所含的相同程度的弹性呢？单个的词语本身就是指令：它们出现在那里，就是在指示我们进行思考或想象一个图像。不过我们也许有必要去看一个更长一些的指令，一组跨越数行且不依赖于任何一个单个词语的表示拉伸或折叠图像的指令。此处有三个明显的例子。

在《伊利亚特》第六卷中，当赫克托尔与赫卡柏惜别时，赫卡柏准备了一件献给雅典娜的礼物。她走到那个"拱形的储藏室"里，从众多精美的绣花锦袍中挑出一件"最漂亮最宽大的绣花袍子"。把锦袍交给雅典娜这一动作主要依靠明亮之光照来实现，亮点共有三处：被交递之物（"像天星闪亮"），做出交递动作之人（特阿诺，"美颊的"[①]），以及在接收这件礼物之人的身上（"美发的雅典娜女神"[②]）。现在来看看在这一连串动态的图片中生动地展现在我们眼前的那些伸展和折叠：

> 王后下到那拱形的储藏室，里面有袍子，
> 是西顿妇女的彩色织物……
> ……
> 赫卡柏从中取出一件，把它作为
> 献给雅典娜的礼物带走，那是一件
> 最漂亮最宽大的绣花袍子，像天星闪亮，
> 很好地存放在许多件袍子的最下面一层。
> 她动身前去，有许多年老的妇女跟随。

① 确切的字面翻译为"她的脸容光焕发"。——译者注
② 确切的字面翻译为"美发闪光的雅典娜女神"。——译者注

152

153

> 在她们到达高城上雅典娜神庙的时候，
>
> 庙门由基塞斯的女儿、美颊的特阿诺打开，
>
> ......
>
> 她们大声呼喊，将手举向雅典娜。
>
> 而那个美颊的特阿诺把那件袍子提起来，
>
> 盖在美发的雅典娜女神的膝头上面，
>
> 向伟大的神宙斯的女儿许愿，祷告说。[38]

153 无论是谁，能写出这样的一段文字，肯定对创造大脑图像有着足够的认识和了解，就像赫菲斯托斯对打造盾牌有足够的了解一样。我们对那闪闪发光、做工精美、悉心呈上的袍子的持续关注让我们对大脑中那些柔软的东西，那些层层叠叠、伸屈自如、反射光亮的组织有了足够的了解，而正是在此基础之上，取出刺绣的锦袍、伸出手臂、提起袍子、将袍子盖在女神的膝上的动作才得以奇迹般地显现在我们面前。

众人用这样的方式向她许愿祷告，难怪雅典娜和她的父要站在赫克托尔一方，在他死后，采取一切办法将他的尸首保护在金色的保护层中，以确保在阿基琉斯的冲天怒火之下依然安然无恙。在另一幅蕴藏着剧烈运动的图片中，荷马对帕特罗克洛斯的尸首采取了同样的保护措施，不过我们所要关注的并不是保护措施，而是运动。

希腊军队和特洛伊军队为争夺帕特罗克洛斯的尸体展开了激烈的拉锯战，其尸首一会儿被拖向这边，一会儿又被拖向那边。拖动尸首的希腊和特洛伊军队均系活生生的士兵组成，他们一会儿将身体倾向尸首一侧，一会儿又转过来向相反的方向倾斜过去。不过由于我们在拉伸活体士兵时受到的阻力要比拉伸一具死尸大得多，因此前者需要通过后者才能表现出来。通过在脑海中将一张兽皮置于帕特罗克洛斯所占的空间内，荷马使我们免于承担必须在帕特罗克洛斯身上制造出拉伸动作这一重负。这种替代对拉伸的实现起了辅助作用，使我们可以在它身上进行那些无论如何我们都不希望在人体（不论是活体还是尸首）身上所进行的操作。如果说在这一段中，我们必须对人（希腊将士、特洛伊将士以及帕特罗克洛斯）进行拉长、折叠以及倾斜的操作的话，我们的操作也不是加于他们的血肉躯体之上，而是加于我们

脑中图像之上。因为从本质上来说，荷马向我们发出的系一组"只是布一块"的指令。

> 这里的战斗就这样一整天激烈进行，
> 人人奋战，每个人的膝头、腿肚、双脚
> 积满了疲乏的汗水，不断地蜿蜒下滴，
> 胳膊、眼睑挂满汗渍，为了保护
> 捷足的阿基琉斯的伟大朋友的尸体。
> 有如一个制革人把一张浸透油脂的
> 宽大牛皮交给自己的帮工们拉抻，
> 帮工们围成圆圈抓住牛皮拉拽，
> 直到水分挤出、油脂全部吸入，
> 牛皮完全抻开，每部分完全拉紧。
> 当时双方也这样在那块狭窄的地面
> 把尸体拖来拖去，心中满怀希望，
> 特洛伊人一心想把它拖进伊利昂，
> 阿开奥斯人一心要把它拖回空心船。

154

那些用于帮助将皮革拉展开来的油脂还有一个对等之物，不过它不体现在关于帕特罗克洛斯的任何细节描写中，而体现在对希腊将士和特洛伊将士被汗水浸透的皮肤的描写上，他们跨开双腿，在"奋战"着，挂着"疲乏的汗水"奋力奔跑着。在这一段的结尾，文章终于清晰地告诉我们那拉伸的是整个画面，因为我们转而用雅典娜神和阿瑞斯神的眼光来看待世界，他俩正以惊异的神情看着地面上的这场纷争：

> 这就是那一天宙斯借帕特罗克洛斯的尸体
> 给人和车马布下的恶战……[39]

　　对于为什么此处"只是布一块"的指令要将这场旷日持久的纷争之图设置在一张动物皮革的基础之上，而不是像《伊利亚特》的一贯做法那样安排在某些植物性材料的布匹（如亚麻以及织物的纤维质地）之上，这个问题的答案应该是很明确的。可操作性的等级——从一个活生生的人到一具死者的尸首再到一张皮革——使大脑从一个根本无法完成的操作转向了一个有能力完成的操作，但我们应该看到在一个动物身体上进行操作也不会把事情变得简单易行。在关于这场纷争的章节又持续了洋洋二十五行之后，荷马好像要为之前关于动物躯**155** 体的论断作翻案似的，转而去写那些因为无法移动而深深陷入痛苦之中的动物图像："埃阿科斯的后裔的战马这时站在 / 远离战涡的地方哭泣。"不论是温和相劝还是严厉呵斥，甚至快鞭的挥动抽打也不能令它们移动起来。那层映有战马拒绝做出的动作（"奔向……回船"，"回到阿开奥斯人中间继续作战"）的薄薄纱幕，在映有那些它们实际上做出了的动作（伸展脖颈，低头垂向地面）的纱幕上方呈现了出来。

> 有如一块墓碑屹立不动，人们把它
> 竖在某位过世的男子或妇女的墓前，
> 它们也这样静默地站在精美的战车前，
> 把头低垂到地面，热泪涌出眼眶，
> 滴到地上，悲悼自己的御者的不幸
> 美丽的颈部的长棕被混浊的尘埃玷污，
> 垂挂下来露出车轭两侧的软垫。[40]

现在，只有轻薄之物还在移动着了：热泪涌动，颈鬃在悲悼中低垂下来。

我们已经考察过拉伸和折叠之法如何使一个重的物体（如一个人或一匹马的四肢或头）动起来，以及这些动作如何几乎毫无例外地发生在其身体周围一个狭小的范围之内，对此，我们在荷马作品临近结尾的一个章节中还将再次看到。作为附带和补充，还有一点也必须提请各位注意，那就是荷马有时也会将拉伸方法运用到运动的最极端形式（如飞翔）的描写中去。他这样做，部分是出于与福楼拜相同的考虑：他用小型的、容易想象的运动（如查尔斯·包法利在鞍座上被颠得前俯后仰）来替代我们明确知道正在发生（如查尔斯和他的马从田野间穿过）但实际上并未直接构建出来的、幅度稍大一些的运动。不过荷马这么做，还有另外一层原因：如果将明亮光照之法单独使用，

往往会导致移动之人的去物质化，使他们变成了点点光斑；如果将轻 **156**
薄性之法单独使用，那么移动之人将会去物质化地变为影像和气体；
但如果将明亮之光照或者轻薄性与人像易弯曲性的思考结合起来，使
人能够在保持固体性的前提下飞起来。为使赫尔墨斯飞起来，给他足
下放置了那匹可在想象中折叠起来的布，在这里我们可以清晰地体会
到这一点："把漂亮的绳鞋／系在脚上，那是神专用的黄金服装，／能
使他快如风地飘过大海和无边的陆地。"在第二十四卷那只鹰的描写
中，我们也可以体会到这一点，他的黑色翅膀在前面几页中"闪过"，
却不以充足的固体性出现：

> 它的翅膀伸开，宽得像富贵人家
> 建造的高屋大厦正面闩上的大门，
> 老鹰出现时翅膀也这样宽阔开展。
> 它从右边向他们飞来，掠过城市，
> 大家见了，感动高兴，心里轻松。[41]①

以下是荷马之作尾声部分的一个章节，我们之前也曾引用过，描
写的是安德罗马克见到赫克托尔尸体后的悲痛欲绝。当我们将这几行
文字重新读过时，所见也许不仅仅是我们之前已有的发现——一道向
上穿过水平中线的闪电，身后带出一条明亮的光束——还有一个肉身
之人的胳膊的伸展出去，以及一个妇人身体的向后折起。考虑到这里
的手工制作的布匹，将大大有助于构想这幅图画，并有利于按指令移
动图画。

赫克托尔的妻子 **157**
还没有听到消息。

---

① 在大多数文学作品中，我们都有必要将一段对主人公动作的描写（如"妇人的身影
穿过草地"）理解为一条向我们发出的指令（"使妇人的像穿过草地"）。在《伊利亚
特》中，看起来似乎是由书中角色自主完成的动作和我们认定为大脑图像上积极
创造出来的动作之间的持续转换通常由神的出现辅助实现。这一章节中的老鹰就
是一例，他就是由宙斯"派来"的。

......
    她正在高宅深院的一角忙着织一匹，
    双幅紫色布，织上各种样的花卉图案。

她正在为赫克托尔的沐浴做准备，听到"哀号和悲泣声"后全身一
震，失手将梭子滑落地面；她的心怦怦直跳，双膝麻木失去知觉，她
冲出家门，爬上城墙，"放眼探望，看见城外情形种种"：

    晦夜般的黑暗罩住了安德罗马克的双眼，
    她仰身晕倒在地，立即失去了灵知。
    漂亮的头饰远远地甩出，掉落地上，
    有女冠、护发、精心编制的发带和头巾，
    那头巾系由黄金的阿佛罗狄忒馈赠，
    头盔闪亮的赫克托尔送上无数聘礼，
    把她从埃埃提昂家族迎娶的那一天。[42]

我们将她的身体向后旋转，胳膊向上提，似乎这图像可以左右旋转并
铺展，似乎我们可以像一名织女编织深红色可折长袍那样构想这图像。

    知道这些之后，我们便能毫无疑惑地明白安德罗马克的"漂亮的
头饰远远地甩出，掉落地上，/ 有女冠、护发、精心编制的发带和头巾"
这一动作为什么以她在"她正在高宅深院的一角忙着织一匹，/ 双幅紫
色布"这一动作的构图指令作为前奏。在织物的经纬上投入的注意
越多，我们在不久之后构想她身体的后仰、胳膊的上举、头饰（闪
闪发光、但未完全去物质变化为光斑）的向上抛入空中等动作的能
力就越强。

    但为什么在写她纺织时要写明那被织入双幅紫色布中的是各种
花的图纹呢？对于这一问题的回答，将把我们引到下一种移动图片
的方式。

9. 第五种方法：花的假设

纵览那些能够以特别巧妙的方式帮助我们创造出动态图片的文学
作品，我们会发现，它们当中有相当一部分都曾将花卉或者植物加入
到它们的图片中去。在《包法利夫人》描写查尔斯将一杯饮料洒在一
件丝绸外衣的那段中，福楼拜让我们去想象的不仅仅是一个晃动的、
绘有透明的液体色块汇入到另一个樱桃红的色块中去，还有杏仁糖浆
和樱桃红布料的相遇，即黄杏、香橙花般的液体汇入一片樱桃红色之
中。[1] 对于有些场景，我们可以这么对自己进行解释，认为那些花木
本来就是故事场景中的一部分。在《呼啸山庄》结尾的几句话中，作
者之所以写白蝴蝶在蓝铃花中飞——我们曾在关于轻薄性的讨论中提
到过这一段——是因为蓝铃确确实实就是那片石楠的一部分。但艾
玛·包法利掀开她颠得东倒西歪的马车的黄色窗帘将"一封撕碎了的
信扔掉"的场景，被作者描述为"碎纸像白蝴蝶一样随风飘扬，落在
远远的一片红色苜蓿花丛中"，这里花的出场也许不能通过它们的所
指对象进行解释。花并不是所描绘的真实场景中的一部分，街上既没
有蝴蝶，也没有花丛。更进一步地说，花甚至与蝴蝶也有所不同——
蝴蝶至少看上去还与那些真实的碎纸片有些相仿——而一丛红色苜蓿
花，从视觉角度上来说，则根本不可能在大街上找到任何的类似物。

花在描写动作的章节中的出场方式通常有三种：第一，它们确实
出现在想象场景之中（如紫色的蓝铃花）；第二，它们以喻体的身份

出现而非真实地现身于该场景（如在剧院的包厢中虽然既没有樱桃也没有黄橙花，但那里却至少有一些与它们有些许相似之物）；第三，它们的出现既无所指对象，也无相应的喻体（如那非真实非比喻的红色苜蓿花丛）。这三种可能性让我们对那些花在构图过程中突兀的现身变得敏感起来，它们看上去如此奇怪，像是作者一时兴起所为，以至于我们在第一次读到以上三段时，根本不曾注意到花在其中所扮演的角色。但只须稍稍回顾一下，我们便可以在其他许多段落中也看到类似的情况：荷马写的战场上有上下涌动的麦浪；艾玛·包法利在想象织补之前想到了其所摘到的鲜花；安德罗马克在紫色双幅长袍中织进了绣花纹。

　　找出勃朗特的蓝玲花与福楼拜的红苜蓿丛之间的区别——即在虚构场景中真实出现之花与非真实的、非比喻性质的但也同样在虚构场景中出现之花的区别——可以帮助我们对植物如何成为大脑构图方式之一的谜作出最终的解释。但同时，对以上两者之间细分彼此也可能导致误导性的结果：我们可能会错误地认为，在用到花的实指意义的场景中，花的引入不可能对我们的大脑构图起任何帮助。但这句话如果反过来说就对了：勃朗特之所以写蓝铃花是因为它们对她的构图设计十分重要，她不仅在最后几句中提到这丛石楠，在全书的许多句子中都提到了，甚至还允许它们离地而起，飞到希刺克厉夫的身上。在《伊利亚特》中情况也是如此：他写到的城池、平原以及捷足如飞的英雄们之像的构建也都离不开花朵和植物。

　　我想以真正有花出现的场景作为讨论的起点，因为这样一来，我们就可以观察到一幅给定之图如何移入我们脑海中，并探明其中究竟发生了些什么。但在正式进入主题之前，我想有必要先提供几个可供参考的解释，以便接下来在研究具体的图像如何在大脑视网膜中舞蹈、翻滚时检验它们的真伪。在前面的某章中我曾经证明过，易于想象的花朵是其他较难想象的图像（如人脸）得以绘制出来的工作平台或底版。而相比于一张脸，一个移动的图像在绘制上则要更加困难——或者也可以换种方式来说，一张脸之所以难以描摹，原因之一就是它的各个部分都太活泼好动了，简直一刻不停。如果说花瓣是想象其他图像的工作平台，那么我们就不难理解，为什么每当作者希望展示动态图景时，图中都会出现花儿，以或真实或比喻或引申或完全随性的方式显现出来。它们可能本身就是中心图像，也可能是中心图像的前置图像或者后续图像，因为我们此处讨论的并不是花在一幅已完成了的图片中的位置，而是它们在构图这一行为中的现身出场。我们也许是在图片生成前的那一刻看见了花的影像，也许是在之后的那一刻，即图片正从我们眼前销声隐退时看见了它。

　　第二种解释实际上是对第一种所作的引申。回顾花朵所具有的使其变得易于想象的具体特征，我们会发现其中有一部分，如轻薄性，与我们已经考察过的四种大脑构建动态图片的方法相一致或近似：明亮的光照、轻薄性、二元更迭以及伸展。在轻薄性方面表现出的一致是最直接的，关于其余几种也有不完全的一致性存在。一朵花具有微型的表面，色彩高饱却在花瓣的边缘突然消失，这些引起的不仅仅是想象活动，而且是迅速的想象活动（如阿什伯利的黄色郁金香的疾速闪过），而这迅速的特点又使得它在脑海中点亮—淡出的过程与明亮之光照法以及增加移除之法颇为相似。不过特别值得一提的是，花的各个部分似乎能在出现后就一直保持在大脑视网膜上，并在随后分派到其他将构之图当中。

161

　　另一个问题涉及花与伸展、折叠诸法的关系：伸展、折叠诸法要求我们关注大脑图像的手工可操作性，以便图像更容易移动。不过首先要问一句，对于花，甚至花之像，我们也是像操作纸张和布匹那样去操作它们的吗？与纸张和布匹截然相反，花总是不停地、我行我素地绽开、闭合、弯曲、前伸、伸展和翻转——不仅是在花期来临以及褪去的日子里，甚至在朝朝暮暮的醒来和睡去的例行循环中，它们也如此这般地表演着。在运动的自主性上，它们堪称大脑图像的典范和最佳表率。但实际上，有时我们也会想象如何对花朵施加一些操作，例如艾玛·包法利在想象她与歌剧演员共同游历的图景时，就想到"捡起抛给他的花束，亲自为他的服装绣花边"[2]。不过，我们并不会常常想象到要用手对一朵鲜活的花朵进行折叠或拉伸：我们的思维会自动从那些我们十分容易施加于纸张或布匹之上的动作中抽回身来。其实花朵是以隐蔽的方式出现在纸张与布匹之中的，因为两者均由植物材料加工而成。当蘸着墨汁在纸上写字时，我们实际是将一种植物性材料覆在了另一种植物性材料之上。

从古至今，墨水的来源一般可分为两种：一种为 atramentum，即从杏仁或其他植物提取的碳的悬浊液；另一种为 encaustrum，即从栎五倍子或者其他植物中提取出的丹宁溶液。[3] "要制造墨水"，西奥菲勒斯（Theophilus）古老的配方之一就是这样叙述的，"你需要自己去砍一些山楂树的木料——在四五月份，趁其尚未开花长叶之前"[4]。与墨水一样，纸张也来源于植物。今天，百分之八十到九十的纸张是由木浆（冷杉的、松树的、云杉的以及桦木的、杨树的、山杨的、按树的木浆）制成的；而且几乎所有剩余的纸张也都是由亚麻、棉花、大麻、秸秆、芦苇以及各种禾木科植物（如细茎针茅、诺福克芦苇、多瑙河芦苇、叫做 kurukuru 的植物、苎麻、象草以及竹子）中的一种或几种制成的。在纸张发明之前，不同的文明都曾有过直接在植物上进行书写的经历：古埃及人写在纸莎草上，中国古人写在草叶、木纤维以及桑叶抽出的丝上。[5] 由于书写实际就是将一层花叠于另一层花之上，也可以视之为一种思维活动的外置，一种早在这种外在形式发明之前就一直存在的活动的外置。

现在，如果我们转向一些具体的例子，也许大有裨益。在这些例子中，我们将看到花朵在推动其他图像移动时的精巧的推拉和摇摆动作。

首先，让我们简单地回忆一下，英语中最为有名的描写花的诗实际上是一首无时无刻不充满动态的诗。它以轻薄性之法开头，因为虽然一个人不能轻易地在脑海中移动起来，但云雀却完全可以（就像影子和倒影可以一样）：

> 我独自漫游，像山谷上空
> 悠悠飘过的一朵云霓，

然后转向了突然的光照

> 蓦然举目，我望见一丛
> 金黄的水仙，缤纷茂密；

这首诗中的花是以二元更迭的形式表现出来的，即第一幅图（湖之图）在突然间消失，并为第二幅（树之图）的出现让出了道路：

> 在湖水之滨，树荫之下，

于是当我们将这些直接的运动归属于出现在第一诗节末尾处的花的时 **163**
候，我们的大脑本身就开始运动了：

> 正随风摇曳，舞姿潇洒。

以上六行接踵而至：没有哪个单词，哪个词组，或者哪个诗行允许我们的构图能力有片刻的喘息，在第二个诗节中，情况也没有改变。这些诗行可以按其原文的顺序来读（不须顾及我的评点），因为华兹华斯在这首诗中运用的方法一眼就可以看出来。

第二诗节以明亮的光照之法作为起始：

> 连绵密布，似繁星万点
> 在银河上下闪烁明灭，

续以拉伸之法：

> 这一片水仙，沿着湖湾
> 排成（stretched）延续无尽的行列：

接着是写诗人感觉到的自己眼睛的转动：

> 一眼便瞥见万朵千株，

在结尾的总结，与第一节的结尾相类似，诗人点明了这些运动的属性：

> 颤摇着花冠，轻盈飘舞。

如果华兹华斯写诗的目的是在于让我们理解诗中所使用的那些辞藻，
164 让我们能够向自己总结或向他人汇报诗人看到了起舞的水仙花，那就
谈不上什么奇迹了，并且我们还会像柯勒律治那样，对写这么长的篇
幅到底是为了什么而感到迷惑不已。好在此处实际发生的并不是一种
字词层面的理解活动，而是对一些游走大脑视网膜上之图的构图活
动，而这才是奇迹之所在。

　　在接下来的十二行之中，华兹华斯逐渐使这充满动感的图片退出
了我们的视野，当图像再一次重返舞台时，他转而用自己全身的感觉
体验对其进行表现。我们如果首先用视觉来想象动态的图景，然后用
身体来感知，那么一种身体腾空而起的感觉便油然而生。如果我们将
发生在前十二行（引文如上）中的思维活动与发生在后十二行（引文
如下）中的做一个类型上的比较，便会清楚地看出，在发令的诗人和
听令的我们之间存在着某种差别。对于诗人来说，前十二行写的是一
项感觉活动（他面对着一大丛鲜花），只有到了后十二行，才写到他的
思维构图活动：他在物理上并不在花丛前，却能通过想象看到万花齐
舞，并对这一奇迹作了描述。但对于我们来说情况当然是，前十二行
与后十二行要求我们去开展的都是同样的大脑想象活动：我们必须在
读前十二行时在脑海中勾勒出一丛随风起舞的鲜花，接着在完成了这
项构图任务，将一串精心设计的指令引入到我们的大脑中之后，我们
将突然发现，自己具备了同时而迅速地重构该移动图片的所有技艺。

　　　　　湖面的涟漪也迎风起舞，
　　　　　水仙的欢悦却胜似涟漪；
　　　　　有了这样愉快的伴侣，
　　　　　诗人怎能不心旷神怡！
　　　　　我凝望多时，却未曾想到
　　　　　这美景给了我怎样的珍宝。
165 　　　　从此，每当我依榻而卧，
　　　　　或情怀抑郁，或心境茫然，
　　　　　水仙呵，便在心目中闪烁——
　　　　　那是我孤寂时分的乐园；

　　　　　我的心灵便欢情洋溢，

　　　　　和水仙一道舞踊不息。

就像勃朗特让我们对希刺克厉夫的幻想感到惊讶，却让我们对自己能幻想出希刺克厉夫之形象这一同样值得惊讶的事实毫无觉察，就像福楼拜让我们对艾玛的想象力啧啧称奇，而没有想到我们自身创造出艾玛的一系列图片的能力也同样了不起，华兹华斯只让我们在第二次创造出大脑图片时才对这一成就感到惊叹。从某一角度来说，他是正确的，因为在第二次构图时，我们可以十分迅速地将这项工作完成，而不去遵循那些刻板的程序（好像仅通过明亮之光照，水仙"便在心目中闪烁"），尽管那一闪中实际还包括了在第一至第十二行中出现过的全部构图方法：轻薄性、明亮的光照、拉伸、感觉到的眼睛之动以及二元更迭，等等。在第二次重绘的过程中，第一次的构图活动本身就成了使重绘工作得以顺利进行的底版，而且重构时的迅捷、有力以及简易又使其本身重获新生。

　　这种说法也许夸大了第一次与第二次构图活动之间的时间间隔。因此，让我们重新检查一下我们是如何进入到诗的第二节中的。第十三和第十四行在二元更迭上做得颇为出色。

　　　　　湖面的涟漪也迎风起舞，

　　　　　水仙的欢悦却胜似涟漪；①

波浪，我们从荷马那里得知，是以二元更迭的方式在脑海中展开运动的：两幅图的交替出现——波峰，波谷，波峰，然后又是波谷。华兹华斯可以依靠我们脑海中储备的图像来实现这二元更迭的动作：我们能够根据"湖面的涟漪也迎风起舞"这几个词绘制出一幅图画，然后稍停片刻，根据"胜似涟漪（sparkling waves）"将图面再次绘制出来，在这样二元绘图过程中，明亮之光照法提供了极大地帮助。这几行诗还是双重层次上的二元更迭，因为在花朵赏心悦

166

────────────────

①　该诗中文译文引自《华兹华斯诗选》，杨德豫译，第95—96页。——译者注

目的争艳、可爱宜人的媲美之中，它们自身也在缓慢地运动中盛开然后凋落。现在第三层次上的二元更迭又翩翩而至：就在我们的思维焦点来回切换于这动态的湖景和动态的花境之间时，这两组二元更迭的图片本身也以二元交替的形式呈现在我们的脑海之中。这是我们在结尾处看到脑海中的灵光一闪之前最后一次构建的动态图景。虽然简明地说，我对这首诗的描述分为开场构图（第一到第十二行）、图像的逐渐消失然后再出现（第十三到第二十四行）的不同部分，但实际上第一次的构图，就像涌动的波浪一样，逐渐汇入到了第二部分的起首（第十三、第十四行）中去，而且我们还允许它停留一段时间（"我凝望多时"），直到在第十七行自行退场。华兹华斯只允许这幅图在短短的三行半诗句（第十七到第二十行）的间隙中缺席，之后他又将它召回到我们的大脑视网膜上。

　　不过华兹华斯的水仙花，虽然毫无疑问是在运动中的，但似乎仅能验证我们前面所讨论过的使静态事物动起来的四种思维方法（明亮之光照、轻薄性、二元更替法以及拉伸法），就是诸如鲜花和飞枪、从水面滑过的天鹅、宙斯的点头、小粉蝶的振翅、一个走下地窖台阶的男子、一位从高碗柜中取酒杯的姑娘等等的静物。不过我也曾说过，花可以构成第五种思维方法，而且是独立的方法，能够帮助其他事物在心灵的视觉中动起来。现在让我们看一看那些可以对此做佐证的文字片段。虽然最终大量使用第五种方法的是艾米莉·勃朗特，但我们首先要转向荷马和福楼拜——动态描写方面另两位杰出的同行，然后再回到她身上。

167　　　首先是荷马，他生动地描写了军队横越斯卡曼德罗斯草原的大迁移。是春天刚刚到来，还是其他原因，使花成为大迁移发生的平台呢？

> 阿开奥斯人的许多种族就是这样，
> 从船上和营帐里涌到斯卡曼德罗斯
> 草原上，大地在人马的脚踏下惊人地回响。
> 他们这样站在斯卡曼德罗斯花地上（Scamander...breaking into flowers），

　　　　　成千上万，像春季茂盛的绿叶红花（the leaves and spears that
flower forth in spring）。[6]

这些花起初只是杂草丛生的平原的一部分，但过了片刻，它们向上且
向内升了起来，不再是那移动发生的平台，而成为了那些移动之人本
身。但作为移动发生的平台也好，作为移动之人本身也罢，花们总
是自在开启、怒放、运动："breaking into flowers"，"the leaves and
spears that flower forth in spring"。

　　以下是另一个片段，在这里，刚刚开放的花也没来由地突然出现
在我们眼前，为在上面横向涌动的脑中形象提供了一个平面。

　　　　　有如密集的蜜蜂一群一群从洞里飞出，
　　　　　总是有新的行列，聚集在春花之间。

这一运动在阿伽门农对军队发表讲话时停了下来。当这运动又重新开
始时，所提植物将再一次从承载运动的地表上升，化身运动之人，因
为在这里，军士们横向奔回战船的场景被当作向下旋转的植物来描
绘（"有如西风吹来，强烈的劲头猛扑，/ 压倒深厚的麦田，使穗子
垂头摇摆"），并且有了这种向下的旋转，植物又一次成为了一个平
台（"他们的整个集会就是这样激动。/ 他们大声呼啸，奔向各自的船
只 / 尘埃从他们的脚下升起，腾入高空"[7]）。士兵们踏过麦田，麦
田上升起一阵阵尘埃，这使他们的运动变得真实可感。但由于向下
旋转的麦穗只是一个喻体，而士兵们足下所踏之平原征用的却是其
原义，有人可能会争辩说升入高空的只是尘埃而与麦苗无关。但事
实却是，对大脑构图活动起到很大的帮助的正是这一比喻用法，是
它将一些并不客观存在于字义所指的平原上的事物引入到了平原上
来。当然，在这一例中，原义所指的植物和作为喻体的植物是混杂
在一起的，因为即使不考虑这一麦田的比喻，斯卡曼德罗斯平原也
无疑是布满了野草和鲜花的。

　　对花所作的位置转换，即从足下所踏之地表上转到从地上所过之
人的身上，所导致的结果之一便是，随着它们持续的升起和落下，这

些花似乎既不再是地面也不再是移动之人，而是成为了运动本身。而
从被踩踏的平原上升起并腾入空中的尘埃则使该段的描述在视野中得
以保持了片刻的稳定。现在我们有必要暂时离开荷马一段时间，去看
一看在福楼拜笔下出现的相同情况，也就是动作被写成一种从一地转
到另一地的花的混合物的场景。在这里[8]，植物从地表向人物身上的
转移更容易察觉到，因为在这一运动启动之前，地面本身就已经从水
平面移到了垂直平面上来：

> 砖墙缝里长了桂竹香。包法利夫人撑开阳伞走过，伞边碰到了开
> 残了的花，就会撒下一阵黄粉，碰到忍冬和铁线莲挂在墙外的枝
> 条，小枝就会缠住蓬边，划过伞面。

169　这一片段出自致力于动作描写的章节：包法利夫人和莱昂先生步行穿
过一片草地，前往不太讨人喜欢的奶妈家，然后又徒步返回城里。

　　使这一章尤为出彩的是对花草不断的升起和落下的描写：它们有
时出现在地平面上，比如罗勒太太花园里的莴苣、薰衣草和开花豌
豆，有时则出现在人物脚下，比如他们经过的那片泥泞的、杂草丛生
的沼泽：

> 有一个地方给牲口踩得陷了下去；只好踏着烂泥中稀稀落落的大
> 青石，才能走过。她不得不时常站住，看看在哪里落脚好，——
> 石头一动，她就摇晃，胳膊高举，身子前倾，眼神惊惶。她笑了
> 起来，生怕掉进水坑里去。

有时，植物会在一个高于地面的水平位置上移动，比如灰色的老柳枝
倒映在河水中，"细长的水草成片地倒伏在流水里，随水浮动，好像
没人梳理的绿头发，摊开在一片清澈之中"。有时，它们出现在一人
高的地方，例如那株桂竹香或者是我们一再提到的女贞树篱："女
贞树正开花，还有婆婆纳、犬蔷薇、荨麻和轻盈的树莓，耸立在荆棘
丛中，争奇斗妍。"而实际上，福楼拜还成功地将各种植物高举到空
中，不仅通过对柴枝、胡桃树和榆树的描写，他还有一些更为奇妙的

途径："房子很矮，屋顶上盖了灰色瓦，顶楼天窗下面，挂了一个念珠似的大蒜。" 植物有时是运动得以发生的平台（"有时候，在灯心草的尖端，或者在荷叶上面，看得见一只细脚虫慢慢爬着，或是待着不动"），有时自身就在运动之中（如那细长的水草倒伏在流水里，那耸立在荆棘之中的犬蔷薇和树莓，桂竹香撒下点点黄粉），也有时，它们是一层薄纱，透过这层纱，二元更迭的图片被人们看见（例如艾玛和莱昂透过正在开花的女贞树篱上的小孔看见了一连串的图景）。福楼拜笔下的这片沼泽，同荷马笔下的斯卡曼德罗斯草原和勃朗特所写的荒野一样，与其说是运动发生的平台，还不如说是使运动得以成形的构图元素之一。

170

　　荷马常做的事情之一就是将长有植被的地面向上举起或者向上倾斜，使其升至空中。斯卡曼德罗斯草原柔软的表面不仅出现在那些双军对阵的动态图景中，还出现在游戏的动态图片里，在诗行中"飘荡"，"徘徊"。荷马告诉我们，阿基琉斯躺在战船中：

> 他的兵士在岸上消遣，投掷铁饼、
> 标枪，拉弓射箭，他们的马在车旁
> 吃沼泽里的苜蓿和芜菁。[9]

这里的苜蓿和芜菁并不是出现在一个插入性的比喻之中，而是依本义向上被消化吸收到马的肚子中去，它们丝绸般的物质结构使马匹踏地以及咀嚼的动作都变得生动起来。此处，这片花草地向前倾斜，汇入到士兵营帐的垂直墙面中去。"青草之城，"谢莫斯·希尼就曾这样称呼《伊利亚特》中人们的住所。[10] 对于花草遮蔽下的高墙和屋顶的认识，使我们为另一处伸张、撕拽或"展开"一个平面的活动做好了准备，在那里，我们要描绘的是一扇大门的开启。

> 他们 [普里阿摩斯和他不朽的护卫士兵] 随即到达佩琉斯之子的营帐，
> 那高大的房屋是米尔弥冬人为他们的国王
> 建造，他们从特洛伊草原上采集许多

171

毛茸茸的茅草来盖顶篷，并且在四周
用密集的木桩为国王圈出一个大院子。
大门是用一根巨大的枞木闩上，
要三个阿开奥斯人才能把它推上，
要三个人才能把这根大门闩推开。
但那救助之神却为老人把门打开，
把赠送给佩琉斯的捷足的儿子的礼物运进去。[11]

　　我们先在脑海中根据"手在操作"的指令进行演练；然后这扇植物质地的巨门即便在没有手的辅助下，也能毫不费力地洞开两边，就像艾玛和莱昂经过的女贞丛中那些精致的小花轻松地绽开一样。

　　混杂在一起的花不断地进行重新排列，在横轴和纵轴之间不断地旋转着。在图片得以生成的想象的地面和墙壁上，花儿们自在地运动着：它们开放；伸展身躯；它们摇曳，伸出枝芽又折回，它们弯曲又闭合，斜向一侧，向外延伸，抖动，落下，被风吹落他处。由于它们在脑海中运动起来毫不费力，作者常常要求我们去想象它们的运动，作为那些乍看上去发生在周边的运动的替代品。或者我们应邀将它们的运动构想为一种预演，接着就接到指令去想象难度更大的运动。只有在极少数情况下，我们会先描绘出那较难构想的运动，然后在一朵花上面进行重新审视。

　　花类的运动较容易想象，这一现象不能归结于花在可觉察的时间中的运动与人类运动有什么不同。斯卡曼德罗斯草地上的士兵们像"春季茂盛的绿叶红花"一般不断涌出，这里的花不能作为士兵涌出的加速比喻产生作用，因为即便是开放速度较快的罂粟花，绽放也需要慢腾腾地花上许多分钟甚至几个小时，并不比士兵们席卷草原的时间短。植物身上发生的事件可以加快一些慢速运动——如一个人的成长——但这并不是因为在真实世界中，树成长过程需要的时间比人短。忒提斯曾多次告诉我们，

172

他让我生育了一个儿子，注定成为
英雄中的豪杰，他像幼苗一样成长。

　　　　我精心抚育他有如培育园中的幼树。[12]

这些诗句帮助我们想象出了他的成长过程——一个快速的伸展和拉长的过程，但并不是因为树比人成长得更快。有些树确实比孩子长得快；但另一些则需要比人类成长过程更长的时间。不论是树还是人类，成长速度都比一个可观察之动作缓慢许多：如果说我们可以想象出一棵树的外貌变化，这只能是因为它具有那种更加适应和顺从我们大脑呈现活动的天性罢了。一个孩子二十年的成长过程有时也许被比喻成短短几秒钟的事件，比如一匹布的铺展或一张帆的展开；在这里，我们倒是可以这么解释，布匹的伸展过程之所以比一个孩子的成长过程更容易描绘，因为在现实的物理世界中，这一动作在几秒钟内就能完成。但这一解释对于树或其他植物来说是不适用的。以下的《伊利亚特》文字描写了一个人在植物的柔软组织中成长和牺牲：

　　　　欧福尔波斯砰然倒地……
　　　　……
　　　　如同有人为了让旺盛的橄榄树苗
　　　　栽到空旷的地方，好让它多吸收水分，
　　　　幼苗柱状成长；和风从四面吹来，
　　　　轻轻地把它拂动，朵朵白花繁茂；
　　　　一天突然刮来一阵暴烈的狂风，
　　　　把小树连根从泥里拔出扔到地上。
　　　　阿特柔斯之子墨涅拉奥斯也这样杀死了
　　　　潘托奥斯之子、名枪手欧福尔波斯，剥下铠甲。[13]

不管这橄榄树苗长成的小树经历了几个月或者是几年，这个时间长度 **173** 都不在可感知的时间范围之内；不过作为一个植株，它还是在我们的构图能力范围之内的，尤其是当它被给予了轻薄性（"和风从四面吹来；/轻轻地把它拂动"），明亮之光照（"朵朵白花繁茂"）以及拉伸（"把小树连根从泥里拔起扔到地上／阿特柔斯之子墨涅拉奥斯也这样杀死了／潘托奥斯之子、名枪手欧福尔波斯，剥下铠甲")。① 就这样，千军万马的运动就在花中塑造出来；或者说，这些花自行开启、弯曲，或者折叠，正是它们的这种运动使我们的大脑活跃起来，为在稍后描绘人或其他非花事物之运动做好了准备。

　　现在，我将举最后一个例子，说明花的表面向上翻转，成为可画之运动的垂直构图平台，这个例子便是阿基琉斯之盾。我们会发现，自己再一次置身于这样一个境况之中，那就是诗人叫我们勒马停下，带着惊讶驻足观看图像被想象的过程，但我们其实可以坦然地拒理抗争，指出在十八卷的数以千计的诗行中，我们已然就在马不停蹄地进行着同样令人惊讶的想象活动。从某种程度上来说，我们之所以会带着惊讶驻足此处，是因为此刻于盾上所绘不是战火纷飞之景，而是那引发了这场战争的文明和法律。在法庭上一场争端正在得到解决，一对青年喜结连理，这就是社会契约的世界。[14] 希罗多德对我们重述了《伊利亚特》告诉我们之事：帕里斯对海伦的劫持引发了特洛伊战争。不过根据希罗多德的说法，女人们经常从一个部落被劫持到另一个部落；他认为希腊人对此的反应有些敏感。[15] 使特洛伊战争尤为引人关注的并不是海伦的被劫（如果我们相信希罗多德的说法和吃惊），而是希腊人认为这一劫持值得挑起一场战争。《伊利亚特》的第十八卷对该文明社会作了刻画，展示了法律的规定之一就是禁止外族人劫持妇女。

　　这个文明社会被设想为一个充满欢乐、传播欢乐的一串动态图片的集合。对于赫菲斯托斯制造盾牌的过程，荷马用了足足 150 行做超细节化的描写[16]，时而将我们的注意力转向他惊人之才的某一方面，时而转向另一方面，直到荷马全力以赴进行描写的最后一节——他几乎将所有的技艺都汇聚在最后一景中：

———————————

① 同样的现象还可以通过对比两个在可觉察的时间范围之内的物理世界中的事件看出来。福楼拜告诉我们说，一名向导在教堂里摊开双手演示，就好像一名农夫伸开手掌去指一株小苹果树一样。这两个手势都只要一两秒钟就可以完成，但指令还是将一棵苹果树囊括进了图片中，因为苹果树在构图过程中的出现可以大大增强正在进行想象活动的大脑的活性。

　　著名的跛足神又塑造了一个跳舞场，

　　……

　　许多青年和令人动心的姑娘在场上

　　互相手挽手欢快地跳着美丽的圆舞。

整整十八行，我们都在观看美丽的青年男女们旋转的舞姿，"青年们舞蹈着，或者踏着熟练的脚步／轻快地绕圈"。我们究竟是如何看到这一场景的呢？正如我们所料，在这些诗行中出现了"手在操作"的指令：我们旋转着这些人像，就像一位陶工"用手试推轮子，能不能自如转动"，同时出现的还有"只是布一块"的指令："姑娘穿着轻柔的麻纱，青年们穿着精心纺织的短褂，微微闪耀着油亮"。如果说我们可以看得到这群青年的舞蹈的话——他们跳啊跳，直跳了十八行之久——这还可能是因为在该图像的巅峰时刻到来之前，荷马已经做好了预备工作，将那整个盾牌直立的表面（以及它那些镶嵌的金属饰物，四周的三道边圈和中心的五层）转换成了一个花的平面，上面有植物在不断地开落。

　　将你的大脑贴向这盾牌的表面，荷马首先这样命令我们。这是一片"未开垦之地"，在其表面上每一处都已进行了两次耕作；现在，"许多农人在地里／赶着耕牛"在这表面上有条不紊地进行着第三次耕作，在到达每一畦的尽头时，他们就停下来，在转身去耕另一畦之前接受一杯窖酒，"黄金的泥土在农人身后黝黑一片／恰似新翻的耕地，技巧令人惊异"。铸造精美的金属在这一诗节中变身为一片植物和泥土的混合生坯，成为了之后四节的构图底版——那里有植物，曳动的植物，它们或自主曳动，或在人们手中移动，像一首诗一样，渐渐地移动着铺满整个盾面："割下的麦秸有的一束束躺在地上。"在大脑视网膜上，就像在盾牌表面上一样，也有一株橡树伸出枝丫，闪着金光的麦粒从空中落下，"串串葡萄呈现深暗①，用银子做成的根根整齐排列的棚柱"，镰刀挥舞，芦苇摇曳，草地现身，果实被采摘；琴

①　原引文为 climbing vines sho[o]t up on silver vine-poles，意为"攀爬的葡萄藤在银色棚柱上迅速生长"。——译者注

弦被拨动了，一个"柔和的噪音响起又低沉下去"[①]，款款唱起了歌谣。金、银、锡和蓝色的珐琅，各种材料在我们眼前都变成了润湿的植物："用黄金雕镂，串串葡萄呈现深暗。"思维潜入盾牌之下，又浮出来，然后再度下潜，在那雕刻成的果物、金属、谷物、草地中来回穿梭，让它们布满我们的双手、双臂、双眼，填满我们的心灵。

　　情况看起来好像是，为了使高潮部分青年们可以穿着明丽的服装在鲜花旁起舞，不仅仅是制盾的金属，任何构成大脑的硬材料，都必须制得十分柔软。那么荷马此处是如何收场的呢？当他们开始搭起手臂翩翩起舞，

176　　　　……互相站成一行行，

　　　　　　人们层层叠叠围观美妙的舞蹈，

由于这场景终归得有个结尾，终于，结尾这样姗姗而至：

　　　　　一位歌手和着竖琴神妙地歌唱。

　　　　　两个优伶从舞蹈者中走到场中央，

　　　　　和着音乐的节拍不停地迅速腾翻。

　　如果《伊利亚特》正被向着一大群人高声吟诵，当他们听到这几行诗句时会作出什么样的反应呢？是倒吸一口气，还是哭喊？因为如果脑海中伶人之像真的跌倒在地的话，将势必产生巨大的动能冲量，足以使想象者的头颅向前或者向后摇摆。不过也不是所有的指令都如此见效。有时，我们就好像站在山顶上，翘首企盼着那被预言了一遍又一遍的彗星；你甚至可能听到别人的惊呼：出现了！但自己却什么也没看到，虽然你也许为在他人欢呼其现身时身临其境而感到些许的兴奋。这例子可以用来比喻，当你听到并理解这些指令但无法亲自有效执行时的情形。不过一旦这指令起效，一旦伶人可以在你的脑海中向前方的地面翻腾过去，他们突然窜进我们大脑海内部的这一奇迹

---

① 本处为本书译者所译。——译者注

便宣告发生了。我们可能会创作或引用一些句子，喃喃自语——"我心雀跃"，"我的心灵便欢情洋溢"——似乎总是有些无力，远远不足以表达我们狂喜般地意识到的奇迹；坚信图像能够在脑海中移动，越过一群人的脑海，穿越时空，在一个又一个人的脑海中翻滚、腾跃，这种信念正是文明社会的核心所在。

让我们认识到此处有一个翻筋斗的表演，并不是这些诗行的意旨所在。它们真正的意旨在于让我们把思维重心转移到这场表演的地面上去。随着地面变成垂直的盾面，而这竖直盾面又变成了花地，这 **177** 花地向上翻，向下翻，三次翻过来，带着由空中划过的金色麦穗和沿银棚柱向上攀援的葡萄藤围成的饰边，来回翻转，直到大脑中的那些组织，那些湿润的绷紧的亚麻布一般、丝质蹦床一样的组织，获得了足够的柔韧度，使大脑有能力接纳那个荷马笔下的文明社会的娱乐明星——翻筋斗的伶人。

我们已经看到，花儿在水平和垂直平面之间的来回倾倒，我们也已经看到，花在移动之物所经过的平面与移动之物本身之间不停地转换着身份。这两条都表明，大脑图像之运动在某种程度上是通过将人物与地面之间的关系作神秘化或不稳定化处理而实现的，对于这种不稳定化处理，我们将在第三部分中再次讨论到。不过花的另一个关键性特征——它们与假定性之间的关系——可以很好地解释，花这种物体看上去更像是想象对象而非构图过程的部分之一，如何在事实上构成形式操作常规。花的假设这种方法的最出色的实践者当属艾米莉·勃朗特。

在讨论《伊利亚特》中的伶人时，我们明确地对理解一条指令和在脑中付诸实践进行了区别，对理解应该发生什么与使它实际发生进行了区分。但这种刻板的、非此即彼的区分方式并不能详细地说明大脑的想象活动；当完全可想象之物上面还有只有二分之一可想象性的物体，其上又有只有四分之一或七分之一可想象性的物体时，一个由动态图片组成的格子架或系列串便在大脑之目中出现又消失，让那些可想象之物、较难想象之物以及那些几乎无法想象之物相伴相生。如果说得更简单一些，那么事情就是，有时我们被要求去想象某些东西；有时我们则被要求去想象我们在对某些东西进行想象；而更为妙 **178**

趣横生的是，还有一些时候，我们甚至被要求去想象（我们自己或一个虚构的故事中人）在对某一具体想象活动展开想象。我倾向于将此称为假设的想象，因为我们并没有被某一指令要求去想象什么东西，而只是被要求去假设一下我们在想象这一物件的情况。花则与这种细微的分别有着不解之缘。

为什么会这样？花与大脑的假设活动之间到底有着什么样的姻缘？对此，我们可作出三种回答，每一种我们都在之前碰到过，但在这里又都被赋予了新的含义。第一种回答是：花是其他图像得以成像的底版；由于花本身是完全可想象的，我们可以将层层叠叠的只有部分可想象性之运动置于其上。例如深藏于赫卡柏亚麻衣柜底部的那件工艺最为精致的锦袍（"像天星闪亮"）；它绝不仅仅是一摞图像中的打头阵之像（将它具有的无限生动性借给叠于其上方的那些暗淡下去的图像），还是其他图像得以构成的工作平台。也正是因为这样，我们才同意里尔克的说法，认为花瓣可充当大脑视网膜。

第二种回答是，花并不是使其他图像得以成形的构图底版而是构成它们的物质材料。这可以帮我们解释为什么我们常常发现花的混合物总是在动景中不停地从一处移到另一处，例如黄色的桂竹香撒下花粉，并成为艾玛·包法利前移动作的一部分，又如歌剧中的女高音演员发上戴的橘子花成为一条移动的花带，（随着她的登台）像一幅滴在油画上的污渍似的，迅速拉长开来，直到其暗橙色完全变成纯白，再如斯卡曼德罗斯草原上的花朵突然盛开，并向上腾起，化为一个个从草原上奔跑过来的士兵。花朵与假设性想象密不可分，因为花朵往往并不是要想象的图片本身，而是那未来将要呈现之物，或者片刻之前曾呈现之物。它们是潜伏的或者潜在的。因此我们经常通过眼角的余光看见它们。如果我们在一幅大脑图片内看到花朵，并且注意到它们与主题不太相关，我们可能会说它们只是装饰罢了。它们这种主题正当性的缺失提醒我们，不应仅仅将它们看作多余和肤浅之物，而应从相反的角度看到它们出现的深切必要性，看到它们对构图的其余部分的衬托作用。

第三种解释建立在我于第四章中所作的结论的扩展之上，将花朵视为感觉活动的预演：植物虽然是无感觉的，却也是近乎有感觉的，不是很有感觉的，并因此与在想象过程中所发生的感觉摹仿产生了某种亲缘。正因为想象只是假装进行感觉，有些时候它只是假装在进行这项假装活动。换句话来说，正因为想象活动没有感觉成分，或者只是近乎有感觉，或者不是很有感觉，带着一层层不能完全构想出来的元素的想象，既包含真正想象出来的，也包含只是近乎想象出来的、不完全想象出来的和尚未想象的。如果说想象之物都是反事实的话，那么我们必须说，这些只能被假装或虚拟想象出的事物（包括近乎想象的、不完全想象的）则是反事实的反面。它通过否认和拒绝来彰显自己的功绩。这便是想象活动自省并获得自知之明的方式。凭借这些花，这种元想象或花的假设的方法不仅可以充满自娱自乐（就像里尔克的诗那样），还可以显得（正像它要求我们的那样）富有动感，且图像稳定。

接下来让我们回到《呼啸山庄》的第二十二章，丁耐莉和小凯蒂仆主二人散步于——或者正如我们将看到的那样，也不完全是散步——画眉田庄的场景中去；我们还将注意到，《包法利夫人》中描写艾玛和莱昂漫步经过花草丰茂的沼泽地一段以及《伊利亚特》中描写植物葳蕤的斯卡曼德罗斯草原的一段也属于同类。《呼啸山庄》的这一章有七页之长，包含了一段散步的动作和两段人物对话：在第一段中，丁耐莉和凯蒂谈论到凯蒂之父及丁耐莉自己的死亡；在另一段中，希刺克厉夫，这个突然来到散步者跟前的不速之客，试图要强迫凯蒂去呼啸山庄探望他奄奄一息的儿子。这两段对话看起来针锋相对，因为希刺克厉夫的命令与凯蒂慈父那禁止她去呼啸山庄的要求是截然相对的。凯蒂之父身体虚弱，这是第一段对话的主题，本应该使凯蒂比平时更加听话。但在这一段的倒数第二句话中，丁耐莉给我们展示了一幅静态的图景，告诉我们希刺克厉夫才是这场竞争的胜者："可第二天我又在执拗的年轻女主人的小马旁边朝着呼啸山庄的路走着。"

不仅仅是这两段对立的对话，在这简短的一章中，几乎所有的语句都无不对我们发号施令，要我们绘制出丁耐莉和凯蒂散步的场景。一些如明亮之光照以及二元更迭法自然当仁不让地出现在这里，作为形式常规方法的花，也以两种方式在这里出现。就像在荷马和福楼拜笔下所写的那样，植物的运动在这里也被当作散步者运动的替身：我们只画出了花运动的样子，但感觉到好像自己也画出了人物的运动。还有一点也与荷马和福楼拜所写的相似，随着花从脚下上升到眼睛那么高的堤岸，然后又移过头顶达到高墙的位置，或是移得更高一些，到达树枝的位置，花轴也从水平转为了垂直。由于在每一个高度上，我们画出的凯蒂都是倚花而立的，她并不是（通过二元更迭的方法）横向穿过这片草地，而是在这片花海中沿垂直方向上下移动。

不过，我们还在此处发现了一些我们不曾轻易发现过的事情：那就是植物的可想象的运动如何衬托那些原本无法想象或难以想象的运动。现实在场的运动在那些非现实在场的运动在场的情况下发生。后者没有在场发生是因为它们属于过去，或者属于未来，或者是虚拟的，或者带有"不"这样的前缀。也许我们可以将这些统统归于"假设的运动"这一标题之下，因为不论是哪种情况，我们都是被指令要求去假设想象某种运动，而不是真实地去将这运动想象出来。我们阅读勃朗特作品时所感觉到的执著和严肃来源于这样一个事实，那就是

181　每个句子都从语法上对我们在实际想象过程中可以达到的精确程度作出了预估。勃朗特清晰地指明了对各处生动性程度的预期，使我们在根据她清晰的语法提示绘制这些运动时有据可依。

我们飞速读完这个故事，因为要逐行逐句地去阅读的确是件令人痛苦的事情，尤其是当那些闪光、阴影以及动点——在慢速阅读的过程中——必须用一种与构图作业极为近似的方式被保持在脑海中时。不过这一章是很简明扼要的；读起来也不需要花费太长的时间。这一天的运动是这样开始的：

　　我请求我的小姐取消她的散步，因为我看准要下大雨。她不肯。[17]

勃朗特并没有通过丁耐莉的陈述让我们去想象丁耐莉和凯蒂散步的场景，比如写上这样一句："虽然我很确定会下大雨，小姐和我还是出去散步了。"其实从某种意义上来说，这句正是我们在读完第二句话后能够想象到的。她也没有给我们一个简单的假定，比如只用一个祈使虚拟语句（"我请求我的小姐去散步"）或者否定句（"我们没有去

散步"），而这两句中不论哪一句，其实都提供了一幅"散步"场景的纱幕，这层纱幕从实际将要发生的、更为生动的运动上方"飘过"。事实其实是，这运动本身具有双重假设性：祈使虚拟语句和否定句都用上了（"我请求我的小姐取消她的散步"）。绘有散步场景的纱幕的生动性随着第二句的出现（"她不肯"）被提升了一个台阶，这第二句告诉我们说，在凯蒂的坚持下，丁耐莉和她最终还是去散步了：说它的生动程度只提升了一个台阶，因为这个句子是对祈使虚拟语句的否定。勃朗特本还可以写为"但她坚持要去"，如果她不是要如此精确地表明她的虚拟程度的话。

　　凯蒂和丁耐莉开始了她们所谓的散步，但散步没有在真正意义上开始，因为凯蒂为慈父的去世而忧心忡忡，我们可以从虚定的否定看出来：

　　　　她郁郁不快地往前走着，现在也不跑也不跳了……

出现在跑和跳之前的"不"并没有抹去运动的发生：我们并没有接到指令，说不要去绘制跑和跳的动作；相反这些运动从我们脑海中隐隐地穿行而过。这个句子后面还跟着另一个假设性运动，这一回是通过虚拟语气实现的：

　　　　虽然这冷风满可以引诱她跑跑。[18]

但实际上，这句话达到了一个双重虚拟的效果，即一个简单的反事实虚拟（冷风本可以使她跑跑，却实际上没有）和一个祈使性虚拟（冷风曾引诱她跑跑）的综合（"虽然冷风满可以引诱她跑跑"）。

　　紧接着这句话的是丁耐莉眼珠的转动（这一点我曾经已提到过）："而时不时地，我可以从眼角里瞅见她把一只手抬起来，从她脸上揩掉什么。"这个句子可以引起读者或听者用肢体运动代替了更为艰难的想象动作。接下来是眼珠的第二次转动——"我向四下里呆望着，想办法岔开她的思想"。

　　现在植物出现了，要么是运动的，要么是接近运动的。写到植物的这个句子以一片将要运动起来的坡地作为开头，与此同时，我们将脑海中的构图底版向上铺展开了：

> 在路的一旁，一条不平坦的高坡往上升起。

183　之后，这图片变得愈发不稳定起来：

> 榛树和短小的橡树半露着根，不稳地竖在那里；这土质对于橡树来说是太松了，

接着，我们在脑海中将这橡树作了个向下的旋转——

> 而强烈的风把有些树都吹得几乎要和地面平行了。

事实上这橡树之动并不是强风使然（刮风是在过去的时间内发生的），而是我们通过构图的修订校正创造出来的；因为大多数想象者在这里都会第一步先画出一棵傲然直立的树，片刻之后再对该树做图像上的修正，将其转至水平方向。

　　既然植物已经动了起来，勃朗特便开始要求我们去想象人物的运动了，但同样这也只是虚拟的，因为我们并不是在想象凯蒂当下正在做某事，而是去想象在丁耐莉的记忆中，凯蒂一个季度之前曾经做过某件事。尽管这幅画并不像在虚拟语境、否定句抑或未来时态中那样晦暗，但它也无法达到我们脑海中的向上伸展的坡地和向下旋转的橡树那样的生动程度。

> 在夏天，凯瑟琳小姐喜欢爬上这些树干——

现在，随着我们将注意力移回到植物身上，植物和人物都开始在脑海中动起来：

> 坐在离地面两丈高的树枝上摇摆……

我们必须在此处做个停顿，注意一下在这一句话的开头，我们先是
在明亮之光照的技巧（"凯瑟琳小姐喜欢 [delighted],^① 爬上这些树"）
的辅助之下将凯蒂之图像高举到了树枝上，然后，在句子进一步展开
的过程中，勃朗特又再次用到了明亮之光照法，将她的图像高高地固
定在那里：

> 我每一次看见她爬的那么高时，虽然很喜欢看她的活泼（*her
> agility and her light*），也喜欢她那颗轻松的童心（*childish heart*），
> 然而，我还是觉得该骂骂她……[19]

现在，随着句子的结束，我们在脑海中将凯蒂之图像重新挪回到地面
上，但这只可能在一层极其晦暗的纱幕上操作，因为这降落，尽管已
经在曾经的假设中被预言，是以否定句的形式描写出来的：

> 她也知道并没有下来的必要。

接下来，我们要对那片刻之前自己所构人物和植物之图重新刻
画，并增强活力：

> 从午饭后到吃茶时，她就躺在她那被微风摇摆着的摇篮里，什么
> 事也不做，只唱些古老的歌——我唱的催眠曲——给她自己听，
> 或者是看和她一同栖在枝头上的那些鸟……

现在让我们将鸟的图像进行拉伸，使它们朝着幼雏向前伸出头去，但
绘有雏鸟飞行动作的那层纱幕要比绘有雏鸟伸头动作的纱幕轻盈许
多，因为这飞行之动作被安全地保护在祈使虚拟语气之内：

> 喂哺它们的小雏，引它们飞起来……

---

① delighted，其词根"Light"亦有照亮之意。——译者注

这句话以凯蒂的思想状态描写为结尾，同时也是在描述我们的假设性
185　想象活动，它是生动的运动和晦暗的纱幕的结合，不是直接去绘图，
而是介于理解和想象之间：

> 或是闭着眼睛舒舒服服地靠着，一半在思索，一半在做梦，快乐
> 得无法形容。

　　在这两个长句中，绘图的整幅底版上下移动：那些树枝，即我们
的垂直底版，在不停地摇摆。就在这晃动的花的表面之上，发生了一
些细微的伸展和折叠（禽鸟们向前探身，眼睑向下闭合），而且在它
们之上，还加载了一层纱幕，绘有一个光彩照人的年轻女孩子正在爬
树并且一直没有下来，以及另一层更为轻薄的纱幕，上面绘有一群快
要飞起来的可爱雏鸟。这并不是说，那女孩从树上下来的动作和雏鸟
飞起来的动作不曾在大脑视网膜上出现。它们的确出现了。只不过是
我们是在设想我们将它们想象了出来：它们悄然溜过我们的脑海，好
像过眼云烟。

　　新的一组句子开始了。勃朗特将笔锋转回到了当下的时刻，这时
又出现了一枝花：

> "瞧，小姐！"我叫道，指着一个扭曲的树根下面的一个凹
> 洞，"冬天还没有来这里哩。那边有一朵小花，七月里跟紫丁香
> 一起布满在那些草皮台阶上的蓝铃花就剩这一朵啦。"

要使蓝铃花那温润的蓝色布满整个大脑视网膜似乎不太可能，但通过
以高度的汇聚［一小块深色的温润蓝色（一个花苞）］为开端，然后
将它展开，使它逐渐汇入早些季节那一片紫丁花的云雾中，我们将它
逐渐放大为垂直放置的色块。我们看到的是构图活动的进行：我们先
在脑海中将色块伸展开来，然后扩大所占区域，使色彩变得轻薄（不
过不论怎样还是保留了作为一朵花的名字——紫丁香）当我们这样做
186　时，那支花本身，就像《伊利亚特》中那株快速生长的果树一样，成
倍地增大，在我们眼前伸展开来。

现在我们将看到一个假设的运动：

　　　"你要不要爬上去，把它摘下来给爸爸看？"

爬上去摘下花朵，并把它拿给爸爸看，这一系列动作都只是假设的，它们像一幅画在透明薄纱上的铅笔速写一样，飞似的从我们脑海中溜过；而且它们最终都被那真实发生的——也就是说，可以完全想象出的——花本身的运动取而代之：

　　凯蒂向着这朵在土洞中颤抖着的孤寂的花呆望了很久，最后回答——"不，我不要碰它……

画面中人物静立着没动：凯蒂呆望了很久，然后拒绝作出靠近它并将它摘下的动作。运动的只有那朵花：那朵孤寂的花在颤抖。

　　现在，勃朗特让人物开始运动了，但运动也是假设的，因为是丁耐莉请凯蒂跑起来。这动态的图片虽然精美绝伦——丁耐莉和凯蒂手拉手从草地上跑过——却也还是轻于鸿毛，因为只是在祈使的虚拟语句中发生。但即便是达到这一层次的生动性，也还得给跑动附加了前提条件，即使凯蒂和颤抖的花朵的质地变得去物质化：

　　它看着很忧郁呢，是不是，艾伦？"
　　　"是的"，我说，"就像你一样的又干又瘦。你的脸上都没血色了。让我们拉着手跑吧。你这样无精打采，我敢说我要赶得上你了。"

　　如果凯蒂接受了丁耐莉的邀请的话，我们就得切实地去想象此刻 **187** 我们只需要进行假设性想象的事情了。不过还好，凯蒂回绝了。

　　　"不，"她又说……

接着突然地，就在分秒之间，凯蒂自己突然动了起来，对这一运动我们满可以顺利地绘制出来，因为我们的绘制已经预演过了：

　　　　继续向前闲荡着，

但这一运动很快又转回到目前为止我们已经了如指掌的混合画面，即
静态的人物加上动态的植物的图片上：

　　　间或停下来，望着一点青苔或一丛变白的草，或是在棕黄色的成
　　　堆的叶子中间散布着鲜艳的橘黄色的菌种深思着，时不时地，她
　　　的手总是抬起到她那扭转过去的脸上去。

就像颤抖着的蓝铃花将自身的色彩向上延伸到一片紫丁香云雾中去那
样，这鲜艳的橘黄色也伸展开来，而且我们将色块伸展开来的这一思
维活动，对片刻之后将凯蒂的胳膊斜向上举的活动大有裨益。在蓝铃
花一句中，丁耐莉指着花喊道"瞧，小姐！"把人物身上的活动变为
手或者眼睛的运动；在这个句子中也是如此。

188　　　接下来是整整一页的对话描写，内容是关于凯蒂父亲的生亡，然
后我们又将回到如何创造动态画面的主题去。对话的展开引导我们回
到动态的图片中去：

　　　　在我们谈话时，我们走近了一个通向大路的门……

接下来，在我们回到创造动态画面的工程中去之前，有整整一页的对
话描写，内容是关于凯蒂父亲的生亡。而这谈话中的对答就像一条渡
船，带我们回到那些动态的图片中去：

　　　我的小姐因为又走到阳光里而轻松起来，爬上墙，坐在墙头上……

在这里一共有三个动作。首先是我们将凯蒂的像拉伸；其次一些暗点
扩展开来，成为一些小面积色块（即蔷薇树上结出猩红色的果实）；
最后，蔷薇树的另外一些红色的果实从低矮的树枝上被移除——汇入

到充满活力的骚动中去，即鸟儿在假设的纱幕上飞翔嬉闹：

> 想摘点那隐蔽在大道边的野蔷薇树顶上所结的一些猩红色的果
> 实，长在树下面一点的果子已经不见了，可是除了凯蒂现在的位
> 置以外，只有鸟儿才能摸得到那高处的果子。

　　再一次，我们要对凯蒂的像拉伸——"她伸手去扯这些果子时，
帽子掉了"——外加一个移除的操作：先是戴着帽子的凯蒂，然后是
没戴帽子的凯蒂。这时两个剧烈的动作——"爬下"墙去和从墙上跌
下去，出现在画面中，第一个是假设性质的，第二个则是祈使虚拟语
句中的反事实部分。我们被要求去设想凯蒂之像爬下墙来，然后（将
她举回到原来坐在墙头上的位置）再设想她的像从墙上跌下去。但这
句话的结尾部分引导我们真正去想象的却只是凯蒂之像被直接移除：
"……由于门是锁着的，她就打算爬下去拾。我叫她小心点，不然她
就要跌下去，她很灵敏地消失了。"[20]

　　我们知道，如果放任其自流的话，大脑图像自己就会土崩瓦解，
销声匿迹，无影无踪。勃朗特无穷智慧的表现之一就在于她想办法让
我们见证了图像的消失过程，并让它们体面地向我们道别——就像莎
士比亚强迫埃里厄尔所作的那样——让其消失得敏捷又灵巧："她很
灵敏地无影无踪。"

　　同样，接下去的一个句子也是要求我们去将一个假设的否定句
（一个为凯蒂设计却没有实际出现的动作）与真实出现的植物的运动
相结合："然后回来可不是那么容易的事。石头光滑，平整地涂了水
泥，而那些蔷薇丛和黑的蔓枝也经不起攀登。"此处的黑莓和蔷薇也
伸出藤蔓向四周蔓延开，就像其他一些运动一样：蓝铃花自身膨胀后
逐渐汇入一片紫丁香的云雾中，橘黄色的菌伸展身躯，橡树和榛子树
丛上升并被风吹倒，树枝摇晃，野蔷薇结出猩红的果实。

　　凯蒂抛出运动的提议（"艾伦！你得拿钥匙去啦"），接着是运动的
否定（"我从这边爬不上围墙哩"），再接着，希刺克厉夫来了。他挑起
了一段对话，软硬兼施地要凯蒂于次日去呼啸山庄一趟。丁耐莉站在
墙的另一侧，想帮助凯蒂却力不从心，直到最后门上的锁被撬开。之

189

后两种形式的拉伸相继出现："我撑开我的伞，把我保护的人拉到伞底下。"植物又一次帮助展示了场景的可伸缩性："雨开始穿过那悲哀的树枝间降了下来。"再后来，最后的拉伸登场，那就是我们在脑海中对两个女主角的像一并作向前拉伸："我们往家跑"。

在勃朗特的简短的一章中，构图底版的角色自始至终都是由花构成的垂直地立着不停地动着。大脑视网膜似乎由四个单片拼合而成：一片绿色的、一片淡紫的、一片橘黄的，还有一片是猩红的。首先是一块垂直放置的底版，由绿色榛树和橡树构成，上下回旋，在空中摇曳，轻轻地使一批娇弱无力、倚于其上的图像（一个唱着歌的小姑娘和一群鸟）摇动起来。然后一朵蓝铃花向上展开身躯（"就在上面"（up yonder）；"你要不要爬上去"），沿着草皮台阶汇入一片紫丁香的花海；在这紫色花的表面之上，蓝色的、花瓣似的女孩的身形依稀可见，她还上下攀爬。然后鲜橘黄色的菌菇在厚厚的棕黄色的叶子上面绽开，用双层的工作平台支撑起一只抬起又落下的手。接着野蔷薇树结出猩红色的果实来，与那些黑莓的枝蔓一道，在一堵高墙上伸展、蔓延，我们朝这堵高墙托起了一个女孩的像，并将她寄放在那里，但不久便消失了。植物的运动可以同样地从植物的运动和构图的思维活动中获得来源，比如我们可以在脑海中展开一块色片（淡紫色的、橘黄色的，或者猩红色的），或者也可以将坡地向上提起，还可以将一段树干向下拉倒（是风过去将树吹倒的；却是我们在当下将它们推倒，这并不是在摹仿风过去的动作，而是对我们在第一次读到树时将它们画为垂直这一错误画法的更正）。我们在执行勃朗特的指令，而她自己却在为如何描述心中之像而寻找句子：当她告诉我们凯蒂迷失于半思半梦中时，她写道："快乐得言语无法形容（than words can express）"，当然她本也可以这些写："快乐得言语无法指导人们去实践（than words can carry out）"。

也有为数不多的非花的运动，也可以达到与花之运动相同的真实程度——例如凯蒂通过明亮之光照法爬上墙去，又如她以二元更迭的方式从墙头上消失，再如她和丁耐莉跑回家时两人身躯的伸长。但就大多数非花的运动来说，我们对它们的想象都只是假设性的。不论是散步、奔跑、跳跃、急冲，还是飞翔、爬上、蹦落，抑或是测量墙壁，都是充满动感的词汇；但一旦细化为一个反事实的或假设性的运动，每一个在从我们眼前溜过时都显得轻飘飘的，就好像乘着天使的精致的翅膀或者御着花草之摆动所掀起的气流一样。

　　那么在花的假设中，作者给出的指令本质究竟是什么呢？如果我们只能够在隐隐约约中看到丁耐莉和凯蒂手拉手地奔跑，为什么勃朗特不干脆直截了当地令我们去绘制出一幅她俩手拉手跑的图片，并让我们在执行这条指令时将图片画得足够模糊呢？为什么要通过语法和动词的时态来对我们能达到的低水平的生动程度作出预测和设计呢？这语法上的预言到底达到了什么样的效果？我想，这些问题的答案就在于，勃朗特与其他诸位杰出的作家一样，对人脑构图能力的局限性有着相当敏锐的认识，通过极为谨慎地将指令设计成与我们能够绘制图片的真实效果相匹配的类型，她借助我们的信任，带着我们超越了大脑的局限性。如果一位画家对绘图的能力和局限性没有充分的了解，他如何能画出一幅好画呢？一位雕塑家又怎么可能对他将雕琢的材料的各方面性质一无所知呢？如果不知道一件乐器能发出什么声音，莫扎特如何能为该乐器谱出一首好曲呢？如果对这些都无异议的话，当我们听说作家在创作时将它所要弹奏的乐器——即进行想象活动的大脑——的各种性质考虑在内，又有什么可好奇怪的呢：它为想象着的大脑谱了一首米奴哀舞曲；为同时使用明亮之光照与拉伸之法的大脑谱一首二重奏；为一位进行花之想象者谱一首 G 大调奏鸣曲。勃朗特通过每一句的语法上的设计，对那些能够直接画出之图（如一朵颤抖的小花、向四周蔓延的青苔、一株结出猩红色之果的蔷薇以及一把撑开的雨伞）与那些只能在大脑视网膜上隐约瞥见之图（如爬下墙来、爬上去、手拉手地奔跑）作了明确细致的区分，以便于我们可以正确地执行出她的即便最为细琐的指令，跟着她飞翔，与她齐步前进，与她手拉手奔跑。

　　就这样，我们那极有耐心的小小红衣凤头鸟，那躯干部分及头部的倾侧和尾部的摇摆容易想象，而飞翔动作极难刻画（即便是现在，我还只能做假设性的想象）的小生灵，一路引领我们至此。我忘记提一件事，那就是在隆冬时节，当整个院子都被积雪以及落新妇和蜀葵

191

192

高高的棕色躯干投下的婆娑树影所覆盖的时候，另一只鲜艳的樱桃色的小鸟开始出现在花园里。虽然一连几个星期的时间，都无法劝动特蕾离开花园，但他最终还是成功了，尽管在破晓和黄昏时刻，当天色暗得使其他鸟雀都难以飞行甚至几乎看不清道路时，它们还是会出现在紫丁香花中。每一天，它们都会举翼齐飞，穿过一个个花园：我曾见过它们滑过伊丽莎白·斯诺花园的草地和花丛，我也曾在哈比森花园高壮的大波斯菊和大丽花丛中见到它们成双成对的身影；在几个夏天的傍晚，我甚至在回家的途中看见它们低低地溜过约翰·斯威尼家花园的荫地，在那里白色的凤仙光彩夺目，与一尊圣母玛利亚的雕塑一道，映亮了半个天空。每日早晨和黄昏，它们都沿着一条循环的光亮丝带滑行，最后总是回到并斜穿我的世界。在深夜到破晓之前的这段时间里，花园中几乎什么颜色也分辨不出来，即便是在初夏的头几个星期里，光彩夺目的罂粟、蝴蝶花、牡丹以及第一批甜豌豆竞相绽放出花朵，人们也分辨不出这些颜色。同样是在傍晚有时还会出现这样的时刻，在短短的七分钟里，整个光谱，不论它曾多么炫目，都彻底地从视野中消失。就在这些日出和日落的时刻，这对小鸟会双双栖坐在丁香丛中，一连几个月，白昼的第一丝色彩都是滑过它们娇小的身躯逐渐现身的——先是一缕均匀的红色，好像出自它们体内；然后是一缕茶色，忧郁而昏暗，最后越来越多的光出现了，杏黄色的，然后是桃红色的，再最后是水仙一般的粉红色的。每天晚上，日光也都是经过这些小小的表面才消失下去的。

第三部分：重构图片

10. 回旋

这一系列帮助我们使图像在脑海中动起来的形式上的常规方
法①——明亮之光照、轻薄性、二元更迭、拉伸以及花的假设——到
此处就要终结了。但是在正式宣告这场思维奥林匹克落下帷幕之前，
我们还有些扫尾的工作，就像冰鞋最后需要系上鞋带一样。在前一章
中我们曾看到，花类物质的平面与在该平面上移动的人之间的转换，
对于我们绘制动态图片大有裨益。在这一部分中，我们将讨论的是另
外两种现象，它们的作用似乎不亚于通过模糊人物和地面之间的界限
所能起到的作用。

其一，有这样一个奇怪的事实，那就是一个自身无头无尾的圆圈
可以十分容易地在脑海中运动；其二，人物可以轻易地想象在冰上进
行的运动——或者也许这样来描述更准确些，那就是当图像身后有一
块冰时，这图像即使本身是静止的，也会给人以动的感觉。对这一现
象进行思考，我们就要去看看约翰·阿什伯利和谢莫斯·希尼写过的
顺山而下的滑雪，以及艾米莉·勃朗特、哈里特·比彻·斯托、威廉·华
兹华斯以及托尔斯泰笔下的精彩的大脑中的滑冰运动。在冰上，不论
是做回旋运动还是滑行，都要求心灵不断地回到自身。这两者作为
图像重绘或者说重构的形式，都在这些章节中反复出现了。在关于运

---

① 后简译为"形式常规"。——译者注

动的讨论正式画上句号之前，我们还要去看看一组四层连续的动态图片的绘图底版以及在连续进行的图片重构活动中出现的花的加速效果（或者说是一种相当专业的绘图技艺）。

球形在脑海中翻滚和盘旋总是轻而易举，其容易程度之高，使亚里士多德（在《论灵魂》中在对德谟克利特的观点进行总结时）将球形称为"最有利于运动的一式"，并且得出结论："心与火是由圆形的原子构成的"，这个观点不久就和柏拉图的观点联系在一起——"柏拉图曾说，对，灵魂肯定是一个圆圈"。[1] 不论大脑的组成究竟如何，它都能够十分方便地绘制出旋转的运动，而且这比绘制其他绝大多数运动要更加容易：

> 三次
> 伟大的阿基琉斯从堑壕上放声呐喊，
> 三次使特洛伊人和他们的盟军在恐旋中回旋——
>
> 头盔闪亮，赫克托尔愤怒的眼光转过来。

这样说来我们就不会感到奇怪，为什么这个动作竟成为《伊利亚特》第十八章的核心，这一章主要描写的是赫菲斯托斯杰出的手艺：

> 女神看见他大汗淋漓在风箱边忙碌，

这段紧接着又写到铁匠的那套三角鼎来回转动，而且它们的转动是如此之清晰，以至于大脑不须如何辅助就能描绘出来：

197

> 他给每个腿安装一个黄金的转轮，
> 使他们在神明们集会时能自动移过去，
> 又能自动移回来，让众神惊异赞赏。[2]

从赫菲斯托斯围着风箱的转动以及那三足鼎的前后滚动中，我们已经能够隐约预感到，这面盾牌将会是圆形的，盾牌上刻有跳圆圈舞的青年男女、作球形翻滚表演并在我们的脑海中不断翻腾的优伶，还有汹涌的海景作为圆形的边饰。

在《伊利亚特》整部诗中，荷马频繁而细致地带领我们进行翻滚、盘旋或旋转练习，以至于当史诗临近尾声时，整本书似乎都能在我们眼前滚动起来了。第十八章如此，第十七章也如此，在此人们围着帕特罗克洛斯的尸体旋转：

> 阿开奥斯人齐心围住帕特罗克洛斯

这一动作墨涅拉奥斯也做过，诗中写道：

> 金发的墨涅拉奥斯离开帕特罗克洛斯，
> 他一回到自己的队伍便转身站住，
> 环顾着寻找特拉蒙之子伟大的埃阿斯。

并且在埃阿斯到达之后，两次进行重绘：

> 埃阿斯很快又把他们集合起来，
> 论外表和功绩他仅次于佩琉斯之子，
> 却远胜过所有其他的达那奥斯将士。
> 他迅速冲出前列，勇猛如一头野猪，
> 那野猪在山间逃跑，一转身回头张望，
> 便把尾追的猎人和猎狗赶下了山脊

198

帕特罗克洛斯的尸体被围成环状的一排铜盾紧紧包围着。作为所有动作的核心，此刻它高高升到了空中，因为两名阿开奥斯人"把尸体从地上高高举起"，然后，对于围绕它发生的旋转动作，又进行了两次绘制：

> 　　　……特洛伊人看见
> 阿开奥斯人抬走尸体，呐喊着追赶。

有如一群狂奔的猎狗，它们跑在
年轻的猎人前面追击受伤的野猪，
猎狗迅猛地奔袭想逮住野猪撕碎，
但当野猪自信地转过身冲向它们，
它们又立即惊恐地后退四面逃窜。
特洛伊人也这样一直蜂拥追击
……

但当两个埃阿斯转过身临面站住，
他们便浑身颤抖，谁也不敢上前，
为抢夺帕特罗克洛斯的尸体和敌人拼杀。

第十七章中所写到的其他大部分动作都是在围着这一不停运动的、不断被重构的中心轴发生的。[3]

在《伊利亚特》的最后一章中，圆环又一次帮助大脑动了起来，不过在这里，球体被具体化为了骡车转动的车轮：

那辆轻便的骡车，
崭新的，稳稳、紧紧地
拴着一只柳条大箱……

这运动还有更大一些的轨道：

199   轻松滚动前行，
在快速来临的黑夜里

从特洛伊的城池出发到阿开奥斯人的战船上，再从船上回到城中，这一切就像赫菲斯托斯那组会滚动的三足鼎，一经主人点头便可向前移动再退回去一样，只不过这一次的运动持续了整整一卷诗之久，一路上都用柳条筐盛着沉重的货物，去时盛的是产自伊利昂的珍宝，回来时则是赫克托尔的尸首。这骡车运动起来之所以轻巧又自如（它"轻便"地、"轻松前行"地滑过岗哨）不仅因为这正是圆物运动方式的特点所在，还因为我们已经对这种运动做好了充分的思维预演和练习——我们设想正在对它进行想象——就在被重复了四遍的要备好一辆"轻便骡车"的命令中。这一指令首先是由宙斯告诉伊里斯的，然后伊里斯又将它传达给了普里阿摩斯，再接下去，普里阿摩斯将这命令传达给了儿子们（"叫他的儿子们准备骡拉的轻车"），在马车最终被真正在脑海中绘制出来并运动起来之前，普里阿摩斯又对这命令进行了重申。（"你们还不赶快去为我准备车辆？"）[4]

即使是那些看起来并不带命令成分的描绘也是绘图的指令；当句子公开表明为指令时，我们会带着更大的关注和更迫切的心理去执行它们。这也就是说，在一本内容丰富、精心撰写的文学作品中，实际存在的指令数量要比我们最后能够真正付诸实践的数量多得多；但在它们中，究竟哪些能够得到有效执行却有些扑朔迷离，综合地取决于我们对该指令的赞同度、偶然性以及该故事情节的知名度（比如也就是多年来该书以它闻名的情节，或者读者在未读该书之前就早已耳闻的情节）。这就是为什么一个人对某部书会有常读常新之感的原因：他不仅对之前已经绘制出的所有图片都进行了重构，而且还总能发现一些在第一遭构图的过程中不曾注意到的图片。但当指令的这一身份被公开表明时——在《伊利亚特》的这一段中就是那被重复了四遍的命令——我们就无论如何也不可能对那驾骡车的绘制要求视而不见。它们出现在我们眼前，容不得半点商量，缺了这些故事根本继续不下去。

200

于是，这轻便的骡车便载着那柳条大箱在整卷书中滚动了起来，先是滚向那舰船，然后又回到特洛伊城中。不过与它的环形运动交叉进行的还有另一个环形运动，后者阻断了骡车的运动。这一运动就是：阿基琉斯每天清晨都要拖着赫克托尔尸体环行三匝。

> 沿着墨诺提奥斯的死去的儿子的坟冢
> 绕行三匝……

> 阿基琉斯时常在神圣的曙光初现时，
> 残忍地拖着他绕着他的亲密伙伴的

坟冢奔驰，

这一运动激怒了众神，他们威胁说，让他"可不要惹我们生气"。是普里阿摩斯以及随他而行的物载丰富的骡车的到来阻断了这环行的运动，或者更准确地说，使这环形的运动在生动程度上发生了退化，它化为一片轻薄的纱幕，在滚动前行的骡车上空飘来飘去。即使是阿基琉斯停止了对赫克托尔尸首的拖行之后，后者也还是在我们的脑海中旋转着，只不过现在他是被掌握在几名希腊侍女温情的手之中，她们奉阿基琉斯之命，"把尸体洗净，给他涂上油膏"：

> 在侍女把尸首洗净，给他涂上油膏，
> 盖上衬袍和披衫的时候，阿基琉斯
> 把它抱起来放在尸架上，他的伴侣
> 同他一起把尸首搬到光滑的车子上。

在脑海中，我们也用柔软的布，"两件披衫和一件织得很密的衬袍"将尸首包起来，将它举起又放下，然后再次举起，最后放到那柳条大箱里。但没过多久，《伊利亚特》又一次对我们发出了在布上进行想象的要求——我们在脑海中铺上"精美的紫色毯子"，"毯子上放上被单，再加上可穿的毛大衣"。一张床出现在这里，但它并不是用来躺卧的，而只是用来将我们的心灵变得像赫尔墨斯心灵一样的柔软，也正是赫尔墨斯这位神将，在"反复考虑"之后，推动了行程的重新开启，即让"轻车"重新开始滚动。于是赫克托尔，那被拖着绕帕特罗克洛斯之坟环行的尸体，便在层层单布的包裹之下，装在柳条箱中运回了特洛伊。这尸首刚刚安全地踏进特洛伊的大门，就立即被继续摇晃起来：

> 那白臂的安德罗马克双手抱住那杀敌的
> 赫克托尔的头，在她们当中领唱挽歌

然后又被重新旋转起来：

　　　然后死者的弟兄和伴侣收集白骨

　　　大声哀悼痛哭，流下满脸的眼泪。

　　　他们把骨殖捡起来，放在黄金的坛里，

　　　用柔软的紫色料子把它们遮盖起来。[5]

　　这就是《伊利亚特》的故事。故事中的主人公们就像夜空中永远旋转着的星辰一样，这一位正转动脚踝试一试甲胄是否合身，那一位在充满伤感的布料包裹下一圈圈地旋转，而两者又被一辆在闪亮的夜幕下轻便前行的辌车紧紧联系在了一起。

　　将阿基琉斯和赫克托尔联系在一起的是三次的环行运动。第一次是他们绕特洛伊城展开的无休止的赛跑：虽然总是保持着相等的距离，彼此你追我赶，但事实上还是阿基琉斯紧跟在赫克托尔身后。第二次是每天清晨他们绕着帕特罗克洛斯之坟的三匝绕行：这一次他们基本上是齐头并进，但具体来说却是赫克托尔跟着阿基琉斯。第三次则是那作为丧车的辌车的环行。第一次环行出现在特洛伊城里；第二次在希腊军队的营帐里；第三次则横跨上述两地。不过，三次大环行也都无一例外地出现在我们的脑海里，就好像出现在一面圆形的、旋转的盾牌上一样。 **202**

　　《伊利亚特》很好地诠释了德谟克利特和柏拉图的观点，那就是圆圈可以十分容易地在心中运动，这种运动是如此自然，以至于人们认为心灵本身似乎就是圆的。不论这些绘图指令来源于荷马，还是源于其他哪位作家，这道理都是正确的。在我们之前看到过的《呼啸山庄》的某一段中，凯瑟琳·恩萧终于使漫天飞舞的一片羽毛变身为了一只飞翔的、名叫田凫的小鸟，而后者的飞行轨迹就是一个圆："是田凫的。漂亮的鸟儿，在荒地里，在我们的头顶上回翔。"[6]几乎所有的几何操作都可以在圆圈上进行。而圆圈不仅可以被叠加，还可以被拉宽或是被伸展，比如济慈所写到的旋涡，"盘旋着，盘旋着，在那越来越宽的旋涡中"，以及华兹华斯所写的水禽，"飞到与峰顶相齐的半空画出一个广大的圆圈——比下方的湖泽（它们的游息之乡）还更为广大"：

多少次，乐此不疲地，回旋往复地，

沿着大圆圈绕了一遭又一遭；

在这种欢乐的巡游里，忽前忽后，

忽高忽低，画出了几百条曲线，

几百个小圆圈；线路虽纷繁错杂，

秩序却井然不紊，仿佛有神力

调度着它们不懈的飞航。[7]

因此我们看到，圆圈也可以被剪切或者裁减为弧状形，比如一柄镰刀（如荷马或托尔斯泰笔下所写）、花园里的秋千（如希尼所述）、摇篮（如荷马所绘）或者半开着的箱盖（比如诗中写道，普里阿摩斯"打开箱子上面的 / 精美盖子"[8]）。

弧形可以如此容易地出现在想象中，这使我得以——虽然，通常情况下要让我想象出飞翔的鸟来是很困难的——在脑海中将那群栖居在我花园篱笆中的雀儿的飞翔时的姿态绘制出来。当它们朝着紫丁香丛作迁移时，只需短短五秒钟，群里的全部三十只雀儿都能一只不落地到达目的地，每一只都沿着不同的弧形轨迹飞来，从侧面滑过想象之圆，有从上方来的，从下方来的，有从左上角来的，也有从右上角来的。乍看起来，这就像是在紫丁香花丛上方放置了一个大的透明球体，雀儿们沿着不同的弧线滑过来，一齐用不断的到达勾勒出这球形的外壳。这些鸟的名字极为复杂，包括 Glitter，Spray，Spindrift；Glimmer of Honey，Race-with-the-Waves，Welcome Home；Calyx，Carol，Spill，Silver Bather。①有一天，在一道高高的山岭上，我有幸目睹了一只鹰的迁移：一只金鹰在与我头顶差不多高度的地方盘旋，突然向着低处的山谷俯冲过去，接而看上去就与在它身体下方的高速公路上运行的鲜黄色的货车差不多大小了。在那几秒钟之内，一个问题突然掠过我的脑海，在目睹过鹰之景后，我还会为我花园中的那些小鸟兴奋起来吗？当晚我作了一个梦，梦见这群小雀在丁香花丛前表

---

① 这些词的字面意思依次为：闪光、浪花、飞沫；蜂蜜之光、与浪赛跑、欢迎回家；花萼、卡罗尔舞蹈、小塞子、银色泳者。——译者注

演了一出令人振奋不已的空中特技；当我看到其中一只突然俯冲向地面，接而倒立着，稳稳当当地用小嘴作支柱支撑身体并以它为轴旋转起来（就像阿基琉斯试用他的盔甲那样）时，我又兴奋又惊讶，几乎不能自已。

　　圆圈和球体在脑海中运动起来毫不费力，这使得盘旋、绕轴旋转、滚动以及沿弧线前行这些运动都可以在脑海中绘制出来，哪怕运动之物本身十分沉重，比如一个人、一驾满载的马车或是一只体态丰满的麻雀。如果运动要持续一定的距离——比如济慈所写的盘旋或华兹华斯所写的上下划出上百个圆圈的水禽，那么看起来可能就只是一条移动或拉长的线段。鸟儿所出发的那一点，可能随之变为一根越来越长的线，在脑海中沿弧线、曲线或圆圈运动，不断地自我回卷、变宽又变窄。即便是那些体型极小的鸟儿，情况也不例外。举例来说，星蜂鸟（Calliope Hummingbird）的体重只有十分之一盎司（它与九个姐妹一起印在了邮票上，可以毫不费力地畅游美国的整个邮政网络）。不过与那些可以远远地划过脑海的透明的蝴蝶（灰蝶、粉蝶、蓝蝶）不同，星蜂鸟在求偶的飞行中，我们并不能画出它的全身像，而只能画出它朝一百英尺的下方沿直线急冲然后沿弧线向上升起，不停地在空中画 **204** U 字形的飞行路线（"它在冲到最低点时还会发出砰砰的声音以及尖啸的声响"[9]）。飞行路线之所以是可绘的，是因为它包含了一个圆圈或说一个圆圈的某部分，即这个字母底部的圆弧；其他蜂鸟的求偶飞行也极为类似，比如棕煌蜂鸟（Rufous Hummingbird）划出"垂直的椭圆"，红宝石喉蜂鸟（Ruby-Throat）划出大幅度摇动的"钟摆之弧"，艾伦氏蜂鸟（Allen's Hummingbird）在作 J 形俯冲时则划出一段垂直而下的有着弧形底部的斜线。[10] 当我们要绘制的是一只盘旋在空中的蜂鸟时，卷曲的线条会反复用到，因为它的身体虽然不动，但翅膀却在不停地画着 8 字。但如果我们要画的是一只蜂鸟先在花朵上方盘旋，然后再冷不防地盘旋而下，由于它总是在盘旋，其自身可以自主地在我们脑海中运动起来。不过，这一动态图片的绘制还在一定程度上得到了明亮之光照的援助（就像我们之前绘制过的许多重物的滚动一样：那轻便的骡车是擦得锃亮的；赫克托尔的尸体在层层布裹紧之前也搽满了油膏）。蜂鸟出现时看上去总是闪闪发光，这有时是由其躯体的颜色造成的，也有时是由其翅膀的"结构"决定的，"那颜色可能本身是棕色或灰色的，但其上覆满了透明的细胞，它们被用来反射某些"从一特定角度射来的具有"特定颜色的光线"。就像乘风破浪的涅瑞伊德，以及与它们共享芳名的飞落到丁香丛中的麻雀一样，蜂鸟特殊的名称也帮助它们成就了在我们大脑视网膜上的飞行和闪烁："Hillstar, Sunbear, Sapphirewing, Goldenthroat, Blossomcrown, Comet, Sylph, Sunangel."[11]①

　　我们已经看到，盘旋滚动、沿弧线或圆圈飞行可以使那些原本即便是很重的物体之图像也能够在我们脑海中运动起来：虽然这些大脑图像并无重量，但它们在真实世界中的原型的重量还是不可否认的。在长距离的运动中，一个点可能发展成曲线、圆圈、椭圆、U字形、J字形或者8字形。一条长度既定的线条，如果本身不改变长度的话，也可以运动起来，正如鞋带穿过溜冰鞋或者固定物的时候一样；在《伊利亚特》中，我们还见到车轮带以及马具辕杆上缠过：

　　　　他们从钉上取下
　　　　黄杨木的骡轭，那上面有个圆木桩，
　　　　木桩上还有两个安得很稳的圈子。
　　　　跟轭一起，他们还拿出九肘长的轭带。
　　　　他们把轭套在光滑辕杆的弯顶上，
　　　　把一个圈子套在辕杆末端的钉子上，
　　　　然后拴在木桩上，两边各绕三匝，
　　　　一圈圈地拴紧，最后把剩余的轭带拉回来。[12]

给骡车套轭具这一动作需要非常专业的绘画技术。这图片在我脑海中出现时的清晰程度还远远不够，无法让我自信地去给骡车套轭具，但似乎在某一时刻，我的大脑视网膜本身变成了那条辕杆，我隐隐约约地瞥见了那条长带在其上快速地缠绕起来。

----

① 这些名称的字面意思依次为：山星、太阳熊、青翅、金喉、花顶、彗星、长尾、领蜂鸟。——译者注

11. 滑冰

当我们想到溜冰的时候，我们发现自己仍然身处那个充满环形旋
转、圆圈、8 字形、绕轴旋转、扭转、沿弧线运动以及盘旋的世界之
中。我们看见托尔斯泰笔下的列文轻松自如地在冰上滑出各种圆圈，
就像赫菲斯托斯的会走动的三足鼎一样，似乎只需要我们在脑海中轻
轻地一点头，就欣欣然开始滑动：

> 列文站起来 [我们将这个像向上拉伸]，脱下大衣 [同时执行 "手
> 在操作" 和 "只是布一块" 的指令]，沿着小屋旁边高低不平的
> 冰面滑出去 [此为一次演练，让想象者为将要进行的专业滑动做
> 粗略的准备]。一滑到光滑的冰场上，就毫不费力地溜起来，随
> 心所欲地加快速度，不断弯来弯去，改变方向。

这一场景看上去好像是我们在大脑视网膜的底版之下握着一块磁石，
毫不费力地操纵着在闪亮冰面上滑冰的人。"列文祷告着，觉得需要
剧烈地运动一下，就奔跑起来，在冰上兜着大大小小的圈子。"[1]
即使是在列文还未起身开始滑冰之前，我们就已经被告诉了四
次，说他是全俄首屈一指的专业滑冰选手，而且——就好像那绘制
"轻便的骡车"的指令在我们真正看见它运动起来之前就已经被重申
了四遍一样——对于列文专业程度的宣告让我们在必须实实在在地画

出一个"轻便滑冰之人"之前就为构图做好了充分的准备。不过溜冰场上挤满了水平参差不齐的溜冰者，他们都在旋着、转着，这时如吉娣就像一轮转动的太阳一样，从角落处沿弧线滑进了我们的视野：

> 她在拐弯的地方，转动她那双裹在长靴里的窄小的脚，显然胆怯地向他溜过来。

然后又一次进入了我们视域中：

> 她拐了个弯，一只脚富有弹性地往冰上一蹬直溜到她的堂弟眼前。

吉娣脚的跳跃是在我们已经非常熟悉的思维方法——"只是布一块"的指令——的指导下完成的，现在让我们重新看这个句子，且这回是联系前后文一起来看。

　　一根带子吊着一个小袖筒，系在她的脖颈上。这让我们不仅可以对她"跳跃"的身体进行拉伸和释放，还可以在脸上进行同样的操作，使她微笑起来。

208

> 她溜得不很稳；她的双手从带子吊着的小袖筒里伸出来，以防摔倒。她的眼睛望着列文。她认出他来了，向他微微笑着，同时因为自己的胆怯而露出羞涩的神气。她拐了个弯，一只脚富有弹性地往冰上一蹬直溜到她的堂弟眼前。她抓住他的手臂，微微笑着向列文点点头。她比他所想象的还要美。

她看上去比他过去能想象出的更美，因为他不曾想象出面带微笑的她，但此时此刻，在滑冰的过程中，他不仅可以亲眼看到她的迷人微笑，还学会了如何在她不在眼前时在脑海中描绘出她微笑的图片。在我们为她所作的大脑图像中，她的笑一共露出了四次，每一次都是在她不断地轻触、轻拍她的小袖筒、手帕或手套等物件的动作辅助下完成的：

　　"大家都说您是一位了不起的溜冰大师呢，"她一面说，一面用戴黑手套的小手拂去落在袖筒上的霜花。

　　"是的，我一度对溜冰入过迷，希望能达到尽善尽美的水平。"

　　"看来您干什么事都挺认真，"她笑眯眯地说。"我真想瞧瞧您溜冰。"

　　这也许会给人以一种错觉，似乎在从滑冰动作到微笑动作的转变过程中，我们已经将注意力从圆圈这一主题上转移了，但事实上我们的注意力从未有任何偏移，因为当一张脸逐渐露出微笑的时候，那张小嘴实际上也是渐变为往上开口的一小段圆弧。在多数情况下，一抹微笑好像总是滚动着移到面颊上去的，比如在以下这段滑冰场的侍者与列文之间的对话中，情况就是这样：

　　"先生，您好久没到我们这儿来了"，溜冰场的侍者扶住他的脚，替他拧紧溜冰鞋，说，"您一走，这儿就没有一个真正的溜冰大师了。这样行吗？"他拉紧皮带问。

　　"行，行，就是请快一点儿"，列文回答，好不容易才忍住脸上幸福的微笑。 **209**

　　就像赫尔墨斯足下那条柔软的长带可以帮助他在我们脑海中飞起来一样，将鞋带系紧以及关于它松紧度的对话很快也将帮助我们使列文之像滑动起来；但在此之前，它首先还是帮助我们绘出了从他脸上闪过的一抹宽弧形的微笑。

　　溜冰者们转着圆圈，改变着方向，在冰面上盘旋着，微笑着，但有时他们也会跌倒或者近乎跌倒。溜冰场上技艺高超的滑行和没底的鲁莽常常危险地纠缠在一起，为了进行区别，托尔斯泰给出了什么样的指令呢？（不过溜冰本身的技艺越是遭到玷污、威胁和颠覆，我们绘画的技艺越是应当完善地保持。）此时，在"这时候"这个以构图迅速而著称的词语的引领下，一名年轻的滑冰新秀闯入到我们的视野中。

　　这时候，一个年轻人，溜冰场上的新秀，嘴里衔着一支香烟，穿着溜冰鞋从咖啡室里出来。他起步滑了一下，沿着台阶一级级跳下来，发出嗒嗒的响声。接着，他飞跑下来，两臂的姿势都没有改变，就在冰场上溜了起来。

　　"嗬，这倒是一种新鲜玩意儿！"列文说着跑过去……

当列文急匆匆地要赶上他时，他的朋友尼古拉·谢尔巴茨基在他身后大叫，"当心别摔死了，这是要练过的！"

　　作者已经把无名的滑冰者的动态图片呈现给我们，他以二元更迭
210 的方式嗒嗒地沿台阶一级级跳下来，然后以一种从容的姿态稳稳地站着，任世界在他的身后匆匆而过（正如之前冰的世界在双腿不动并伸出双臂请求救援的吉娣身边飞逝一样）。现在让我们重新绘制当列文急匆匆地追赶前者时所发生的一系列动作：

　　列文走到台阶上，（然后 [作为对前文"这时候"指令的回应]）从上面一个劲儿直冲下来，伸开两臂在这种不熟练的溜法中保持着平衡。在最后一个台阶上他绊了一下，一只手几乎触到冰面 [这幅图像我们是通过将他的身体向侧边同时向下旋转勾勒出来的]，但他猛一使劲 [也要求我们同时使劲] 恢复了平衡 [我们将他的像转向上回到原位]，就笑着溜开去了。

滑冰者们的转身、回转、微笑以及弧形前进已经将我们变成了资深的脑中旋转专家，使我们可以——在列文快要摔倒的那一刻——顺利地将它的像扳倒然后再重新竖立起来；如果你有耐心将这个练习反复多做几次的话，便会发现这动作可以通过一个先平稳地向下、再向上的滚动实现，或者在托尔斯泰那勃朗特式的迫切的突然指令下实现。困难之处并不在于如何做出滚动这个心理动作，而在于如何开始并突然改变方向。这堪称严格意义上的绝活。

　　在《安娜·卡列尼娜》里，托尔斯泰先后四次在我们眼前展现出持续运动的长时间的场景：首先是滑冰的动作；然后是跳舞的动作；还有赛马的动作；最后则是割草的动作。四者中的每一个都让我们为

接着到来的动作进行操练；每一个都是先让我们看到一串表现优雅而完美的动作，然后突然出现"摔倒"。当列文在滑冰场中摔倒时，他似乎并没有完美地摹仿出年轻的"教练"摔倒在冰面上的动作；但他的内心愿望是摹仿性的，吉娣第一个将他带到溜冰场上来，而且吉娣自己早就已经"仿佛绊了一跤"。在托尔斯泰笔下的四个标志性的动态场景中，每一个都意味着跟着一名指导者倒在发光地面上；每一个涉及的问题都是：当我们根据作者的指令进行绘图创作时到底发生了什么。但到目前为止，对于托尔斯泰为什么要把溜冰一景作为四者之首——为什么它像花一样，被当作冰面之上其他三层动作的底版，我们仍只是一知半解。我们仍需要在滑冰之景上再多停留一会儿，即使跳舞、赛马和割草遭到延迟。

在大脑中做滑冰运动是极其容易的，但为什么容易呢？有时甚至连冰场或赛道都可以不要。勃朗特写到的凯瑟琳姐妹都经常"溜到"或者"一点声音也没有就溜到"呼啸山庄，这里内铺"平滑的白石"，外面是冰雪或浓雾覆盖下的沼泽。在这里即使是那些泰然端坐在椅子上的人，也往往在处于滑行或滑动的过程中，比如被称为"勉强挣扎到十几岁的，脾气坏透的小病人"希刺克厉夫曾"从他的椅子上滑到炉前石板上"。使这一运动变得容易想象，不仅仅因为他轻薄，还因为他处在滑动的状态中。[2]当约翰·阿什伯利在《诗亦犹画》中向自己发问：

此时刻，
问君诗画中何所置……

他实际上是在问哪些物体可以轻易地想象出来，只须在列表中简明扼要地提及便可以想象出来。他列举了三个例子。第一个是花："花儿美无限，飞燕草尤佳。"第三例是明亮之光照："火箭总是壮观景——却问此刻尚犹存？"在两者之间还有第二个例子，那就是"你熟晓之孩童之名姓，还有其小雪橇"[3]，像花和火箭一样，即便没有细致的描写和属性的说明，这雪橇的线条也能推动一个绘图过程的开始。

列文的近乎跌倒不仅可算是托尔斯泰笔下滑冰一场中的标志性时刻，还堪称所有滑冰运动的极好典范，因为滑冰本身就好像是一次横

212　贯这个世界的跌落，而乘雪橇，也只不过是一种稍带控制的跌落，一个持续的摔倒过程。在滑冰或乘雪橇的活动中，我们倾泻而下，穿过世界——谢莫斯·希尼描写雪橇中诗的振奋人心的开场一句如下：

> 冰块好似壶一只。我们列队
> 期望重入长长的滑道
> 一番番练习，技艺臻完美
>
> 助跑，预备，跑
> 冲向美好的洁白世界：
> 辞别稳健的脚步，
>
> 远远超出我们自己主宰的能力……[4]

就像摔倒是所有滑冰运动的不可或缺的一部分，滑冰是所有想象的不可或缺的一种运动；构图需要"远远超出我们自己主宰的能力"。当作者通过拟声词给出滑雪橇或滑冰的声音时，它通常表现为嘶嘶的声响——"尽情嬉闹，冰面光洁，疾滑嘶嘶过"，华兹华斯就曾这样形容道——或者沙沙声、嗖嗖声抑或像英文中读"wishshing"①时那样的声响，后者则意味着，"希望"（wishing）这个词，由于具有想象活动中所发生的运动性质以及肆意滑动的性质，本身带有一定拟声的色彩。在我们的希望之中，所有的动态图片就好像是在冰面上作滑行运动，好像那里既无控制也无阻碍，好像所有动词都是以被动语态出现，因为这样一来，运动的主体问题，包括内部的和外部的，听从的和引导的，都不复存在了。因此，一位具有原创精神的天才作家威廉·布莱克，把自己看作一名虔诚地执行命令的书记员，才学绝伦的约翰·弥尔顿永远地端坐在教室里的那把教椅上，而他这个年轻的学生，正在学习如何给他所学的第一个拉丁词变位，"谬萨，谬萨俄，谬萨姆（Musa，Masae，Musam）"[5]。

---

① 意为"希望"。——译者注

· · ·

很快我们便发现自己又开始关注运动发生的构图底版以及在其上 **213**
面的运动之物，这全是因为对运动进行想象要求我们必须将运动主角
与地面之间的界限完全打破，这就好像坐在静止的车厢里的旅客，每
当窗外有另一列车呼啸而过时，便会感觉到自己开始在空间发生位移
一样。转圆圈与滑冰，两者有着一个共同的特点——这又回到我们的
起点了——即一物转动着越过一个本身也旋转的平面带给我们的感
觉，比如荷马所写的马车疾驰在"快速来临的黑夜里"，又如希尼所
写的雪橇（推向高处然后放开），不仅画出了光亮的圆圈，而且在这
圈里运行：

> 径自持续前行，好似光环一道，
> 明晓曾已经过，却继续行使。

同样《汤姆叔叔的小屋》中伊丽莎快速蹚过俄亥俄河也呈现了人物与
地面的关系——"摔了跤又蹦起来，滑一跤还是向前跳！"——（正
如勃朗特的小说一样）通过二元更迭的方法移动的图片在作者的控制
之下一幅又一幅地投入我们的心灵。伊丽莎向着俄亥俄河对岸那水平
的前进运动从头至尾都绕着一根摆动着的轴线发生：

> 河里正在涨水，波涛汹涌；大块大块的浮冰在激流中沉重地漂
> 荡……形成一座起伏不定、铺满河面的大浮桥。

而且她向上跳起时在空中划出的弧线又正好与冰块在下方画出的圆环
相对接，从而组成一个完整的圆环：

> 她的脚一落下，底下绿色的大冰块立刻就吱吱作响地摇晃
> 起来。[6]

这两者共同画出了一个圆形的运动轨迹，它在我们不断的重构活动中 **214**

保持着，我们看到，对于第一次有力的起跳，文中进行了七次重述，有些是从看着她渡河的同伴在空中高高挥舞手臂、惊讶地模仿着她的跳跃动作中展现出来的，也有些是从他们为她勇敢地奔向自由而高声欢呼的声音里表现出来的。

这里还剩下最后一位滑冰者，虽然他的滑冰活动完全在形单影只中进行，但如果他当晚的滑冰碰巧被列文、伊丽莎、吉娣以及小雪橇手们观赏到的话，他还是会赢得他们无比的仰慕。（而且事实上，他的滑姿也确实曾被那些小雪橇手中的一位亲眼目睹过，并且其长大后，还专门写过观看威廉·华兹华斯滑冰时的感觉的文章。[7]）我们将看到，为了创造出在旋转的地面上转动的人物形象，华兹华斯几乎带我们把之前所讨论过的所有构图方式——明亮之光照、轻薄性、增加和移除、拉伸——都一一演练了一遍。

在本书的起始部分，我曾论述了固体性问题，即在我们正式希望超越自身、完全投入想象活动之前，眼前出现一堵固体的墙或竖直平面的重要性。由于在滑冰和滑雪橇中，不论是人物还是地面本身都处于极其不稳定的状态之中，因此我们亟须找到一些特殊的方式，来给我们增添一些替代性的固体之感。通过描述旋转中心，华兹华斯做到了这一点：

> 我四处旋转
>
> 骄傲狂喜，像一匹不知疲倦的小马
>
> 不愿归厩。脚踏冰刀
>
> 嘶嘶通过光洁的冰面……[8]

他将重心设在构图者自己根基很稳定的躯体上，与此具有异曲同工之妙的还有荷马，他告诉我们"那辆新的轻便辂车……给套上轭具的健蹄骡子上轭"[9]；托尔斯泰也是如此，他在带着我们把列文引领到冰面之前四次向我们作出保证，证明列文是一名超一流的滑冰能手；希尼也采用了类似方法，他给我们提供一个永不停息地自我回旋的圆环，以便我们在第二次读这首雪橇之诗时能将这向前的滑动绘制出来——而在第一遍阅读时，我们往往拒绝绘图。"脚踏冰刀"，赋予了我们极沉的重量，并为向前倾斜做好了准备："嘶嘶通过光洁的冰面"。以下所引的十七行诗全部按先后顺序列出[10]。

太阳落山，星星升起，华兹华斯从游戏中撤出，专心滑冰。

> 我常远离喧嚣的尘世
> 来到偏僻的角落，或者独自偷乐
> 悄然侧视，将众人置之不理……

要求他的身体横穿图面向侧边运动的指令正是促使我们双眼滚动（并感知到这种滚动），以开始新的一行的阅读。接着他身下的那方地面也随着他肢体的运动移动起来，在这里，明亮之光照和轻薄性结合了（因为诗中所写既非星，也非影，而是星之影）起来以表现那移动之地的轻巧：

> 纵步穿过孤星倒映的湖面
> 星影在我们面前逃遁，将寒光
> 洒在入境的病池。

他在冰面上滑行，而冰面也在他前方滑行；他突然转向一侧以便靠近一束亮光，而那亮点却也向侧边溜走，使他无法企及。他仅仅是在溜冰，但那方地却飞了起来。

接下来，虽然作者没有明说，但他一定是改变了前进方向，因为在此之前，冰面一直是向着他所前进的方向移动的，而现在却与他背向而驰了：**216**

> 我们常常，
> 任身体在风中旋转，
> 所有模糊的景物高速地抛出弧线
> 在黑暗中不停地疾驰……

这动作的迅速程度通过轻薄性和画弧线（亦即通过两张尘迹斑斑的纱

幕快速地分别向前后方向一掠而过）共同体现出来，不仅如此，所画之弧和旋转动作还向我们表明，世界的表面是曲线形的。现在滑冰者要在我们的大脑视网膜上向后倾斜身体了，我们只须将自己的重心微作后移，便可用自己的肢体将这运动摹仿出来：

> 就在那时刻
> 我仰身后倾站稳脚，
> 突然停下……

竖起心灵之耳，我们可以精确地听到，在光洁冰面上滑过时发出的嘶嘶声突然增大了许多，在它"突然停下"（stopped short）的时候，成了"嗖嗖"（shchoosh）声。[11]

至此开场时的那个旋转的动作——"我四处旋转"——完全为地面的旋转替代：

> 但那孤寂的悬崖
> 在我身边旋转——好像地球
> 以可见的运动显示每日的转动！

当这位滑冰手转身去看在他身后急速向后退去的河岸时，地面的转动仍在轻薄性和拉伸法的思维方法的辅助下得以持续：

> 身后它们排列出庄严的队列，
> 模糊下去再模糊下去，我注视着，
> 直至万物寂静，如酣眠无梦无思。

在这一场景中，地面渐渐地从水平方向转变了竖直方向，因为光洁锃亮的冰面已经被轻轻竖起来，化身为一片明镜般的湖面，然后又继续前倾，变身为绿荫下的坡地，最后向着更高的地方伸展，崛起为转动的山崖。①

　　在前文中，我们已经看到了三种花朵参与动态图片绘制的思维过程的主要方式——花的假设、地面从水平到垂直的转向，以及运动主角与地面的非稳定化（使运动可以在两者身上轮流或同时出现）。这些关于圆圈和滑冰的叙述可以看作对以上第三种方式的延伸：圆圈和冰就好比晨雾中三色堇娇巧的脸庞下凝结的一颗颗露珠，对颤抖的花朵没有丝毫的打搅。但是花朵又在哪里呢？

　　如果在我们跟踪花朵的形式方面的特点之一时，花朵本身好像从我们的视野中消逝了，那么这只是暂时的疏忽。勃朗特所写的滑行和下落与石楠覆盖的荒野分不开。斯托夫带我们做好准备，去绘制一幅伊丽莎跳着横渡冰块阻塞的河道的脑中图片，用的也是与伊丽莎通过盯着一只转动的苹果，使她和孩子登上河岸同样的方式。② 在阿什伯利笔下，"孩童之名姓……还有其小雪橇"紧跟在一朵飞燕草的身后出现。在希尼的一组诗歌中，那首雪橇之诗也紧跟在一首以父亲对妹妹严肃的建议为描写对象的诗之后，而那首诗这样写道："寻找一位好汉子，船上放着桦木。"这建议是为何而提？是为在流动或飞行中如何寻找到自身的平衡："无所不飘。即便实在人一个，/……也可踝生双翼，光速疾飞。"[12]

　　在《序曲》的第一卷中，华兹华斯细数了童年时游过的山谷的每一寸土地——"好像 / 通过每一寸阳光明媚的土地 / 收集新的快乐，好似蜜蜂在花丛里采蜜"，并为童年设计了一个平面，在这个平面之上男孩子可以尽情地运动——游泳、划船、溜冰、放风筝，等等。虽

――――――――――――

① 　在《序曲》中，就在这滑冰场景之前的那几行中，华兹华斯不仅让我们将地平线向上拉伸的动作作了预先彩排，还让我们最终对此好好作了一番思考。就是划船那一景，对肢体的动态作了极为完美的描绘，同滑冰一景那样。

② 　"她的小包袱里装着一些糕饼和苹果，于是她就利用苹果来加快孩子的脚步，不时把苹果扔到好几丈远的地方，孩子见了就拼命向前追去；连续使用这个锦囊妙计，又使他们赶了好几英里路。"冰块被反复地提到，一会儿是"大块大块的浮冰"，一会儿是"绿色的大冰块"，而那只苹果也为我们能在不久后勾勒出绿色冰块上伊丽莎那红色的脚印(伊丽莎的脚受了伤，正在流血)立下了汗马功劳。不论怎样说，一个植物性事物的滚动总是可以为渡河时刻人物和地面的旋动做好准备。

然华兹华斯所写涉及一年四季，但他还是设法使他的构图工作台保持
着绿色："绿田野"、"绿荫地"、"光洒绿草地"、"平滑绿草坪"、"无
绿野之彩"、"所有的绿色夏天"，等等[13]。而且，完全可以预计得到，
这常青的底版竖直出现的几率与水平出现的几率难分上下，在他脸和
手之前出现的次数也和在脚下出现的次数旗鼓相当：

> 呜呼！我曾悬吊在
> 乌鸦巢上，抓着野草
> 和滑溜溜的岩石上的窄缝。

219　他悬挂在山谷之上，此时不会高高地摔下来，但在滑冰的场景中他摔
倒了。这样的一些句子，比如通过"野草"悬挂或者"蹦蹦跳跳地穿
过长满黄色狗舌草的小树林"，都是在为疯狂的大滑落作彩排和预演。
在第一卷中，花的运动贯穿始终，它们的运动都是滑落，比如诗中曾
绘声绘色地描述了橡子的掉落过程——

> 长时间冥想并凝望，
> 眼神从未离开对象，除非
> 偶尔橡林中的橡子脱离了外壳
> 沙沙地穿过枯叶，或者径直摔向
> 地面，发出惊扰思绪的声音……

或者一朵番红花的破碎：

> 在山的斜坡上，
> 霜和寒冷的秋风，折断了
> 秋天最后的番红花……

或者雪莲花（snowdrop），从奇特的英文名字我们就看得出，似乎在
种植的时候就注定要从手上滑落：

在白雪中，种下我的雪莲……

还有那些因为重量而随时掉落的花朵：

> 我可以惬意地记录下
> 秋天的森林，还有
> 带着乳白色果子的榛木。[14]

这就是说，华兹华斯自己在滑冰一景中激情澎湃的滑落之动作，在植 **220**
物覆盖下的底版上有了缩影，并经历了多达四次的演习。①

　　为了让花儿恢复本来的地位，也为了给本书做一个收尾，我们有
必要再次回到托尔斯泰的《安娜·卡列尼娜》中去，回到托尔斯泰一
层层苦心累积起来的四个运动底版上去，它们分别是：滑冰场、舞
池、赛马场以及草场。

---

① 　男孩和植物有时似乎不可分离，比如在划船场景中，那叶轻舟——"我的小船（亦
有树皮之意——译者注）"，他这么称呼它——以及它"抖动的船桨"看起来都像是曲
柳的延伸，它在物理上源于后者，也在字义上与其密不可分。将自己置于船上，他摹
仿了一棵树的姿态，树根处于水中，树身立于风中："我将船桨深入静湖中划水，/身
体欠起，吾船便 /破浪前进。"当那悚然的山崖将这小伙包夹起来时，这实际上摹仿了
岩洞对水柳的围困。
　　《序曲》中从划船到滑冰的一系列活动，在谢莫斯·希尼的"Crossings"中以从荡
舟到滑雪橇的顺序出现。"寻找一位好汉子，船上放着桴木"的建议也许也同样包含
着这样一个隐含的意思，去寻找一个坐在船上插有柳条的汉子——即去寻找华兹华
斯。两位诗人对绘制动态图片有着共同的狂热，这将他们联系在一起。

12. 借花加速

与荷马、福楼拜、勃朗特、华兹华斯、希尼一样，托尔斯泰也把创造会动的图像当作重要工程，他要绘制出来的图片能移动，能再次移动，还能接着动，以至于当你转过头去，它们还在移动。凡是有大脑图像运动的地方，就会有我曾讨论过的五种思维方法的反复出现。移动大脑图像的作家们较为普遍的做法是间隔很长一段时间才做一次这样的练习；而那些运动，虽然有着明确指令的指引并得到了忠实有效的执行，却往往只能持续半秒钟，然后便烟消云散。但此处提及的这些作家（包括其他风格与他们类似的作家）却对持续性的运动尤为钟情，就像夜莺和反舌鸟倾心于持续的歌唱一样。根据鸟类学的研究，一般的鸟鸣往往只持续几秒钟；但如果你有幸遇到一只反舌鸟或夜莺，一唱起来就会没完没了，你难免大吃一惊。正是出于这个原因，我曾几度逐行逐句对一篇文字进行剖析解读，因为在其中，重要的不在于有一幅大脑图片，并且会运动，而在于运动持续了一段时间，并将动感传递到了构图的各个层面当中，使图像得以在旋转的夜空中流动，人物能够在飞旋的冰块上滑行。

托尔斯泰的滑冰场本身就是一座花园。对此他在该场景的开头和结尾处都有说明。他告诉我们列文乘着雪橇，到达了一个雪季而非花季中的"动物园"。"严寒而晴朗的天气"以及那些"帽子被灿烂的阳光照的闪闪发光的人群"，也通过明亮之光照法，使我们联想到了花，于是一株美丽的、覆盖着一层厚厚的雪衣的白桦就顺利在我们眼前绽开出花来:"园里的老桦树,枝叶翻卷,被雪压得低垂下来,看上去仿佛穿着节日的新装。"枝叶翻卷的桦树枝条的弯曲动作是滑冰中弧形运动和滚动在长时间运动之前的准备性的脑中画弧线练习之一;开花则是另一种练习。站在园的入口处以及正式进入园内之后,列文两次都通过自己加速的心跳感知到了吉娣的在场:"她的服装和姿势都没有什么与众不同的地方,但列文一下子就在人群中认出她来,就像从荨麻丛中找出玫瑰花一样。一切都因她而生辉。"当这一景快要落幕时,托尔斯泰再次提醒我们这一切都发生在花园之中:"他连忙脱下溜冰鞋,在动物园门口追上了她们母女俩。"就像在前两个例子中一样,他在提到花园时总是不可避免地同时提到心跳,例如,列文"由于剧烈的运动而满脸通红",而在他刚进园时曾"感知到心怦怦直跳",得知吉娣也在场时"不禁悲喜交集"。[1]从心理学上来说,是吉娣充当了列文的兴奋剂;但是这一章中到处都是吉娣的身影,却唯独只有在花出现时,托尔斯泰才提到这心跳的加速。

难道一朵花在脑海出现真能像抑扬格突然转变为扬抑格时那样,引起脉搏的骤然加速吗?我们只须简单地做个实验,这一论断的正确与否马上可以得到论证,即在某人清晰地在脑海中想象出一朵花(甚至是其走入了一个真实的花园或者盯着一束插在玻璃瓶中的花看)时,握住手腕,感觉脉搏,便可见分晓。心跳的加速可能是因为花的图像对大脑构想运动的图片有辅助作用,当然这种影响也许是反向的:从某种意义上来说,花之所以可以对动态之图的绘制过程有所帮助,是因为它们刺激了我们大脑中的绘图机制,使其兴奋和活跃起来。当比彻·斯托让我们用心灵之眼盯着一只滚动的苹果,以此来为渡河一景中人物或地面的转动做好准备时,她像托尔斯泰一样,承认了这一加速力量的存在:伊丽莎"利用苹果来加快孩子的脚步,不时把苹果滚到好几丈远的地方,孩子见了就拼命向前追去;连续使用这个锦囊妙计,又使他们赶了好几英里路。"①

223

---

① 比彻·斯托:《汤姆大伯的小屋》,黄继忠译,上海:上海译文出版社,1993年,第47页。——译者注

　　我们就要看到托尔斯泰四个动态场景中的最后一个了，他将又一次，并且更加清晰地将我们的注意力引向这个加速之谜。这第四场景持续了好几个章节（第三部分中第二至第五章），列文首先在摇曳着的、齐腰深的杂草中穿行，以判断是否该割草了；之后他回家与来访的哥哥议论政事，打断了他与草地的接触，相关内容往后拖延了一章；在接下来的两章中，列文将割草人召集起来，下达了指令，然后是一组长达数页的关于绘制割草之图的冗长指令。在四章中的第一章的结尾，列文确定开始割草：尽量控制住"对于割草总是特别兴奋"的自己，他迫不及待地要奔回家去宣布这一决定。但时间却被耽搁在了草地上，因为他作为主人，必须要对哥哥的行为有足够的耐心，后者此刻正在垂钩钓鱼，并深深地被草地上的美景陶醉，希望在那里再多停留片刻：

224
　　　　"这蓝莹莹的水真是太美啦！"他说，"这种芳草萋萋的河岸常常使我想起一个谜语，——你知道是什么吗？'草对河水说：我们总是摇摆不停，摇摆不停。'"
　　　　"我不知道这个谜语，"列文没精打采地回答。

这一章就这样结束了。但谜底还没有被揭晓——你可能会猜测，这是因为托尔斯泰自己也不知道谜底；他只知道，这秘语所假设出的加速功能本身是毋庸置疑的。

　　花在绘图过程中所起的加速功能可能与我们上文中花的假设有着某种关系或者一致性。在这一章中，几乎所有的动态图片都是托尔斯泰让我们从花的混合物中创造出来的。当我们已经读完了整个场景的描写，却感觉似乎余音未绝，好像还有一些什么动作剩余，或者存在一些什么附加的潜在动作，而我们像列文一样真心地希望在未来的描写真实割草场面的章节中按要求将这动作的图片绘制出来。换句话说，花朵不仅能完成自己的各种运动，还能为未来的运动充当助推器。

　　下面就是一个很好例子：

　　这是夏季收播交接的时节。今年的收成已成定局，开始准备明年的播种，而割草的时候也到了。

到目前为止，所有的动作都只是在假设的薄纱上进行的。我们假设自己正在对远处的播种以及稍近些的割草活动进行想象，但事实上我们从来就没有被要求去想象出一个农民去完成两个任务中的任何一个，甚至都没有被要求去考虑一下他们的存在，哪怕只是开始考虑。但这句子接下去写到："现在，黑麦已全部抽穗，但颜色还是灰绿的，没有灌浆，轻轻地迎风摇摆。"在麦浪生动的运动形态之上，还置有另一层绘有膨胀性运动的黯淡纱幕，因运动中的谷穗快要膨胀起来了。

225

　　接下来的这组指令则要求我们不断地在脑海中对一些色彩和质地都很明晰的色块进行推拉、倾斜或者拉伸，并通过这样的操作，遮蔽或者显露出另一些色块，或者让它们的颜色从一种向另一种转变，虽然在大脑视网膜上所处位置保持不变：

> 幼嫩的燕麦，夹杂着一簇簇黄草，参差不齐地生长在迟种的田野上；早荞麦长势旺盛，盖没了土地；休耕地被牲口踩得像石头一样坚硬，已经翻耕好一半，只留下一条条小路；黄昏时分，分布在田野里的一堆堆干粪的味儿，混合着青草的蜜香，散发开来；在洼地上，河边的草地伸展得像一片海洋，中间夹杂着一堆堆酸模的黑色茎秆，正等待着收割。

这一章中偶尔也描写人的运动，但作者给出的指令却是如何构想某种植物的运动：

> 列文很舍不得他的草，但还是把马车赶到草地上。长得高高的草温柔地缠绕着车轮和马脚，把种子沾在湿漉漉的车轮和车毂上。

人的运动和植物的运动同时出现时，我们见的是后者图像的生动性远胜前者：

> 哥哥整理好钓竿，坐在树丛下。列文从车上解下马，把它拴好

了，走进密不通风的灰绿色野草的海洋中。在积水的洼地上，丝带一般柔软光泽的草长得齐腰高，结满了成熟的种子。[2]

226　　如果这些句子由勃朗特来执笔，那么这些驾车、坐下、整理马具和拴绳的动作都会用虚拟语气表现出来，使它们在脑海中的黯淡无光与草叶栩栩如生的摇动和伸展形成强烈的对比。即便是那层印有风拂杂草的薄纱幕（说它薄是因为它是在否定句中出现）也要比那东一句西一句零散提到的人物之运动图像清晰许多。托尔斯泰将所有的人物都动作布置在植物周围、之上、之中或者之下，比如让兄弟俩中的一个坐在树下，而让另一个渐渐走进一片野草之海。就像荷马、福楼拜以及勃朗特经常做的那样，此处的草地也同样赋予了动作发生之底版以及动作发出者两个角色。

　　到本章结束之时，我们的心灵变得非常柔软和轻盈，内心充满了草的运动（"我们总是摇摆不停、摇摆不停"），我们已经可以像列文那样，因练习了多次而为绘制未来的割草图景做好了充分的准备。要绘制出各种动作已经不再是什么难事，而眼下真正困难的是怎样停止这些动作。一切都在我们脑海中画着圆弧，都在弯曲，我们不知不觉之中已经调动了充分表现脑中翻筋斗的能力。当真实的割草开始时，大脑构想动态图片的工作也会自发地启动，就像列文动用体力割草一样。在这里这些割草的图片都是真实发生的，而非命令式的、假设性的，也非希望中的或者预料中的，但那些第一性的运动还是发生在植物而非人物身上。在此处的大脑构图中，主动的运动和被动的运动难分彼此：一把割草的镰刀与附近被镰刀所割之草颇为相似，被割之草也与倒落之草所差无几；类似的运动我们已经在华兹华斯的诗作中多次见到：橡实的掉落、被霜打落的番红花、播种下的雪莲以及垂向地面的山楂树枝。

227　　他耳朵里只听见镰刀的飒飒声，眼睛前面只看见基特越走越远的笔直的身子、割去草的弧形草地、碰着镰刀像波浪一样慢慢倒下去的青草和野花，以及前面——这一行的尽头，到了那儿就可以休息了。

在描写感觉的句子中，主动动作和被动动作时常分道扬镳。草的倒下是从视觉上见到的，而镰刀的割刈活动则是从听觉上判断出来的；就像从冰面上滑过的冰刀或在雪地上穿行的滑雪者一样，这样的运动总是会发出飒飒的声响。

[列文] 他耳朵里只听见镰刀的飒飒声……

同时像走路时随便摆动两臂那样，轻松地把草割下来，堆成整齐的高高的草垛。仿佛不是他，而是锋利的镰刀自动割下多汁的青草……

割草时，野草飒飒作响，散发出芬芳的香味，高高地堆成一行又一行。

即使是那把镰刀，也被置于花之上，才得以在脑海中挥舞和割刈起来，这不仅发生在从故事情节的角度来说有这种需求的句子中，还发生在其他许多场景中，那里的周围环境充满着神秘色彩或者至少从故事情节的角度说没有这种需要，比如在列文第一次从基特手中接过镰刀时，作者写道："基特从灌木丛里拿出一把镰刀，交给他"；又如当列文开始逐渐出现体力不支时，作者又写道：

他觉得他的力气已经使尽，就决定叫基特停下来。但就在这时候，基特自动停了下来，弯下腰抓起一把草，把镰刀擦擦干净，动手磨刀……
更愉快的是，当他们走到行列尽头的河边时，老头儿用湿草擦擦镰刀，把刀口浸到清清的河水里洗濯，又用装磨刀石的盒子舀了一点水，请列文喝。[3]

228

这好像是在告诉我们，大脑使图片保持运动状态的这种思维能力需要阶段性地加以加速。植物没来由地从天而降，这种情况不仅出现在列文首次被交予镰刀的那个时刻，还有规律地出现在之后的章节中。

割草人的种种动作——来回走动、弯腰、挥舞镰刀、摇摆身体，用镰刀挑起草、拉紧肌肉，在冰凉的雨水中上下抖动肩膀——绘制起来都很容易，因为所有这些动作都已经在绸缎般的草地上演练过了，而那草地则与完成这些运动之躯体的各个部分靠在一起：杂草扯乱了他们的头发，缠绕着他们的四肢，在午休时充当他们的枕头，并通过制成各种饮料进入他们身体的五脏六腑——黑麦啤酒、伏特加以及灌入罐中绿色的水。杂草保存下了基特的足迹；列文沿着引导者草中的足迹前行；当割草人们割完一行并转身向回走时，列文也还是沿着这些足迹行进的，只不过将脚趾与脚跟的前后位置作了一个对调。对列文的指导文中写得很明白：那杂草是描画出足印的材料，列文也就是要踏着这草中的足迹逐步前行的。

当这一天快要结束的时候，难度最大的割草任务降临了——所割之地不再是低洼的卡里诺夫草地，不再是小河附近那些难以企及的角落，也不再是长满野莓、小树，还有一个鹌巢的小丘，而是马施金高地那陡峭的山坡。列文严格遵循着指引者的足迹，而后者明显被编结着的草包裹着（就像鞋带缠绕在列文的冰鞋或者赫尔墨斯足下的草鞋上那样）：

> 他仍旧那样挥动镰刀，他那穿着一双大树皮鞋的脚，稳稳当当地迈着小步，慢吞吞地爬上斜坡。虽然由于使劲他整个身子和拖到衬衫下面的短裤都在不断晃动 [“我们总是摇摆不停，摇摆不停”]，但他并不放过一根小草，一个蘑菇。

229 就像荷马、勃朗特、福楼拜笔下所写过的那样，此处的草地化身为了一堵空墙，一堵主人公列文现在必须从上面翻越过去的墙。虽然杂草的伸展和摇摆可以为此章中出现的大多数人物的运动提供绘图蓝本，但倒下——作为最主要的运动，还必须为列文以及我们正在绘图的大脑所阻止。

就像列文几乎跌倒在冰面上又以精湛的技艺跃起，他的行走必须是一直向上的，虽然杂草的倾倒在我们印象中总是朝向下方。不论什么时候，所写到的地势越是陡峭，托尔斯泰就越是努力让那草地上开遍鲜花。就像我们之前提到的那片藏有野莓、枝芽参差的小树的小山丘一样，马施金高地也长满了"肥大的桦树菌"，以及那些正在渐渐长成小鸟模样的植物："谷地中央的草长得齐腰高，草茎很软，草叶很阔，树林里处处都是三色堇。"在这里，花的加速作用发挥到了极致。整个割草场景对列文成功战胜摔倒起了很大的作用，作者总结道："他觉得仿佛有一种外力在推动着他。"[4]

《安娜·卡列尼娜》四层运动底版中的每一层都包含这些滚动的圆圈，书中人物沿着它们倒下或飞过。我们将看到那座滑冰场以及圆形的滑道和冰面上的圆轮与转弯，然后转向那座舞池，在那里最频繁出现的两个词"舞会"（"ball"也可以指圆球）和"圆圈"（round）联合起来可用于形容在舞蹈中出现的球形——"一个大圈子"（grand round），"一连串"（chaîne）——连同舞池上那些不断旋转的人们，他们旋转着起舞，转过来又转过去，转动身躯去与沿着另一轴心逐渐转近前来的某人攀谈。运动场景中的第三个，即那个规模宏大的越野赛马，出现在一个"在亭子前的三英里长的椭圆形大赛马场"，共建有九道障碍，需要"九次跳跃"，而经过每一处障碍时实际都是一个运动方向从水平转为垂直的转折点，且以——还能有别的什么吗？——那由树枝堆成的堤坝为最难越过的一座，也就是"爱尔兰堤坝……由树枝堆成一座堤"，俊美的马儿小鸟一般从这障碍上飞奔而过，仿佛那嫩枝堆成的小坝就是她的出生之巢似的。在运动场景之四中，环形运动继续着前进的步伐，这一次它不仅仅表现在那些连续的、环形的细节上——如来回摇摆的割草人队伍，割草人手臂的挥舞，外形呈弧状的镰刀，它在"被割掉的草的月牙形曲线"上的反映，以及在"泛出钢铁般光芒的弯弯曲曲的河流"的水面上被放大了的倒影，还表现在整个割草场景的滚动特点之中，像个大钟摆似的，在田野上摆动着。我们站在一座山顶上首次看到田野，然后很快地走下山来，站在了那地势低洼的卡里诺夫草地上，再后来我们朝着另一方向向上登攀，且越来越慢，不过最终还是到达了马施金高地的顶端，在那里我们终于得以从一天的割草劳作中抽出身来，从背后的那个方向滑下去，横穿草地，重新回到原先的那座山旁，转过身躯去与景致道别。

这无休止的转身、画弧线、曲折、打旋的动作都是在图像柔软性

230

质的辅助下才得以完成的，有了这一性质，图像就能够在脑海中自由弯曲和伸展，仿佛是被绘制在布上的图案一样。在每座障碍处，二元转换都得到了奇迹般的展现：有时我们看到前面那匹马的两条后腿"均匀而轻快地摆动"；或者，我们在某一时刻先是看到了一桩厚厚的栅栏，然后紧接着便看到一片空白，而凭这突然的转换我们能判断得出，我们刚刚跃过了一道障碍。不论出自哪位作家之手，这一场景都是对飞翔动作进行肢体摹仿的最佳时机，且它多半是通过"只是布一块"这一类型的指令来完成的。

那么，托尔斯泰是如何让我们为第一次看到俊美的弗鲁－弗鲁开始运动做准备的呢？[5] 他首先是在我们眼前扯开一块蓝橙相间的布，铺在角斗士的背上。然后，随着弗鲁－弗鲁即将追赶上来，他开始向我们介绍这块布：

231
> 赛跑过的马筋疲力尽，浑身汗水，被马夫牵回马房去；参加下一场比赛的马精神抖擞，多半是英国马，戴着风帽，勒紧肚带，仿佛奇异的巨鸟，一匹又一匹地出现了。

然后，弗鲁－弗鲁便现身了：

> 肌肉发达而身躯瘦小的美人儿弗鲁—弗鲁被牵到右边来，它迈着富于弹性的长腿，好像踩在弹簧上一般。

由于在她进去之前，曾写到过有一匹布被轻轻裹了起来，所以接下来的是这布被取了下来：

> 离它不远是双耳下垂的角斗士，它身上的马衣正被取下来。

在这里"只是布一块"的指令与"手在操作"的指令一起被使用，正如荷马和福楼拜常常使用的那样。与柔软的布类似，那条缰绳——有时被"两手熟练地分开"，有时则是被弗鲁－弗鲁自己绷紧——让我们可以对半秒钟之后即将施加于马的图像之上的柔软的伸展和收缩的操作进行了一次预先的演练：

> 弗鲁－弗鲁仿佛不知道用哪一只脚起步，伸长脖子把缰绳绷紧，
> 迈开步子，像踩在弹簧上一般，把驮在柔软脊背上的骑手颠得左
> 右摇摆。

科尔德①，弗鲁－弗鲁的英籍马夫，其别致的名字就能透露出缰绳般
顺从的性格。

　　弗鲁－弗鲁自己的名字也是这样。这个词，至少从 18 世纪开始，
被理解为形容丝绸或缎面或者羽毛发出的"沙沙"、"嗖嗖"之声的拟
声词："丝绸或者羽毛等摩擦或者褶皱而发出的轻轻的声音。丝绸裙
子或者跳舞的裙子发出的沙沙声。"因此保罗·韦莱纳这样写道："坐 **232**
下！缎质的绿色长袍发出沙沙的声音……"[6] 虽然基本义为一种声音，
但它也可用来表示任何一种可以发出这种声音或者这种声音一样轻柔
的东西：一匹或"一卷沙沙作响"的丝绸，一件女用饰物（不论是珠
宝还是服装），一只蜂鸟（与托尔斯泰所写的鸟一样的赛马相称），或
一名女子，比如举世闻名的法国戏剧《弗鲁－弗鲁》[7] 中那位迷人的
女主角。珠宝也好，丝绸也罢，抑或是蜂鸟或法国戏剧女主角，其
名称都取自于布料相互摩擦时所发出的悦耳的声响。在那部法国戏
剧中，那位送她这一绰号的女主角的姐妹曾坚持说："你让我叫你什
么呢？难道你不就是弗鲁－弗鲁的化身吗？一扇门开了，接着由裙
子发出的声音沿着楼梯传了下来，平滑而又急促，就像一阵旋风似
的：弗鲁－弗鲁！一听就知道是你来了，转过身……你一会儿跳着，
一会儿舞着，然后又跑开了；弗鲁－弗鲁，你总是弗鲁－弗鲁的……
哪怕是你进入了梦乡，那守护你的天使振动起翅膀来发出的也还是
那悦耳的声音：弗鲁－弗鲁。"[8]

　　"弗鲁－弗鲁"在英语中最常用的近义词是"嗖嗖"（swishing），
即用来形容丝绸刮擦声的对等的拟声词。越野障碍赛马场景中的听觉
特征，与冰鞋滑过光洁冰面时的嘶嘶声、镰刀擦过杂草时的嗖嗖声没

---

① Cord，可以解释为绳子。——译者注

什么两样。在舞池里，也可以听见这样的声音，就是丝绸、缎面，以及"各种颜色的网纱"所发之声，吉娣与母亲还没进大厅就听见了这声音："大厅里传来窸窣声，像蜂房里发出来一样均匀……"[9]而使人物一个个从容地在我们脑海中翩翩起舞的正是这些布料的柔软性。作者首先告诉我们，吉娣身着"一身玫瑰红衬裙打底、上面饰有花纹复杂的网纱衣裳"，没过一会儿，我们的注意力又再次被牵引着从衣着的表面上移过："仿佛她生下来就带着网纱、花边和高高的头发，头上还戴着一朵有两片叶子的玫瑰花。"

233　　　请注意母女俩走进舞会大厅时吉娣是怎样在我们脑海中移动的：

> 走进舞厅之前，老公爵夫人想替她拉拉好卷起来的腰带，吉娣稍稍避开了。

作者并不是要我们知晓世界上发生了她"避开母亲"这样一件事，而是让我们去将这个动作实实在在地在脑海中绘制出来。不久我们将看到，当安娜在舞会中与吉娣首次对面而立时，她夸奖吉娣道："你们跳舞跳到这个大厅里来了！"我们从背后看到的、她避开母亲时那娴熟、高雅的横向跨步动作，安娜是从正前方见到的。虽然吉娣不喜欢母亲拉好腰带的动作，但这一句中还是暗含了"只是布一块"和"手在操作"的指令，以便读者可以在脑海中绘制出她漂亮的、舞步般的逃离动作，并将她的像向图片的边角移去。

　　这只是她的第一次跨步。在整场舞会的过程中，吉娣的像不仅做出了滑行、转身、盘旋等各种动作，还不断地进行折叠和展开的表演。以下是对吉娣与科尔松斯基——"最杰出的舞伴、舞蹈明星、著名舞蹈教练、舞会司仪"，共舞华尔兹的些许描述。就像在割草一景中杂草将工人们团团围住一样，此处出现的网纱也不仅是吉娣跳舞时所着之装，还是她和舞伴借以转动并开拓出一条新路的工具：

> 于是科尔松斯基就放慢步子跳着华尔兹，一直向舞厅左角人群那边跳去，嘴里说着法语："对不起，太太们！对不起，对不起，太太们！"他在花边、网纱、丝带的海洋中转来转去，没有触动

谁的帽饰上的一根羽毛。最后他把他的舞伴急剧地旋转了一圈，转得她那双穿着绣花长筒丝袜的纤长腿子露了出来，她的裙子展开得像一把大扇子，遮住了克里文的膝盖。科尔松斯基鞠了个躬，整了整敞开的衣服的胸襟，伸出手想把她领到安娜跟前去。[10] **234**

"对不起，太太们！对不起，对不起，太太们！"这句话的节奏就好像华尔兹一样，吉娣在我们的脑海中随着这一节奏慢慢地起舞，但她在我们的大脑视网膜中突然转了个圈，裙子扇子般铺展开来。我们之所以能够在脑海中将这一动作完整绘制出来，在不久前吉娣找女主人替她保管扇子时托尔斯泰使用了"手在操作"的指令。

这里还有最后一个脑中折叠的不寻常的例子。在内心深处里，吉娣犯了一个错误，在失去伏伦斯基的爱情的时候她还自认为拥有它，这种错误之见从她肢体的姿态上巧妙地展示了出来。

> 她走到小会客室的尽头，颓然倒在安乐椅上。轻飘飘的裙子像云雾一般环绕着她那苗条的身材；她的一条瘦小娇嫩的少女胳膊无力地垂下来，沉没在粉红色宽裙的褶裥里；她的另一只手拿着扇子，急促地使劲扇着她那火辣辣的脸。虽然她的模样好像一只蝴蝶在草丛中被缠住，正准备展开彩虹般的翅膀飞走，她的心却被可怕的绝望刺痛了。[11]

吉娣的裙子赋予了她蝴蝶般的轻盈——这些蝴蝶不仅能在我们的脑海中飞来飞去，还能稳稳地停在某处，此外它们折叠的方式各不相同，正如展翅的弄碟（它停在花上时，前后两对翅都水平展开）和折叠翅膀的弄碟（它停驻花上时后翅平铺展开而前翅呈 V 字形收拢）之间的区别一样。即使是气象上的微小改变也能对蝴蝶翅膀的折叠方式产生影响，以小型橙棕色的北方蚬蝶（Northern Metalmark）为例，天晴时，它从"缓慢、颤颤巍巍的飞行中"停下来时会落在一朵黑眼苏珊花上，"双翅平展"，而"在阴云密布之日……则在叶片下面驻扎下来，并像飞蛾那样将身体倒挂着"。[12] **235**

吉娣在我们脑海中移动起来就像一只翅膀展开又合拢的蝴蝶或是

一朵时开时闭的花朵。相比于一块布，她移动起来更像一个行动灵敏的活物。她身着一件玫瑰红色、装饰有玫瑰花结和蕾丝花边的衣裳，发辫上还戴着小小的、带有两片叶子的玫瑰花。在她准备起舞的那个时刻，整个人可以说都是被花从地面上托起来的："她把左手搭在他的肩上。她那双穿着粉红皮鞋的小脚，就按着音乐的节拍，敏捷、轻盈而整齐地在光滑的镶花地板上转动起来。"科尔松斯基用明亮之光照法使她在光滑的地板上一直滑动着，他把她叫做"享受"①并称赞她的舞姿"多么轻松②、多么合拍"。整个舞会大厅里到处都是鲜花，因为正如我们在其他三处动态场景中看到的那样，布料与鲜花彼此总是不可分离。

托尔斯泰写书时一定是难以确定安娜到底应该在舞会上穿黑色裙子还是丁香般淡紫色裙子；因此他索性把两种颜色都写了出来，在舞会她身着一件黑衣裳，但在吉娣的想象中，他又让另一种颜色露出了光芒，并像一道紫外线光环般罩在黑色色块上（在蜂蜜眼中，罂粟花就是这样一朵紫外线光环绕下的黑色花朵）。该书英文译本中选用这个颜色词来表达原作者之意，不仅说明了裙子那丁香般的蓝紫色，还把另一种花也实实在在地带到了舞会大厅之中：

> 安娜并没有像吉娣所渴望的那样穿紫色衣裳……吉娣每天看见安娜，爱慕她，想象她总是穿着紫色衣裳……吉娣现在看到了她这副意料不到的全新模样，才懂得安娜不能穿紫衣裳。[13]

吉娣在我们脑海中的像绘于一朵淡紫色玫瑰的花面之上，而安娜的像则绘于香气袭人的盛开的紫丁香的花盘之上。紫丁香上面缀了一些色彩浓郁且饱和度很高的小花，都带着吉娣所希望看到那种蓝紫的颜色，"她的头上，在她天然的乌黑头发中间插着一束小小的紫罗兰，而在钉有白色花边的黑腰带上也插着同样的花束"。

花朵与布料并无天壤之别，只是身手更敏捷，更加活泼些。玫瑰

---

① delight，其词根"Light"亦有光亮之意。——译者注
② lightness，亦有明亮之意。——译者注

红的、紫罗兰的、粉色的、丁香兰的以及紫红的，各种色块都在舞会
那张会旋转的调色板上时展时缩，而这张调色板上则这一簇那一簇地
绘着一朵朵小小的、栩栩如生的玫瑰和三色堇①，其情景与那割草场
景中到处夹杂着野生三色堇一样。这些花使人物和地面都变得不稳当
起来，它们从水平朝垂直方向发生旋转，通过容易描绘的动作为寄居
于其上的、假设性的运动的可绘提供有力的支持和保障，并为接下来
的具体而高度精确的运动做好预备，这些运动目前为止通过别的运动
之物体现出来。

　　在托尔斯泰笔下，我们还可以发现另外一些事实；之前我们也许
从未注意到它们的存在，但只要我们稍加留心，回到荷马、勃朗特和
福楼拜的作品中也一定是可以找到它们的：这就是对于节奏的"加
速"，一种针对我们绘图活动的兴奋剂，仿佛花朵自身就能为运动立
法似的。事实上，在每条通往运动场景的路上，我们都是可以见到
花的存在的——它们布满了溜冰场的入口和出口，攀在通往舞会大
厅的楼梯栏杆上（"吉娣同母亲踏上灯火辉煌、摆满鲜花……的大楼
梯"），还出现在前往赛马场的途中，伏伦斯基就是穿过一条两旁栽
满了"湿淋淋地闪着光芒的菩提树"的大街，来到了安娜的花园前，
并停了下来：

　　　　"老爷回来了吗？"他问园丁。
　　　　"没有。太太在家。您走前门吧，那边有仆人会给您开门
　　的，"园丁回答。
　　　　"不，我从花园里过去。"[14]

在伏伦斯基和安娜之间展开了一段对话，但究其本质也还是关于"加
速"的。当安娜向他透露自己怀孕之事的时候，手中握着的那片叶
子先是"哆嗦"，然后是"抖得越发厉害"，再后来就"抖得更厉害
了"——当然，我们也一直跟着叶子颤抖着、颤抖着——直到伏伦斯
基最后穿过那"浓密的菩提树斜影"走出门去，前往赛马场，去驾驭

237

---

①　草婴中译本中译作紫罗兰。——译者注

弗鲁－弗鲁，跟着安娜在赛道上驰骋，然后同她一样突然摔倒在地上。但当我们读到描写割草的那些章节时，便会发现，那些丝绸般光滑的花草已经不再只是通往运动的通道，而是运动场所的中心，它们不仅仅是我们为绘图做准备时所用到的材料，还是所绘之图的构成物质和主要成分，在这里主动的动作和被动的动作并没有什么区别，思维对象和思维行动之间也差别甚小。

现在还剩最后一项思维实验。请劳驾想象一下一位朋友的脸逐渐露出笑容的样子。（我们已经知道，如果你肯让你的这位朋友做扯手帕或挥动小旗或将领子拉直的动作，你会发现想象将容易很多。）现在请将这个实验稍作改变：先想象你的朋友正在照镜子，而你则一直盯着她镜中的影像露出笑容的模样，直到她转过身来看着你再一次笑起来为止。用这种两步走的方法来想象笑容——也就是先想象其中之像，然后再想象那真实的笑容——是不是要比第一种（即她没有经过在轻薄之物中练习这一步骤就直接朝你笑了起来）生动许多？托尔斯泰认为是的。在舞会进行的过程中，吉娣第一次露出微笑出现在她从镜子里看到自己的影子之后（在此之前，我们已经借助于这块镜子绘制了拉直领带和扣上手套纽扣这样的在布料上进行的动作）。后来，她再次笑了起来，不过这一次是满面的笑容。如果第一次绘制笑容使用了轻薄性——在第二次直接把笑容描绘在真实的面庞上之前，就让笑容先出现在镜中虚拟的反射之中，第二次就会变得容易许多。

这四层的运动演示的是同一原理，虽然花中蕴含的构图方法多种多样（拉伸、二元更迭、明亮之光照、轻薄性），但它们第一次出现在我们眼前的方式却颇为类似，无非是镜中之像、纷纷雪花以及滑冰场景中作为喻体使用的玫瑰之类。当我们讨论过的这一连串思维方法被一个套在另一个当中进行使用时，它们本身也可以被看成复合型的。每当我们朗诵或者听别人读一首描写运动的诗，为增强生动性而使用的构图方法的组合以及构图方法的环环相套都会不失时机地出现在我们眼前。比如在《奥德赛》的第一章中，我们的注意力先是轻快地从一张张图片上掠过，然后在某个瞬间，在某幅图片之内，运动突然自动开始了：忒勒马科斯脱去松软的衫衣，扔给老妪，后者叠起并拂平衣裳，挂起来，走出房间，关上房门，手握银环，合上门闩。

238

总结：教想象中的鸟儿飞翔

最后，让我们重新梳理一下这五种形式常规方法（formal prac- tice）。第一种名曰明亮的光照。几束光线可以承受其自身重量或者运送重物；它们可以像金色的外壳一样包裹住某物，或者像闪闪发光的蠕虫一样在内部运动。第二种曰轻薄性，一种阴影和倒影之类的无重量物体或者蝴蝶和花瓣之类近似无重量物体的特有属性。除了轻巧或类似薄纱的特性，轻薄的物体还能在脑海中有方向、有力量地移动（如飞行中的标枪的影子），或者以非常清晰的轨迹前后移动，正如 Little Yellow 和 Sleepy Orange 这两种蝴蝶一样。第三种思维常规为二元更迭的增加或者移除，包括心灵从一幅图转向另一幅图（即使作者并无意使图片动起来，而仅仅希望将我们的注意从一个思维客体切换到另一个，这种情形也会发生），扫过一组我们认为是更大物体的组成部分的物体，如"请许可我那漫游的双手，允许它们游走／前方、后方、中间、上方、下方"；还包括一幅整体出现在我们眼前的固定图片中的某个特征发生了变化（例如在一个不变的房间中，人数突然从三个增到四个）。这种二元更迭的增加或移除通常得益于突兀的祈使句以及指明想象图片的消失方向的方向性词汇的帮助。在图中用于主角身上的表现强烈动感的词汇（如跳、投）往往也清楚地描绘了该图片到达我们脑海中之时我们自身的感觉。

有时似乎人们可以在脑海中的形象上放上一只手，或者在头脑中

完成一些与手相关的思维操作——伸展、倾斜、折叠，这些构成了第
四种方法。这种方法可以是将一个形象进行全方位的伸展（如让艾
玛·包法利比一秒钟前高），也可以是将边缘进行拉长（如让艾玛·包
法利伸出一只脚），还可以是将内部的某小部分进行扩展（如让艾
玛·包法利笑起来）。虽然我们通常认为，组成形象的物质不是保持
不变（如艾玛的头在点头时大小不变）就是变大（艾玛变高了；她伸
出的那条腿变长了），但事实上减少的情况也是存在的，比如脸或躯
干的一部分被折叠起来或者从我们的视野中消失了。

在使形象动起来的问题上，我们是否能够做得足够巧妙往往依赖
于我们对形象的物质性或拟物质性是否有足够深刻的认识（像凯瑟
琳·恩萧将羽毛从枕头的接缝处扯出来），而这种认识可以通过我所
说的"只是布一块"或"手在操作"的指令来获得。这些认识反过来
也可使形象暂时性失真：暂时突出了作为一个想象之物的某些特征的
认识，并将通过指称外在世界而获得的特征全部去除。

第五种思维常规我称之为花的假设：它由四个部分组成，每个部
分都与花有关，但其中只有一个部分称得上严格意义的假设。其一，
从水平轴向垂直轴的旋转，它通常借助出现在图像中的花来完成。其
二，画面的主角和背景的去稳定性，比如当花朵背景（不论是水平的
还是垂直的）成为前景中的主角时，运动可以在主角和背景之间前后
转换，或者在两处同时发生。其三，花可以构成一个平面，使运动在
上面进行预演，或者构成一张底版，使其他更微弱的运动在上面开
展。此处，虚拟语气的使用可以看作是为大脑在想象时可达到的生动
性作了语法上的预言。其四，花通过加速构图过程来制造运动，既可
以给图像带来生命，也可以加速运动；这种对生动性的摹仿往往是整
个移动图片的工作力求达到的终极目标。花朵之所以如此适宜作构图
底版，可能与这样一个事实有关，那就是作家写作所用的材料与其他
艺术家不同，既不是油墨、木材、石料、帆布，也不是纸张、琴弦或
者芦苇（这些大多数都取材于植物），而是一种活生生的材料：作者
自己大脑中负责构图活动的组织，以及许多其他读者在进行阅读时用
来重构书中所绘之图的活的大脑组织。作家所做的就是不断地创作一
些指令，使运动在自身已经处于运动之中的平面——人脑的感觉中

枢——不断展开。

　　在这五种形式的常规之外，想象活动的许多其他特征也进入了我们的视野。两种、三种、四种或者五种方法有时被连续使用，因此要求读者去做的就不是让运动突然爆发出来，而是想办法让运动保持一段时间。本书中之所以选择这样一些作家为例，是因为他们都依次使用了不同的方法，让运动在笔下得以持续。于是我们可以看到，也许起初我们认为荷马在文中仅仅依赖于对明亮之光照的使用，但事实很快就豁然起来，他这一刻运用了明亮之光照加轻薄性，彼一刻又运用了明亮之光照加轻薄性加二元更迭，不久还运用了明亮之光照加轻薄性加二元更迭再加伸展；还有时，他在同时使用所有这些方法的基础之上还增加了花的假设。华兹华斯是一个很好的例子：他在塑造运动方面对自己的要求是那样苛刻，以至于在那么多诗行当中，找不到一个音节与使图片动起来这个主旨目标无关。 242

　　一方面，这五种方法可以依次使用，另一方面，它们也可以一个套在另一个当中进行使用：它们中的四个可能合起来套在第五个当中使用，然后这五种方法一起又套在第二种中使用，共奏想象运动的和声。比如在《呼啸山庄》第二十二章中，多种方法被结合起来在花的想象这一大的框架内使用；在托尔斯泰笔下，我们还可以看到以上所有的方法如何全都套在"花的假设"这一方法的框架中使用，其中花首先以轻薄的花影出现在我们眼前（即在那滑冰的场景中），其后以完全可辨认的方式将自身清晰地展现出来（也就是在割草的场景中）。

　　重新构图是使图片运动起来的关键一环，重构的表现形式多种多样。有时作家会让我们在实实在在地去将一幅图片想象出来之前先假想一下自己正在想象这幅图片的情景。有时作家会让我们在将某物成功想象出来之后牢牢地记住我们曾经历了的这项想象活动，因为不久以后我们还会再次被要求对这图像进行想象和绘制。有时，在第一处的底版上绘制该图像要比在第二处更加容易——比如我们先在一块布上进行练习然后再在一张脸上真实地绘制出某个动作，或者我们先在一个人物身上绘制出这一动作，然后再让这动作依原样再次出现在底版上（比如在让一位滑冰者身后之山做"旋转过去"的动作之前先让滑冰者自己做"四处滑动"状）。要求再次绘制的可能是某一特殊之图，也可能是在为某一尤为难绘之图做准备时所绘的众多图片中的一例。

当一幅图片第二次或者第七次绘制出来的时候，似乎没有什么新奇之处，但事实果真如此吗？图像的生动性往往大大增加。如果我们**243** 觉察到了自己正在使用的这些常规，所绘之图的生动性是否会因此而减弱呢？同样，图像的生动性常常大大增加。且问我们能说一位舞蹈演员或者体操运动运动员会随着动作熟练程度的提升以及对自己躯体正在表演的动作的领悟程度地加深而使身体的柔韧程度递减吗？再问物质艺术或者艺术技法会不会因为对创作理解的深入而退化呢？阿基琉斯之盾自然不可能是赫菲斯托斯有生以来打造的第一面盾牌，专业的绘图工艺，从这一角度来说也是一样，不论这图片是绘制在身体上的（比如舞蹈演员的绘图）还是绘制在金属上的（如盾面上的绘图），抑或是绘制在脑海中的（比如我们在读一首描写舞者或盾牌的诗时所作的绘图）。对于许多文本来说重新构图非常重要，因为文本本身的任务之一就是要把我们训练成为绘图高手，好让文中最精彩的图片能够成功地展现出来。

在本书的起始部分，我曾对白日梦和由书而做之梦作了仔细区分，还对前者被萨特称之为二维性以及后者的生动性作了专门的讨论。但我们也不止一次地看到，一个人在自己的白日梦中通过运用《伊利亚特》或《追忆似水年华》中所使用过的那些手法，可以在白日梦中体会到类似于阅读过程中的生动性。事实上要想检验一下我在本书中所作的大多数论断的正确程度，只需要列位读者去回想一下自己白日梦中的情形，在梦中所见图像之间作些比较。

在书面和口头文学的悠久历史中，这些手法一直大量使用，这就可能误导我们相信，这些常规方法是诗人和小说家公开讨论的话题。**244** 也许在另一个世界的某个角落里，荷马、勃朗特和托尔斯泰的确正在讨论他们喜欢的思维常规，不过在这个世界，我并不认为存在什么传承绘制动态图片的神秘仪式。谢莫斯·希尼为传递花之假设说道："寻找一位好汉子，船上放着桦木"；艾伦·格罗斯曼关于明亮之光照的预言："诗歌是一种天空写作"。作家当中这种奇妙的一致性，在我看来，源于思维本身的种种特性。相同的手法出现在于《伊利亚特》

和《安娜·卡列尼娜》中，因为荷马和托尔斯泰所做的都是将头脑中
闪过的各种图像用语言文字的形式传达给我们，在这传达的过程中，
他们将可视图像的形式上的特征清晰地标记在纸上，以便我们进行重
构。作家之所以能够给出这样一份关于大脑工作机制的报告，是因为
他们对自己脑海中浮现的各种图像都曾作过相当细致的观察和考量。

　　我曾多次在书中写到，一首诗或一部小说为一组用于大脑构图的
指令的集合——其实与一份乐谱可以看作一组关于如何将很早之前作
曲家在他或她自己的脑海中听到的乐曲重新演奏出来的指令并没有什
么两样。此处"指令性"这一特点十分关键，使图像可以通过中介而
不是它本身存在。压制住对于自己的中介角色的觉察在生动性的实现
过程中具有重大作用。同时看上去似乎显而易见的存在于指令的发
出者（即作者）和执行者（即读者）之间的区别实际上也是错综复
杂的。我们看到，描写图景的构图的文字往往介于主动和被动语态之
间；形象的运动往往需要被动的文字描述而非主动的，或者是将两者
的差异模糊化。当我们将注意力从图像本身移开，转到"施令者"和
"执令者"身上，再次需要弱化主观意志。我们会不止一次地碰到这
样的情形，作者坚信他们感觉到是在执行指令：实际上，可能是受布
莱克的影响，似乎作家在汇报中越是强调自己在遵从指令，他的作品
就越具有视觉效果。图像可能势不可当地来到作家的脑海中的，央求
他或她将它们按顺序记录下来（哈里特·比彻·斯托就曾汇报说，她
只是像在幻觉中一样，把《汤姆叔叔的小屋》的图片记录了下来）。
也有可能，图片是在劝诱下到来的：荷马在将要展开《奥德赛》故事
的时候曾这样说道："开始吧，女神，请你随便从哪里开讲。"这种劝
诱在形式上可能是一场祈祷，就像荷马所作的那样。也可能以等待的
方式出现——牙买加·金凯德（Jamaica Kincaid）自从在一次梦中看
到一位妇人双足弓起的模糊轮廓之后，连续四个晚上等待那场梦再次
出现，好让她将那图像看清楚，再记录下来。或者它还可能披上"手
在操作"的外衣，比如罗伯特·平斯基（Robert Pinsky）曾在大脑视
网膜上瞥见了一个图像模糊的外形，然后好像那图片是他童年所住房
间里暖气片上的一小块油漆屑似的，他在脑海中伸出手指，用指甲将
它刮下来端近细瞧，直到它变得逐渐清晰起来。

245

也许作家对读者受制于他人的指引的处境感同身受，他们总是将故事的中心内容设置在那些受命者而非发令者身上，托尔斯泰笔下那四层连续的运动底版就是很好的例子：列文跟着另一滑冰者几乎摔倒在冰面上，他所作的那些滑冰的新花样也是模仿前者的，但受托尔斯泰钟爱的是列文而不是那位领滑者；吉娣是在几乎没有征得同意的情况下被"最杰出的舞伴、舞蹈明星、著名舞蹈教练、舞会司仪"科尔松斯基拽着跳了一曲华尔兹，但托尔斯泰进行追踪描写的却也是吉娣的舞步而非这位"舞蹈明星"的；弗鲁－弗鲁在马赛中一直跟在角斗士和狄安娜身后，但令我们担心的却是弗鲁－弗鲁会摔倒，令我们惋惜的也是她的死亡。[①]列文在割草的季节中也踏着基特和另一老头草丛中的脚印前行，就像在其他场景中发生的一样。可见托尔斯泰放在我们想象中心位置上的都是那些服从他人命令的、接受训练的、听从外在行动的人。

246

有一些主题令人迷惑不解——比如指令与大脑构图之间的关系、使用被动的句法结构所能达到的效果、启迪以及被启迪者的相对位置，等等——如果本书续写下去的话，我将进行讨论。但此时此刻不可能继续往下写，因为有太多的鸟儿飞行的身影出现在我的周围。它们有的出现在窗户和玻璃桌面上，闪闪发光，做着飞扑的动作，但大小和颜色却难以分辨。有时它们从窗户滑到了记忆的纱幕上，这样一来我就能看得更清楚了，从而分辨出那些高高翱翔在空中的身影们姓甚名谁。那只油黑的苍鹰也回来了，扑扇着边缘隆起的双翅。水禽来来回回地划着圆圈，时起时落。同时划过天空的还有那三十只一群的小雀，它们排着矩形方阵——就像一块丝绸布料，不论是被摇动还是

---

① 弗鲁－弗鲁的动作显然早于伏伦斯基向她发出的指令：事实上，是他在遵从于她的指令，一旦他对她的运动节奏稍有疏忽，在鞍座上稍稍后移了一寸，整个世界就在转眼之间塌陷了下去。如果我们身体力行地模仿那个动作，在座椅上稍向后移一寸(这个动作我们在阅读华兹华斯时曾练习过——他也曾将身体向后仰，停住滑动，从而看见眼前的世界转动起来时)，我们同样也会感到世界在我们身后陷了下去。托尔斯泰这么写可能是要提请我们注意，只要我们稍有疏忽，我们自己和作者就都会身临险境。

挥动甚至是卷起都能很快地恢复到原状，保持着前进的姿态。我可以双眼一直向上盯着那天空的湛蓝之色，同时还能看到下方鸟儿落在花园里。当那低声哀鸣的鸽子准备降落时，她发出绵软的、草笛一般的声音，就好像是从五块田之外传来的小马的轻声哼鸣一样。她在离她选择的降落地点三英尺高的空中停了一下，然后直接往下冲，拍打着那银粉色的翅膀。在她粉色的运动的圆圈周围，有一些黑色和粉蓝色的小圈。她降落时的样子，就好像是一轮迷你明月，周围还有一圈更为迷你的月亮围着她跳跃。与此处相隔两座花园，有一株大槭树：从它巨型的伞盖飞出了一只黑乌鸦。它展了展双翅，将身体在半空中定住，来回地摆动着双腿；它突然启动了，穿过空气向前跌了下去，然后嗖的一声，作了个转身，开始表演起它从约翰·卡莱尔的树林和华兹华斯的古老的灌木丛中学得的游戏。

　　不时地你还可以隐隐约约地听见，几乎是在听觉可及范围的边缘处，有一股金属般的声音叮当作响，它如此富有规律地重复着——叮当、空、空，叮当、空、空，叮当、空、空——就好像是手表中转动的小齿轮或是一辆远远驶过的自行车银质的车轮发出的声音。这是特蕾在丁香丛中发出的鸣唱。现在，除了夫婿，她还有了另外两只新来小鸟的陪伴，于是他们叮叮当当的问答声便交织成一片，充斥在耳边：叮当、叮当—啊—叮当—啊，叮当、叮当—啊—叮当—啊（第二段在耳边回响时，听起来有些接近于另一种更为简单的声响：叮当、叮当—叮当，叮当、叮当—叮当）。这曲调从丁香丛中蔓延出来，听上去仿佛是一支树叶大小的吉卜赛乐队在用微型手鼓进行现场演奏。那个现在也没有鸟的空巢，是用头年的鲜花、一些咸草、嫩树枝、一块薄薄的白桦木片以及几缕我自己的头发共同编制而成的。我建立一套新的理论，那就是鸟儿们是在它们各自以花作底的巢中学会飞行的。其中最明显的例子非蜂鸟莫属：它们的巢非常小，甚至比一枚栗子、一张蛛网、一只飞蛾、一朵花，乃至一片苔藓还要小，却可以随着幼蜂鸟的成长而逐渐扩展，用它的柔韧自如为将要发生的展翅飞翔作出表率。相比之下，红衣凤头鸟的巢就没有那么柔软了，但它同样也是由鲜花精心编制而成，坐落在紫杉树丫中，随着微风轻轻曳动，本身俨然是飞行的替身。在巢穴杯状的底部，编制得相当紧密，

247

但边缘处则不然，横七竖八地叠着，各种朝向的都有。（正是出于这

248　个原因，其工艺的口碑并不很好，远远比不上白喉带鹀或鹪鹩的巢；即便是渡鸦也能建造一只"大篮子"，鸽子也能架一座"轻巧的平台"，而红衣凤头鸟之辈只能可怜地搭出"一个松散的东西"。）它看上去就好像一个已经散架的车轮，轮辐向着各个方向散落开来。这轮辐就像天线似的。颤动着、抽动着，对一个人的正在靠近拉响警报。它们还为幼鸟即将飞向世界时的姿势作出示范，以便她翅膀长到成年的（而非幼雏的）尺寸的时候不断地进行练习。从前者那里获知自己双翅飞行的弧度之后，她就能够以完美的高度滑过障碍物。

　　特蕾坐在一大朵丁香花前的枝条上。每当一阵微风拂过，她身后的那些花朵就扇子般地展开花盘，但很快又消失了，使她看起来就好像是一把打开又合拢的折扇上的第一折一般。她展开一只杏灰色的翅膀，然后又折了回来，展开尾羽上的十二根褶皱，使她坐在摇曳的树枝上的样子仿佛是在一曲华尔兹中被高高举起，粉色的网纱环着她的身体，铺展开来又重新落下。也许她认为这就是飞行吧。突然，她将自己放飞出去，任那朵丁香沉下去。她一旦飞了起来，我就没有办法把她升高了，不过让她身后的世界向下沉倒是有办法，只当世界是风筝上的水彩画：我一手一手将世界拖了下去，并看着她越飞越高，向上穿过在她身后落到地上的丁香花，穿过那高高的沙果花，飞向湛蓝的苍穹，甚至比她以往飞得都要高，我时而向东挪步，又时而向西移走，盯着她从房顶和树梢上盘旋而过，直到再也找不到她的踪影。我会耐心地哄她，等待她，并在暖气片油漆的碎屑中找出一片，裁剪成她的形状；这样她那个从玻璃桌面上滑过或是从盛开的花朵上腾空而起的闪亮身影，很快就该回来了。只要她愿意，从哪里启程都可以。

注 释

1. 论生动性

[1] 在《想象中的生活》("The Imaginary Life") 一文中，让－保罗·萨特 (Jean-Paul Sartre) 对想象作了更全面的描述，该文载《想象心理学》(*The Psychology of Imagination*) (纽约，1991)，177-212。我要特别感谢 Jack Davis，因为很久以前他曾邀请我在白日梦中想象一个地方，然后将它与我做该白日梦时所待的地方作一个比较。

[2] 约翰·济慈 (John Keats)，《夜莺颂》("Ode to A Nightingale")，载《约翰·济慈：诗歌全集》(*John Keats: Completed Poems*),Jack Stillinger 编辑 (剑桥，马萨诸塞，1982)。

[3] 在完成了这一章 15 个月之后，我发现，早在 19 世纪，一位俄国美学家，车尔尼雪夫斯基 (N.G. Chernishevsky)，就已经抛出过同样的观点。在《生活与美学》(*Life And Aesthetics*，*1853*) 中，他写道："所有其他种类的艺术，都像现实生活一样，作用于我们的感官之上；但诗歌却是作用于想象力上的。"但是，车尔尼雪夫斯基认为在阅读活动中，想象力只能完成白日梦中那样缺乏生气的绘图："很明显……诗歌中的图像是虚弱的、无精打采的、不确定的，如果将它们与现实中的对应物象相比较的话，"于是他总结道，生活之美远远高于艺术之美，前者的力量就在于有"生发之力"(《生活与美学》的《结论》，重印载《现代文学现实主义文献》[*Documents of Modern Literary Realism*]，George J. Becker 编辑 [普利斯顿，1962], 48, 49, 61)。

[4] 威廉·华兹华斯 (William Wordsworth),《瓶中的金色与银色鱼儿》("Gold and Silver Fishes in A Vase")，载《华兹华斯诗选》(*Wordsworth: Poetic*

Works)，Thomas Hutchinson 和 Ernest De Selincourt 编辑（伦敦，1936），412。

250 [5] 认知心理学的部分研究表明，在塑造大脑图像的过程中，我们调用了那些曾为我们的感受活动服务的神经机制，关于此类研究的综述，参见考斯林（Stephen M. Kosslyn），《图像与大脑：想象之辨的解决》（*Image And Brain: The Resolution Of The Imagery Debate*）（剑桥，马萨诸塞，1994），295，301，325。

我试图在本书中回答的问题只是整个想象运作之谜中的只鳞片爪。关于想象活动更权威的哲学文献，从柏拉图到维特根斯坦，请参见 Eva T. H. Brann，《想象的世界：总结和实质》（*The World Of The Imagination: Sum And Substance*）（波士顿，1991）。Brann 担心，至今为止，我们对此所作出的哲学刻画还不够完整；对于当代那些企图忽略甚至是"取消 [想象] 作为一个独立类别的身份"（10）的尝试，她也忧心忡忡。同时，她的研究还提供了丰富的例证，说明多个世纪以来人们为解释此现象作出了各种各样的努力和尝试。

[6] 关于大脑绘图的记录通常有循环论证之嫌：他们在回答大脑是如何绘制图片这个问题时，通常是先假设这个图片已经在大脑中被绘制好了。（"'诗亦犹画'中的'犹'所指何物？"[What is the 'ut' in 'ut picture poesis'?] 艾伦·格罗斯曼 [Allen Grossman] 曾向贺拉斯 [Horace] 和路德维格·维特根斯坦发问 [私人谈话，1992 年 8 月]。）我所作的判断——即想象是通过摹仿产生感觉的深层结构来摹仿感觉的——似乎也同样是循环的。不过，如果我们根据这一判断能产生的实践结果来考量其能量的话，我们将看到，它至少部分还是可取的。也就是说，如果按照我说的去做，能够说明使做白日梦的人更清晰地看到他们朋友的脸庞的步骤，那么我可以有信心地说，我的论述是有效的。

2. 固体性

[1] 亚里士多德（Aristotle），《灵魂论》(*De Anima*)，J.A. Smith 英译，3.8.431A，载《亚里士多德全集》（*Completed Works of Aristotle*），Jonathan Barnes 编辑，牛津译本修订版（普林斯顿，1984），1:687。

[2] 约翰·阿什伯利（John Ashbery），《织锦》（"Tapestry"），载《正如我们所知》（*As We Know*）（纽约，1979），90。（中文译文出自《约翰·阿什贝利诗选》（下），马永波译，石家庄：河北教育出版社，2003 年，第 523—

524 页。——译者注）

[3] 约翰·洛克（John Locke），《人类理解论》(*An Essay Concerning Human Understanding*)，Alexander Campbell Fraser 编辑（纽约，1959），1:151。此处以及之后的引用均出自第四章《固体性的概念》。

[4] 马塞尔·普鲁斯特（Marcel Proust），《追忆似水年华》(*Remembrance of Things Past*)，C. K. Scott Moncrieff 和 Terence Kilmartin 英译（纽约，1982），1:10-11。

[5] J.J. 吉布森（J.J.Gibson），《作为接收系统的感觉》(*The Senses Considered as Perceptual System*)（波士顿，1966），203，204。

[6] 同上，214。

[7] 洛克，《各种文章》(*Miscellaneous Papers*)，载于前所引书中，155-56n.4。

[8] 普鲁斯特，《追忆似水年华》，3:480,481。

[9] 同上，1:416,417。（中文译文出自《追忆似水年华》（上），李恒基、徐继曾等译，南京：译林出版社，2001 年，第 220 页。——译者注）

[10] 宫崎骏 (Hayao Miyazaki)，《卡里奥斯特罗之城》(Castle of Cagliostro)，Carl Macec 译（东京，1980），电影。

[11] 托马斯·哈代（Thomas Hardy），《书柜上的阳光（学生的情歌：1870)》["The Sun On The Bookcase(Student's Love-Song: 1987)"]，载《托马斯·哈代诗歌全集》(*Completed Poems of Thomas Hardy*)，James Gibson 编辑（纽约，1982），311。

[12] 哈代，"The Going"，载《托马斯·哈代诗歌全集》，338。

[13] 哈代，《德伯家的苔丝》(*Tess of d'Urbervilles*)（纽约，1985），160。（中文译文出自《德伯家的苔丝》，盛世教育西方名著翻译委员会译，上海：世界图书出版公司，2012 年，第 184—185 页。——译者注）

[14] 同上，208。（中译本第 261 页。——译者注）

[15] J.K. 于斯曼（J. K. Huysmans），《逆天》(*Against Nature*)，Robert Baldick 译（纽约，1959），28-31, 53, 54。（中文译文引自《逆天》，尹伟、戴巧译，上海：上海文艺出版社，2010 年，第 12—15、第 40—41 页。——译者注）

[16] 哈格斯达勒姆（Jean H.Hagstrum），《姊妹艺术：文学图像派和英语诗歌的传统，从德莱顿到格雷》(*The Sister Arts: The Tradition of Literary Pictorialism and English Poetry from Dryden to Gray*)（芝加哥，1958），25。哈格斯达勒姆本人并没有特别提出构图过程在诗歌生动性方面的重要作用，

251

并明确反对莱辛（Gotthold Lessing）对于阿基琉斯之盾的制造过程的突出强调（19）。在哈格斯达勒姆选取用来说明 *enargeia* 的例子中，构图过程之例的反复出现，加上于斯曼所举的那些例子，都将不可逃避地导致这样的结论。（我遵照哈格斯达勒姆的拼法，将该词写作 "*enargeia*"，以区别于另一个词 "*energeia*"）。

[17] J.J. 吉布森，《作为接收系统的感觉》，204。

[18] 同上，215。

[19] 夏洛特·勃朗特（Charlotte Brontë），《简·爱：权威性文本，背景和批评》（*Jane Eyre: An Authoritative Text, Backgrounds, Criticism*），Richard J. Dunn 编辑（纽约，1971），14。（中文译文引自《简·爱》，宋兆霖译，北京：中国书籍出版社，2005 年，第 14 页。——译者注）

[20] 当查尔斯·包法利第一次去贝尔托田庄时，田庄厨房的石墙上摆满了金属器皿，它们时明时暗地反射出灶中的火焰，以及玻璃窗透进来的曙光。当他第二次拜访的时候，那阳光在天花板上"摇曳"，并穿过板缝落在石板地上，"成了"一道一道又细又长的条纹，地面上一层尘埃腾起，而在一旁的炉灶里，灰烬被沿着烟囱射进来的阳光映成了浅蓝色。于是，天花板和地板也都获得了墙壁般的固体性。古斯塔夫·福楼拜，《包法利夫人》，Francis Steegmuller 英译（纽约，1991）16，17，25。（中文译文引自《包法利夫人》，许渊冲译，南京：译林出版社，2011 年，第 13、第 20 页。——译者注）

虽然在援引普鲁斯特、哈代、勃朗特和福楼拜时，我都停留于同一个文学传统中，但同样的现象在其他地方也同样存在。Robert Pinsky 认为，但丁的《神曲·地狱篇》（*Inferno*）也许是"一个面从另一个面上擦过，使后者变得更为固态和不透明的绝佳例子"。Pinsky 让我们注意《地狱篇》第 12 和第 6 章，以及《炼狱篇》（*Purgatorio*）第 21 章中的许多段落，在那里，一个物理身躯搬动物质石块或移动地面的能力经常被用来与一个影子做此工作的能力进行对比。"地狱本身，（以及它的居民们）就是一层从另一更具固体性的现实世界上滑过的纱幕。或者，情况恰恰与此相反，明明白白的物质现实才是一层真正的透明幻想的薄纱，从地狱的更加结实的伦理现实上面飘过。" Robert Pinsky，私人书信，1994 年 11 月 22 日。

[21] 洛克，《人类理解论》，156，157。

[22] Alexander Campbell Fraser 在给 Stillingflee 的信中引用了洛克《人类理解论》中的第三封信，156 n.2.

[23] 勃朗特，《简·爱》，14。（中文译文引自宋兆霖中译本，第14页。——译者注）

[24] 哈代，《苔丝》，192。（中文译文引自盛世教育中译本，第237—238页。——译者注）

[25] 普鲁斯特，《追忆似水年华》1：416。（中文译文引自李恒基、徐继曾等中译本，第220页。——译者注）

[26] 于斯曼，《逆天》，23。（中文译文引自尹伟、戴巧中译本，第7页。——译者注）

[27] 勃朗特，《简·爱》，65。（中文译文引自宋兆霖中译本，第75页。——译者注）

[28] 哈代，《苔丝》，312。（中文译文引自盛世教育中译本，第518页。——译者注）

3. 指令的地位

[1] 伊丽莎白·盖斯凯尔（Elizabeth Gaskell），《夏洛特·勃朗特的一生》（*The Life of Charlotte Brontë*）（伦敦，1985），333，306。

[2] 威廉·布莱克（William Blake）关于听从命令的现象的语言和视觉描述（包括他偶然的抵抗）被记录在 Leopold Damrosch, Jr. 的《布莱克之谜的符号与真理》（*Symbols And Truth In The Blake's Myth*）（普林斯顿，1980），302-7。

[3] 让－保罗·萨特，《想象心理学》，177。（中文译文引自《想象心理学》，褚朔维译，北京：光明日报出版社，1988年，第192页。——译者注）

[4] 同上，190，187。我们可以假设，在反常的想象状态下——例如着迷或疯癫状态——人们已经失去了他或者她自身对图像想象的自主权。但有趣的是，即使是在这种状态下，萨特也坚持声称意愿性参与其中：在着迷时，"意识进行着自我对抗"；在疯癫时，他引用皮埃尔·让内（Pierre Janet）的说法，说"大脑逼迫自己制造出那些其所惧怕的图像"（178，192）。

[5] 同上，187，191。

[6] 吉尔伯特·赖尔（Gilbert Ryle）却反对这一点，抗辩说根本不存在什么脑中图像，并把我们在倒置脑中图像时所遇到的种种困难当作脑中图像不存在的证据（《心的概念》[*The Concept of Mind*][伦敦，1949]，255）。他将自己的观点与大卫·休谟的观点相对比（249-50）。不论是在哲学还是

253 在认知心理学中，人们都可以分为相信我们能够制造脑中形象的和不相信脑中有图像的两派。（在认知心理学中，这两派分别被称为"图像主义者[pictorialists]"和"描述主义者[descriptionists]"）。

同样，在文学批评界也存在着这样的两个派别，在最近 Ellen Esrock 对 Geoffrey Hartman 和 Northrop Frye 的有趣采访中，这一点就得到了明确的阐述（《阅读者之眼：作为读者反映的视觉构图》[*The Reader's Eye:Visual Imaging as Reader Response*][巴尔的摩，1994]，183）。Esrock 认为，自古以来，直到 1920 年前后，文学理论都一直在热切地讨论着图像，但从 1920 年到 1960 年的这段时间，却将图像完全弃而不顾了，这不仅发生在如新批评这样的文学理论流派中，甚至发生在人们认为图像具有关键意义的现象学之中（1，3，21-38）。

从我的角度来看，作为一个坚信脑中图像存在的学者，那些不相信其存在的人只看到了事实的一部分，即那些图像通常都是极其暗淡的，暗淡得足以令人们（错误地）对它们的存在提出质疑。认知心理学中图像研究的领军人物之一，考斯林报告说，那些宣称自己没有脑中图像的人，当被问到一个很具体的问题时——如"哪一棵的绿色更深，是豌豆还是圣诞树？"——却常常会突然承认他们的确拥有脑中图像，只是之前他们不曾注意到它们（私人谈话，1995 年 5 月）。当然，也许事实上真的存在两类不同的想象者，一类拥有脑中图像，而另一类则没有，就像在有图像的那一大类里还存在不同的类型。对于后者，参看考斯林题为《各不相同的人》的章节，载《思维机器中的幽灵：在脑海中创造和使用图像》(*Ghost in the Mind's Machine: Creating and Using Images in the Brain*) （纽约，1983），193-204。

于是，事实就有了如下三种可能性：人人都有脑中图像，但非每人都意识到，或宣称自己拥有它们；或者无人拥有脑中图像，但出于某些原因，相当一部分人坚信自己拥有它们；抑或世界上本来就存在两类人，一类有脑中图像，而另一类没有。在前两种情况下，所不同的是人们描述自己思维活动的方式；而在第三种情况下，所异之处在于人们思维活动的本身。

[7] 关于旋转，可参看 Roger Brown 和 Richard J. Herrnstein 的"Icons and Images"，载 *Imagery*, Ned Block 编（剑桥，马萨诸塞，1981），33-49；Roger Shepard 和 Jacqueline Metzler 的 "Mental Rotation Of Three-Dimensional Objects"，载 *Science* 171（1971 年 2 月 19 日）：701-3；以及 Roger Shepard 和 Christine Feng 的 "A Chronometric Study of Mental Paper Folding"，载 *Cognitive Psychology* 3（1972 年 4 月）：228-43。关于指令，参看 John Jonides 等的

"Imagery Instructions Improve Memory In Blind Subjects"，载 *Bulletin of the* **254**
Psychonomic Society 5, no.5(1975 年 5 月)：424；George Singer 和 P. W.Sheehan
的 "The Effect Of Demand Characteristics on the Figural After-Effect with Real and
Imaged Inducing Figures"，载 *American Journal Of Psychology* 78, no.1 (1965 年 3
月)：96-102；以及 Peter Sheehan 和 Ulric Neisser 的 "Some Variables Affecting
The Vividness Of Imagery In Recall"，载 *British Journal Of Psychology*60（1969)：
71-80。

[8] F.J.Evan 在《催眠术》（"Hypnosis"）一文中对手臂的可移动性与
不可移动性作了描述，载《心理学百科》》(*Encyclopedia of Psychology*)，
Raymond J. Corsini 编（纽约，1984），2:173。

[9] Janice M. Keenan 和 Robert E. Moore 的《对于隐藏物体之象的记忆：重
估 Neisser 和 Kerr》（"Memory For Images of Concealed Objects: A Reexamination of
Neisser and Kerr"），载《实验心理学杂志：学习和记忆》(*Journal Of Experimental
Psychology: Human Learning And Memory*) 5, no.4 (1979): 376。Singer 和 Sheehan
的《指令性特的效果》("The Effect of Demand Characteristics")，99。Keenan
和 Moore 的《对于隐藏物体之象的记忆》("Memory for Images of Concealed
Objects")，378。

[10] Peter W. Sheehan, Dixie Statham, 及 Graham A. Jamieson 的《准记忆
效果以及它们与催眠术中的感受性水平以及陈述性指导的关系》("Pseudo-
Memory Effects And Their Relationship To Level Of Susceptibility To Hypnosis
And State Instruction")，载《个人以及社会心理学杂志》(*Journal Of Personal
And Social Psychology*)，60，No,1(1990): 132；楷体为本书所加。催眠术方
面的学术文献常常在总结实验步骤时直接使用"指导"一词："被试者被指
导重新体验在睡觉前的半个小时，然后被引导重新将那个夜晚完全重新体
验……以小时为单位，直到凌晨 2 点……被试者……被指导去看 [想象中的]
钟，以确认时间"（Terry Mccann 及 Peter W. Sheehan 的《催眠术引发的类记
忆——在被试者的不同情况抽样》（"Hypnotically Induced Pseudomemories—
Sampling Their Conditions Among Hypnotizable Subjects"），载《个人以及社会
心理学杂志》，54，no, 2 (1988):341；楷体为本书所加）。

[11] 托马斯·哈代，《德伯家的苔丝》（纽约，1985），43。（中文译文引
自盛世教育中译本，第 2 页。——译者注)

[12] 与艾伦·格罗斯曼 (Allen Grossman) 的对话 (1992 年 8 月)。

[13] 约翰·阿什伯利，《诗亦犹画是她的芳名》（"And *Ut Pictura Poesis*

Is Her Name"），载《诗选》(*Selected Poems*)（纽约，1985），235。

4. 想象花朵

[1] 约翰·阿什伯利，《诗亦犹画是她的芳名》（"And *Ut Pictura Poesis* Is Her Name"），载《诗选》(*Selected Poems*)（纽约，1985），235。

[2] 约翰·阿什伯利，《不论事态如何，不论身在何方》（"Whatever It Is, Whatever You Are"），载《一道波浪》(*A Wave*)（纽约，1985），63。

[3] 谢莫斯·希尼，《感觉进入文字》（"Feeling Into Words"），载《先入之见：散文选（1968—1978）》(*Preoccupations: Selected Prose*,1968-78)（纽约，1980），14。（中文译文引自《希尼诗文集》，吴德安等译，北京：作家出版社，2001 年，第 254 页。——译者注）

255 　　[4] 关于玫瑰在里尔克自编的墓志铭中的位置和玫瑰刺在"加速"其死亡中所扮演的角色，Ralph Freedman 在《诗人的一生：赖纳·马利亚·里尔克》(*Life of a Poet: Rainer Maria Rilke*)（纽约，1996）的最后一章中有充足的描写，见 530，531，546，548 页。里尔克亦将自己视为花朵，这种感觉在早期的岁月中就清楚地体现了出来：他创办的第一份杂志（1985）名为《菊苣花》(*Chicory Flowers*，德语为 Wegwarten)，这一命名受到了一份苏黎世杂志 *Sonnenblumen* 以及 15 世纪 Paracelsean 传说的影响："每百年中都有一天……菊苣花会化身为活生生的人"；Freedman，《诗人的一生》，41,42。从中不难推断出，里尔克所相信的一个"活生生的人"所具有的特殊性就在于他百年之中的那朵花。

[5] 看来似乎有一种这样的诱惑力：希望证明想象依赖于对象，正如感觉活动（即想象要摹仿的活动）依赖于对象一样；比如，视觉和听觉几乎与所见和所闻之物是一致的。但也有些感觉状态，例如触觉，与对象物之间不存在那么多一致性，即便是视觉和听觉也有一定程度的变数，而想象不受这种限制。关于此论断的更全面阐述，可参见拙作《痛苦与想象》（"Pain and Imagining"）一章，载《痛苦的身躯》(*The Body In Pain*)（纽约，1985）。

[6] 在本章（原书第 48、第 65—71 页）中，以及在《花的想象》和《借花加速》两章中，我提出了这样一个观点，即"作为想象对象的花朵"可以为想象提供感觉体验。

数学家 Barry Mazur 曾提供了一个绝佳的关于想象之感觉体验的例子，可以用来证明我关于想象不存在无对象物状态的论述。他的文章《想象数字

（尤其是√-15）》（"Imagining Numbers(Especially √-15"）即对本章"想象花朵……（尤其飞燕草）"的回应。

[7] 花与美夙缘已久。柏拉图在《斐德罗篇》(Phaedrus) 和《会饮篇》(Symposium) 中都提出，美、真和善在神界中共生共存，但美又与其他两者有所分别，因为它在物质世界中有一个"最能向感官显现的"外观："美本身在天外境界与它的伴侣同放异彩，而在这个世界上，我们……看到它是那样清晰，那样灿烂……能被我们看见的只有美，因为只有美才被规定为最能向感官显现的，对于感官来说，美是最可爱的"；柏拉图，《斐德罗篇》250，Walter Hamilton 英译（纽约，1973）。（中文译文引自《柏拉图全集第二卷·斐德罗篇》，王晓朝译，北京：人民出版社，2001—2003 年，第165 页。——译者注）这具有"最能向感官显现的"的物质存在物吸引了我们的注意，并最终带我们走向了永恒的美，同时走向了不那么向感官显现的伴侣，真和善。

几乎毫无疑问，花朵，不论是视觉中的还是白日梦中的，都具有这一最能向感官显现的特点，使它们与美紧紧捆绑在一起。阿伽松在《会饮篇》中说，我们之所以知道自己出现在爱神的面前，是因为我们看见了花："爱神生活在花丛中，这本身就证明了爱神的美……要是没有鲜花，或者花朵已经凋谢，他都不肯栖身；……在那鲜花盛开，香气扑鼻的地方，一定会有爱神的踪迹；"柏拉图，《会饮篇》196B，Walter Hamilton 英译（纽约，1951）。（译文见《柏拉图全集第二卷·会饮篇》，王晓朝译，第235 页。——译者注）于是，马尔西利奥·费奇诺（Marsilio Ficino）在 1475 年所著《柏拉图的会饮篇评论》(Commentary on Plato's Symposium) 中说："这样说来，美即善之花"（译者译），载 Albert Hofstadter 和 Richard Kuhn 编，《关于艺术和美的哲学：从柏拉图到海德格尔的美学著作选读》(Philosophies of Art and Beauty: Selected Readings in Aesthetics from Plato to Heidegger)（芝加哥，1976)，217。

这三个现象——美、花和最能向感官显现——的夙缘一直没有间断过，不仅在那些极度提倡美的时代里，也在那些美遭遇反对和贬低的时代里。爱德蒙·伯克（Edmund Burke）和伊曼努尔·康德（Immanuel Kant）都在关于美和崇高的论述中将花作为前者的关键之例。伯克曾说："是花类……给了我们关于美的最生动的观念。"见《关于崇高和美的观念之源的哲学考量》(A Philosophic Enquiry into the Origin of Our Ideas of the Sublime and Beautiful)（牛津，1990)，105。康德则把不那么清晰的崇高的神圣小树林和花床上

256

的花进行对比，见《对于美好和崇高的感情的观察》（*Observations on the Feeling of the Beautiful and Sublime*），英译，John T. Goldthwart（伯克利，1960），47。在当前思潮中，对于崇高的追求只是一种对于超出我们构图能够的范围的事物的追求。

[8]《致德里泽尔夫人的第五封信》（"Fifth Letter to Madame Delessert"），1772 年 6 月 16 日，载让－雅克·卢梭（Jean-Jacques Rousseau），《植物学，一个纯粹出于兴趣的研究：给一本植物学术语词典的信件和注释》（*Botany, A Study of Pure Curiosity: Botanical Letters and Notes Towards a Dictionary of Botanical Terms*），Kate Ottevanger 译（伦敦，1979），72,80。在其他一些信中，卢梭还请德里泽尔夫人在写回信时寻找，甚至是采摘一朵真实的盛开的小花；在第一封信中，他点名的是百合，第三封信中是甜豌豆，第六封中是雏菊。此处他的这些要求（如从下方轻轻将花瓣提起，撕破萼片，露出其下隐藏的部分），既可以按字面意思理解为让对方去触摸一朵真实的花朵，也可以理解为一组关于如何在想象中构造出朵花的有组织的思维步骤的指导和说明。

[9] 当 Robert Nozick 被邀请作这个思维实验时，他立刻赞同，一个图像可以在前臂内构成，正如可以在前额内构成一样简单。但他怀疑前臂内的图像是否真的存在于前臂之内，或者前额内的图像是否真的在前额内。与本书作者的对话，1994 年 9 月。

257　　[10] 赖纳·马利亚·里尔克（Rainer Maria Rilke），《一盆玫瑰》（"The Bowl of Roses"），载《新诗集(1907)》(*New Poems[1907]*)，Edward Snow 英译，修订平装版（旧金山，1984），192-97。

[11] 沃尔特·惠特曼（Walt Whiteman），《当紫丁香最近在庭院中开放的时候》("When Lilacs Last in the Dooryard Bloom'd")，载《沃尔特·惠特曼：诗歌全集及散文选集》(*Walt Whiteman: Complete Poetry and Collected Prose*)（纽约，1982），466。作为对我关于惠特曼笔下丁香花的描述的回应，Donald Pease 向我指出，惠特曼所写的草叶也应该作同样方式的理解。（中文译文引自《草叶集选》，楚图南译，北京：人民文学出版社，1958 年，第272 页。——译者注）

[12] 哈格斯达勒姆（Jean Hagstrum）创造了这个绝妙的词汇"脑中的视网膜（mental retina）"（虽然他本人并未提及过花瓣），《姊妹艺术：文学图像派和英语诗歌的传统，从德莱顿到格雷》(*Sister Arts: The Tradition of Literary Pictorialism And English Poetry from Dryden to Gray*)（芝加哥，1958），第

XX 页。

[13] 在惠特曼、阿什伯利、布莱克的笔下，花朵自身总是保持着完好无缺的形态，即便在它的花瓣当成了构建其他图像的底版时也不例外。但当整朵花被用作画图纸版时，它却常常消失在所绘的图片中了。古斯塔夫·福楼拜的《包法利夫人》是所有小说中最以鲜花满天而闻名的；在几乎每一页上，都有花作为故事的底版。虽然有时福楼拜的花能保持自己作为花的完整身份——不论是在花园、草地还是在窗台花箱里，但在其他一些时候，它们被引入文中却是为了利用它们能够作为绘制人物脸庞的底版的杰出才能：一位歌剧演员苍白的脸的出现，"头上戴……一顶橘子花冠"（253，213）；"淡蓝色的香烟缭绕"下的"圣母慈祥的面容"的出现也是由"穿过落了叶的杨树，使树的轮廓呈现出淡淡的紫色，仿佛在树枝上挂了一层朦胧的透明轻纱似的"暮霭作奠基（125，104-105）；"在白菜上留下了银色的镂空花边，有些透明的银色长线把两棵白菜连起来了"的露水引出了一个带着白癣和冻脱了皮的石膏的神甫塑像的脸（71，59-69）；一位妇人的脸长满雀斑，被形容为一片开满鲜花的草地（169，中译本中未找到这一比喻，相应的页数范围内只有一位老妇的脸，因皱纹多而被比喻成干了的斑皮苹果，中译本143——译者注）；对于另一张脸，福楼拜写道："金黄色的络腮胡子，没有一根越轨出线的，描绘出他下巴的轮廓，像花坛边上的石框一样，围住他平淡的长脸，还有脸上的小眼睛和鹰钩鼻。"（86，72）。单独来看，这些肖像似乎非常有趣。但是在文本中，花朵却往往被忽略了。福楼拜经常将它们纳入文中是为了能够不断地用这些铁线莲、勿忘我、玫瑰坛和仙人掌燃起我们绘图力量的火焰。（本段中，第一个页码为英译本页码，第二个为中译本页码。——译者注）

将花朵作为更困难的脑中活动展开的工作平台，这一方法在宗教领域中也有人运用。Katherine Stern 提醒我注意，莲花在东方宗教中的地位，Del Kolve 提出天主教玫瑰坛中的玫瑰能够帮助思维专注和集中。与作者的对话，1996 年 9 月和 1999 年 4 月。

[14] 考斯林（Stephen Michael Kosslyn），《心灵之目的视觉角度测试》（"Measuring The Visual Angle Of The Mind's Eye"），载《认知心理学》（*Cognitive Psychology*）10（1978）：381。

[15] 约瑟夫·艾迪生（Joseph Addison），《想象的乐趣》（"On the Pleasures of the Imagination"），第 5 期，《旁观者》（*Spectator*),no.415,1712 年 6 月 26 日，载 *The Spectator: With a Historical and Biographical Preface*，A. Chalmers 编辑 **258**

（波士顿，1872），6:147,148.

[16] 弗吉尼亚·伍尔芙（Virginia Woolf），《墙上的斑点》（"The Mark on the Wall"），载《弗吉尼亚·伍尔芙短篇小说全集》（*Complete Shorter Fiction of Virginia Woolf*），Susan Dick 编辑（纽约，1985），84。

[17] 约翰·罗斯金（John Ruskin），《空中女皇：希腊云和风暴的神话研究》（*The Queen in the Air: Being a Study of the Greek Myths of Cloud and Storm*）（伦敦，1906），112，116，117，118。对于《空中女皇》是否是普鲁斯特在信件中第一次提到罗斯金，学者们莫衷一是，但毫无例外地都同意，他最晚在 1899 年 12 月之前提到过。参看 Richard Macksey 对于普鲁斯特的介绍，载 *On Reading Ruskin: Prefaces To La Bible D'Amiens And Sesame Et Les Lys With Selections From The Notes To The Translated Texts,* Jean Autret, William Burford 和 Phillip J. Wolfe 编辑（纽黑文，康涅狄格州，1987）xviii-xixn. 4。

[18] 《致德里泽尔夫人的第三封信》，1772 年 5 月 16 日，载卢梭《植物学》，48，52；同时参看《第五封信》，72，76。

[19] 劳伦斯（D. H. Lawrence），《紫色银莲花》（"Purple Anemones"），载《飞禽、走兽与花朵》（*Birds, Beasts and Flowers*）（圣罗莎，加利福尼亚，1992），64。

[20] 里尔克，《罂粟花》（"Opium Poppy"），载《新诗集(1908)：另一部分》（*New Poems*[1908]: *The Other Part*），Edward Snow 英译，修订平装版，（旧金山，1987），185。所引里尔克诗的第一行原文为 "*die willing waren, offen und konkav*"。最后两行为 "*gefranste Kelche auseinanderschlagend,/die fieberhaft das Mohngefäss umgeben*"。

[21] 考斯林，《心灵之目的视觉角度测试》，363。

[22] 此处的测量尺寸是为了绘图的便利而使用的。一些比较小型的油画是创作于 19 世纪 70 或 80 年代，（*Portrait of Mallarmé*, 1876, 11×14; *At the Café*, 1878, 19×15; *Interior at Café*, 1880, 12×18），但它们被复制在许多大型的帆布画框上。对于丁香、玫瑰、香槟酒杯等画作的复制和分析，参看 Andrew Forge 及 Robert Gordon 的《马奈最后的花朵》（*The Last Flowers of Manet*），Richard Howard 译（纽约，1986）。

此处关于我们构图力的辐射范围的观点即便在大型的绘画中也适用。一幅大型的风景画将真实风景的美浓缩汇聚于我们的构图能力之内，而这美丽原来则可能由于其面积过大——除了以某些特定的视角来观察以外——远远超出我们可理解的美的范围。

[23] 皮埃尔·奥古斯特·雷诺阿生前最后一天 (1919 年 12 月 3 日) 在两本书中有记载：Lawrence Hanson 的《雷诺阿：人、画家和他的世界》(*Renoir: the Man, the Painter, and His World*) (纽约, 1968), 294；Jean Renoir 的《雷诺阿, 我的父亲》(*Renoir, My Father*), Randolph Weaver 与 Dorothy Weaver 译 (伦敦, 1962), 404。野史记录出自于 Ambroise Vollard 的《雷诺阿：一段私人的记录》(*Renoir: An Intimate Record*), (纽约, 1934), 225。

259

[24] 托马斯·哈代,《远离尘嚣》(*Far from the Madding Crowd*) (纽约, 1905), 57。(中文译文引自《远离尘嚣》, 陈冲译, 南京：译林出版社, 2001 年, 第 6 页。——译者注) 哈代几乎从来不轻易让任何一段描述冒充普遍真理, 因此他一旦说什么是普遍真理的话, 那么真理就一定在这个句子之中。"他走出三四英里路之后, 周围所有的景物都已蒙上一层暗色。"(91, 中译本第 34 页——译者注)"单调性"出现在我们眼前, 作为一项特别而又极端的陈述。

[25] 亚里士多德,《论颜色》(*On Colors*), 796a, 796b, T.Loveday 及 E.S. Forster 译, 载《亚里士多德全集：牛津修订译本》(*The Complete Works of Aristotle: The Revised Oxford Translation*), Jonathan Barnes 编辑, 第一卷 (普利斯顿, 1984)。(中文译文引自《论颜色》, 王成光译, 载苗力田主编《亚里士多德全集 (第六卷)》, 北京：中国人民大学出版社, 1995 年, 第 13—14 页。——译者注)

[26] 萨特,《想象心理学》, (纽约, 1991), 177。(中文译文引自褚朔维中译本, 第 192—193 页。——译者注)

[27] Henri Bergson,《灵魂与肉体》("The Soul and the Body"), 于巴黎 Foi et Vie 的演讲, 1912 年 4 月 28 日, 载 Henri Bergson,《心灵能量：演讲和散文》(*Mind-Energy: Lectures and Essays*), H.Wildson Carr 编辑 (西港, 康涅狄格州, 1975), 63-4。Bergson 接着又将这一观点用于对听觉影像, 尤其是词汇, 的分析上："同一个单词, 不同的人来念, 或者是同一个人在不同时间或是不同句子中念, 所给出的音符是不同的。这样, 对于一个声音的回忆——一个相对不变和唯一的回忆——又如何能用一个音符来表示呢？"(64)。

[28] *Gilbert Wild's Daylilies*, (Sarcoxie, Mo., 1991).

[29] A. H. 孟塞尔（A.H. Munsell）这位画家于 1898 年开始编辑他的颜色标注系统, 并在之后的十七年中致力于对它的调整和完善。作为对他广泛

传播的色彩图表的补充，孟塞尔还研究出了帮助画家们对光线进行三维想象的方法。在一种方法中，他建议把橙子想象为，分为五个稍稍分散瓣片，但底部仍旧合在一起："将我们所见过的所有红色都聚集于其中的一个瓣上，所有的黄色聚集于另一个上，所有的绿色聚集于第三个上。"他选择了橙子，这与当下的议题也有关。设想所有颜色都汇集于一个本身由某种特定的颜色所覆盖的球体，以便辅助想象颜色的活动，这似乎是反直觉的。但这里以植物性载体当作一个构图底版，使得所有颜色都能够更容易想象出来，尽管球体本身的单色对这种活动有一定的挑战性；A.H. 孟塞尔，*A Color Notation: An Illustrated System Defining All Colors and Their Relations By Measured Scales of Hue, Value, and Chroma*（巴尔的摩，1947），17。　另见 A.H. 孟塞尔，*Atlas of the Munsell Color System*（Malden，马萨诸塞，1915），这本书为 *Color Notation* 一书从二维或三维的角度补充了大量的色彩图表。

[30] 亚里士多德，《论植物》（*On Plants*），822b，823a(强调符号为本书作者所加)，E.S.Forster，载《全集》，第二卷。（中文译文引自《论植物（第二卷）》，徐开来译，载苗力田主编《亚里士多德全集（第六卷）》，第 81、第 83 页。——译者注）

[31] 里尔克，《蓝色绣花球》（"Blue Hydrangea"），载《新诗集（1907）》（*New Poems*[1907]），113。

[32] 里尔克，《一盆玫瑰》（"Bowl of Roses"），197。

[33] 卢梭，《花》（"Flower"），给一本植物学术语词典的注释（*Notes Towards a Dictionary of Botanical Terms*），载《植物学》（*Botany*）,134。

[34] 席勒（Friedrich Schiller），《论人的审美教育》（*On the Aesthetic Education of Man in a Series of Letters*），Reginald Snell 翻译并作序，（纽约，1965），58。

[35] J.K. 于斯曼，《逆天》，Robert Baldick 译（纽约，1959），55，56。（中文译文引自尹伟、戴巧中译本，第 40—41 页。——译者注）

[36] 伍尔芙，《墙上的斑点》，83。

[37] 威廉·华兹华斯，"Evening Voluntaries VI"，"To The Same Flower,""To The Daisy"，载《华兹华斯：诗选》（*Wordsworth: Poetic Works*），Thomas Hutchinson 和 Ernest De Selincourt 编辑（伦敦，1936），358，125，453。

[38] 但丁·阿利格耶里，《神曲·天堂篇》（*Paradiso*），Allen Mandelbaum 译（纽约，1982），30.11.61-69。（中文译文引自《神曲》，黄国彬译注，外语教学与研究出版社，2009 年，第 61—68 行，第 427—428 页。——译者注）

[39] 约瑟夫·艾迪生（Joseph Addison），《想象的乐趣》（"On the Pleasures of the Imagination"）第 7 期，《旁观者》（*Spectator*），no.417, 1712 年 6 月 28 日，载 A. Chalmers 编辑《旁观者》，6:154，156，157。

[40] 黛安娜·阿克曼 (Diane Ackerman)，《感觉的自然史》（*A Natural History of Senses*），（纽约，1991），12。就像 Stephen Greenblatt 告诉我的那样，在《花园》的第 27—32 行，安德鲁·马维尔，对于奥维德关于跨物种之欲的赞美大加赞誉："神，凡间之美所追求和效仿的对象，/ 仍在一棵树中结束了他们的比赛。/ 阿波罗如此追求达芙妮，/ 结果她变成了月桂树。/ 潘确实在绪任克斯身后紧追，/ 但追到的已不是一位仙子，而是一株芦苇"；引自《安德鲁·马维尔：诗歌全集》（*Andrew Marvell：The Complete Poems*), Elizabeth Story Donn 编辑（伦敦，1985），100。马维尔曾保证说：如果他在一棵树上刻下了一位爱人的名字，这将不会是一个凡人的名字，而是这棵树自己的名讳（第 19—24 行）。

[41] 卢梭认为，哲学认知同样需要花朵的参与："*L'étude de la nature nous détache de nou-même et nous élève à son hauteur. C'est en ce sens qu'on devient vraiment philosophe; c'est ainsi que l'histoire naturelle et la botanique ont un usage pour la sagesse et pour la vertu*";" *A Madame la duchesse de Potland*"，1766 年 9 月 3 日，Bernard Gagnebin 在导论中引用了这些话，载 *Lettres sur la botanique par Jean-Jacques Rousseau*，（巴黎，1962），xxxv。

[42] 亚里士多德，《感觉与感觉客体》（*Sense and Sensibilia*），444a，J.I.Beare 译，载《全集》第一卷。

[43] 路德维希·维特根斯坦（Ludwig Wittgenstein），《文化与价值》**261** （*Culture and Value*），Peter Winch 译，G. H. Von Wright 和 Heikki Nyman 编辑（芝加哥，1980），24e："要是我说，在两种情况下我的手都忍不住想去画出它们，那又怎样？"

[44] 路易斯·格吕克（Louise Glück），《门口》（"The Doorway"），载《野生蝴蝶花》（*The Wild Iris*），（霍普韦尔 .N. J, 1992），33。

[45] 奥维德（Ovid），《变形记》1.549-50，554-57, Rolfe Humphries 译（伯明顿，1955）（强调为本书作者所加）。（中文译文引自《伊利亚特、变形记》，缪朗山译，北京：中国人民大学出版社，2011 年，第 351—352 页 [括号内的文字为本书译者的注释]。——译者注）Humphries 在译本中对 "still（仍）" 一词巧妙的三次重复来自奥维德原文的 "hanc quoque"，约翰·德莱顿（John Dryden）也将译作 "still", 18 世纪早期 Samuel Garth 的署名为 "诸

位作家"的译本中也是这样；Frank Justus Miller 于 1984 年在 Loeb 修订译本中，Mary Innes 于 1958 的 Penguin 译本中都将这个词译作 "even" 或者 "even now"，让大脑产生了关于 "even" 的种种词源联想，将其与 "after" "follow upon" "late" 等词联系在一起 (C. T. Onions，《牛津英语词源词典》[*Oxford Dictionary of English Etymology*], s.v. "even"；Robert K.Barnhart，《巴恩哈特语源学辞典》[*The Barnhart Dictionary of Etymology*], s.v. "even")。用 "still" 一词来表示 "even now" 或 "even then" 首次见于 1535 年（巴恩哈特《语源学辞典》, s.v. "even"）。Humphries 对 "still" 一词的第二种使用的根据在于奥维德的 "*adhuc*"，这一译法被广泛地使用，但非被全部译者（德莱顿，Garth 的 "诸位作家"，Innes, Miller）所采纳。Humphries 的 "still" 一词的第三种使用的根据在于表示反事实的前缀 "ut"（译为 '即便'、'即使'），此处的 "still" 是对现在来说只是一个后象的假设情况的强调。Innes 的译本是除 Humphries 以外唯一一个明确表述出这第三个时刻的译本，她用的是 "even" 一词，因此，她也是唯一一个像 Humphries 一样在这些行中三次重复使用的。那些只给出两次重复的作家（德莱顿，Miller，Garth 的 "诸位作家"）常常在构建整个段落时用 "still" 一词来描述拥抱的时刻；甚至是在那些 "still" 只出现了一次的译本中，"still" 一词用来描述的也是整个一段，部分地出于那种 "徘徊" 和 "保持" 的感觉（参见 Brookes More 的译本，以及 A. E. Watts1980 年的译本）。"still" 一词的力量部分来自于停顿的动作——也就是达芙妮突然僵化这一变形的本质特征，部分是因为这个词强调了在一个多变的世界中的永恒之物（绿叶长青，1. 567）和持续之物（月桂之冠 1. 559）。但一种特别的能量还是来自于后象（afterimage）的感觉。

[46] 奥维德，《变形记》1.705,712。此处 Humphries 对于 "still" 一词的使用源于奥维德所用动词 "kept (nomen tenuisse puellae)"，许多作家都在译本中仍将这个词译作一个动词："He took and kept her name(他记下并记住了她的芳名)" (Miller)；"he made her name endure(他让她的名字千古流芳)" (Watts)；"he preserved the girl's name（他保存着这位姑娘的名字）" (Innes)。德莱顿则与 Humphries 一样，使用了 "still" 一词，"he still retains her name(他仍记着她的名字)"；但 Humphries，通过将这一保存过程表述为一个直白的言语行为，译出了这精美绝伦的一行，"He called them Syrinx, still（他仍然称他们为绪任克斯）"。

[47] 柏拉图，《蒂迈欧篇》(*Timaeus*) 77，载《蒂迈欧篇和克里提亚篇》(*Timaeus and Critias*)，Desmond 翻译并作序（纽约，1977）。（中文译

本引自《蒂迈欧篇》，谢文郁译，上海：上海世纪出版集团，2005年，第55页。——译者注）

[48] 亚里士多德，《论植物》，815a。（中文译文引自徐开来中译本，第61页。——译者注）

[49] W. Montagna，《皮肤》（"The Skin"），载《美国科学杂志》（*Scientific America*），11(1959):58-59，转引自 Harvey Richard Schiffman，《感觉与知觉：以综合的角度研究》（*Sensation and Perception: An Integrated Approach*），（纽约，1976），95。

[50] 里尔克，"the lace"，载《新诗集（1907）》（*New Poems[1907]*），93。

[51] Sir Steward Duke-Elder，《眼科学》第一卷，载《进化中的眼睛》（*The Eye in Evolution*）（伦敦，1958），3。

[52] Marcus meister，《视网膜》（"The Retina"）（1994年于马萨诸塞州剑桥区哈佛大学科学中心作的演讲）。

[53] 杜克－埃尔德（Duke-Elder），《进化中的眼睛》，4，6。

[54] 查尔斯·达尔文（Charles Darwin），《植物的运动能力》（*The Power of Movements in Plants*），载《达尔文文集》（*The Works Of Darwin*）第27卷，Paul H. Barrett 和 R. B. Freeman 编辑，（伦敦，1989），415。（中文译文引自《植物的运动》，吕昌厚、周邦立、朱宗岭译，北京：科学出版社，1995年，第364页。——译者注）

[55] 同上，418。（吕昌厚中译本，第422页。——译者注）

[56] 同上，409。（吕昌厚中译本，第413页。——译者注）对林奈的花钟的描述来自于 Duke-Elder，《进化中的眼睛》，10。

[57] 索福克勒斯（Sophocles），《菲罗克忒忒斯》（*Philoctetes*），Kenneth Cavender 译，载《安提戈涅、俄狄浦斯王、埃勒克特拉、菲罗克忒忒斯》（*Antigone, Oedipus The King, Electra, Philoctetes*），Robert Corrigan 编（纽约，1965），189.

[58] 欧里庇得斯（Euripides），《赫卡柏》（*Hecabe*），1.410，2，435-37，出自《美狄亚和其他戏剧》（*Medea And Other Plays*），Phillip Vellacott 编辑并作序（纽约，1963）。

[59] 里尔克，《一盆玫瑰》，193-195。

5. 第一种方法：明亮之光照

[1] 荷马，《伊利亚特》(*Illiad*)，Robert Fagles 英译并注释，Bernard Knox (纽约，1990)，8：641，650-53；19:424-30。(中文译引自《伊利亚特》，罗念生、王焕生译，北京：人民文学出版社，1994 年，第 188、第 455 页。——译者注)

[2] 同上，9:372；19:496；2:784 和 11:707；19:51，53，62。

[3] 同上，18:477，450，445。

[4] 同上，1:637，590-93；18:431-33。(中文译文引自罗念生、王焕生中译本，第 23、20、434 页。——译者注)

[5] 同上，19:478，473。

[6] 同上，14:265。

[7] 苏格拉底在《欧蒂弗罗篇》(*Euthyphro*)(11B，14E) 中，通过先祖代达罗斯 (Daedalus) 的雕塑之例，明确地将物质表现和语言表现中的动态联系在一起，并承诺要在自己的叙述中使图像动起来。

263　[8] 同上，19:438-78 各处。有关阿基琉斯之盾的闪光 (19: 448-49) 的主题意义，请参看 Gregory Nagy 的《亚加亚人的杰作：希腊诗歌中的英雄概念》(*The Best of the Achaeans: Concepts of the Hero in Archaic Greek Poetry*)，修订版 (Baltimore，1999)，338-42。

[9] 同上，22:32-35，38，157-58，160-61。(中文译文引自罗念生、王焕生中译本，第 501、第 504 页。——译者注)

[10] 同上，18:330。(中文译文引自罗念生、王焕生中译本，第 431 页。——译者注) 闪光使其头部动作变得可见，不论是他点头的动作——"那头戴闪亮铜盔的伟大的赫克托尔 (点头) 对她说"(6:521)——还是其摇头的动作 (6:312)(中文译文引自罗念生、王焕生中译本，第 140 页。——译者注)，抑或他在回答之时 (6:620)(中文译文引自罗念生、王焕生中译本，第 149 页。——译者注)。这闪光还带我们回顾了他四肢和躯干上的姿势——比如"显赫的赫克托尔这样说，把手伸向孩子"(6:556-57)(中文译文引自罗念生、王焕生中译本，第 147 页——译者注)，又如在阿基琉斯所绘之图中，赫克托尔离地而起："我……去看特洛伊王子、/ 头戴闪亮铜盔的赫克托尔会不会高兴 (地跃起)，/ 在我们出现在战阵之间的空隙的时候。"(8:431-33)，(中文译文引自罗念生、王焕生中译本，第 181 页——译者注)。括号内为本书译者按 Scarry 的文义所加。

[11] 同上，22:183-93 中各处。

[12] 同上，22:197-99。

[13] 同上，22:597-98。

[14] 同上，9: 412, 3: 170, 207。

[15] 同上，6:375-78 多处。（中文译文引自罗念生、王焕生中译本，第 142 页。——译者注）

[16] 同上，16:134-36,127,131-32。（中文译文引自罗念生、王焕生中译本，第 366 页。——译者注）

[17] 同上，14:393,210,214,225。（中文译文引自罗念生、王焕生中译本，第 321、第 327 页。——译者注）

[18] 同上，6:473, 475。（中文译文引自罗念生、王焕生中译本，第 145 页。——译者注）

[19] 同上，22:547-48, 550-55。（中文译文引自罗念生、王焕生中译本，第 517 页。——译者注）

[20] 济慈 (Keats)，"I Stood Tip-top"，第 91-92 行；华兹华斯（Wordsworth），《狄翁》("Dion")，169，第 18、4 行；惠特曼（Whiteman），《从永久摇荡着的摇篮里》("Out Of The Cradle Endless Rocking")，392(中文译文引自《草叶集选》，楚图南译，第 227 页。——译者注)；荷马，《伊利亚特》，24:380。

6. 第二种方法：轻薄性

[1] 古斯塔夫·福楼拜，Francis Steegmuller 英译 (纽约，1991)，117。（中文译文引自许渊冲中译本，第 98 页。——译者注）

[2] 艾米莉·勃朗特，《呼啸山庄》，David Daiches 编辑，（纽约，1965)，193，367。（中文译文引自《呼啸山庄》，杨苡译，南京：译林出版社，2011 年，第 149、第 322 页。——译者注）福楼拜，《包法利夫人》，20, 279。（中文译文引自许渊冲中译本，第 16、第 235 页。——译者注）

[3] 荷马，《伊利亚特》，Robert Fagles 英译并注释，Bernard Knox（纽约，1990)，22:321-22, 337, 341。

[4] Jeffrey Glassberg，《望远镜里看蝴蝶：波士顿、纽约、华盛顿地区蝴蝶实地指南》(*Butterflies Through Binoculars: A Field Guide to Butterflies in the Boston-New York-Washington Region*)，（纽约，1993)，33，35。

[5] 一个突出的例外是优雅的燕尾蝶，它有着"缓慢的、盘旋式的飞行姿态"(Glassberg，23)，这使得我们，即便是在它们飞行的时候——在它们

264　驻足于一朵东方百合（如虎纹燕尾蝶）、檫树（如西美腊梅燕尾蝶）、欧芹、胡萝卜、三叶草（如黑色燕尾蝶）吮吸花蜜之前——也能分辨出它们不同的花纹和颜色。它们飞行速度之缓慢可以解释为什么 Glassberg 几乎没有给出任何关于每次飞行的描述，而是直接转向了它们的色彩。Nabokovian Blues 有时也受到同样的待遇。尽管 Glassberg 偶尔也提及它们飞行的姿态，但这相比于灰蝶、粉蝶或者蚬蝶的飞行描述，显得微不足道。对此的解释毫无疑问在于，就他的观察来说，Blues 的飞行是"相对缓慢、容易追踪的"（44），这也就意味着我们只需停留在它们周围等着它们停下来，只需要通过颜色和花纹便可将它们辨认出来。

[6] 同上，33。Glassberg 在辨别一百六十种蝴蝶不同的飞行姿态上的专业能力会对我们有所误导，让我们过分高估了描述轻薄之物的动态的容易程度。Glassberg 的描写非同寻常。在《说吧，记忆》（*Speak, Memory*）中，纳博科夫列举了一些法国、俄国和英国诸多文献中对蝴蝶所作的最为精彩的描述，其中只有一例以其动态描写之准确赢得了纳博科夫的赞叹。

纳博科夫自己对于蝴蝶的描述令人陶醉："在一条两旁栽满了山杨的沟渠旁，我确信能在六月的第三个星期发现大型蓝黑蛱蝶，带着纯白色的条纹，滑行、盘旋于湿润的泥土之上，那泥土的颜色与它们停下脚步收拢翅膀时翅膀内侧的斑点搭配得极为完美。""在一片挂着暗淡、梦幻般的蓝色果实的水越橘矮丛中，在污浊的流水的土黄色的漩涡之上，在苔藓和沼泽之上，在叶状沼兰（俄国诗歌中称为 nochnaya fialka）散发着芬芳的花穗之上，那被冠以诺斯女神（Norse goddess）芳名的、风尘仆仆的小豹纹蝶低低地快速掠过。"他对两只灰蝶的描述是通过明亮之光照而非轻薄性来展开的："从一朵头状花序上，两只雄性灰蝶一直向上冲去，到达了很高的高度上——然后，不一会儿，其中一只又闪电般地向下俯冲，回到他的蓟叶上。"在每一篇描述中，花朵的出现都为我们能够成功地重绘出他所述蝴蝶的飞行姿态作出了不可忽视的贡献。（《说吧，记忆：自传回放》（*Speak, Memory：An Autobiography Revisited*），Brian Boyd 作序，[纽约，1999]，102，106，101。）

[7] 同上，27-33 页各处。

7. 第三种方法：增加和移除

[1] 古斯塔夫·福楼拜，《包法利夫人》，Francis Steegmuller 英译（ 纽约，1991），16，110。（中文译文引自许渊冲中译本，第 13、第 92 页。——译者注）

[2] 同上，279。强调为本书作者所加。（中文译文引自许渊冲中译本，第 234 页。——译者注）

[3] 荷马，《伊利亚特》，Robert Fagles 英译并注释，Bernard Knox(纽约 **265** 1990)，2:548，469-73，243-44；9:6-7。

[4] 艾米莉·勃朗特，《呼啸山庄》，David Daiches 编辑，（纽约，1965)，197。（中文译文引自杨苡中译本，第 153 页。——译者注）

[5] 同上，48，280。（中文译文引自杨苡中译本，第 4、第 237 页。——译者注）

[6] 同上，199。（中文译文引自杨苡中译本，第 155 页。——译者注）

[7] 约翰·邓恩 (John Donne)，《哀歌 19: 致他上床的情人 》（"Elergy 19: To His Mistress Going to Bed"），载《英语诗歌全集》(Complete English Poems)，A.S. Smith 编辑（纽约，1971)，125。在这五个静止的方位词之后，邓恩紧接着写了令人惊讶的宣言式的一行，不管我们是否注意到，它都以一幅清晰的图片展现出来："哦，我的美利坚，我的新大陆……"就仿佛他是在对读者说，请干这个，过了一会儿，他又说，谢谢你作了这件事，到了接受感谢的这一刻，我们才发现原来图片已经成功地被我们绘制出来了。赞美上帝吧，邓恩在他的一篇沉思录中告诉我们，你在赞美中所描述的各个细节都将成为一个契约，描述你希望在他身上发现的那些特征。感谢读者，他也许可以这样说，于是她或者他就会产生这样一个印象，似乎已经完成了作者布置下的思维任务，并且在这种信念之下，即便那一项任务尚未完成，也于此刻完成了一半。

[8] 沃尔特·惠特曼，《从永久摇荡着的摇篮里》("Out Of The Cradle Endlessly Rocking")，载《沃尔特·惠特曼: 诗歌全集及散文选集》。（中文译文引自《草叶集选》，楚图南译，第 223 页。——译者注）

[9] 正如 John Plotz 所说的那样，托马斯·哈代在 "On the Western Circuit" 中通过一组快速切换的静态图片创造了旋转木马的转动，也许是在脑海中事先有了一个"幻透镜"，即由一组可以旋转的静态图片组成的 19 世纪电影的前身。("Motion Sickness: Spectacle And Circulation In Thomas Hardy's 'On The Western Circuit'"，载 Studies In Short Fiction,33 [1996, 374-79]。）虽说语言艺术大量使用静态图片比"幻透镜"早几百上千年。

[10] 荷马，《伊利亚特》，Robert Fagles 英译并注释，Bernard Knox(纽约，1990)，22:237，240-41;2:901-3;22:454-58。（中文译文引自罗念生、王焕生中译本，第 507、第 500、第 55、第 423、第 514 页。其中第 500 页和

第 423 页的译文，本书译者在括号内稍有添加。——译者注）

8. 第四种方法：拉伸、折叠和倾斜

[1] 古斯塔夫·福楼拜，《包法利夫人》，Francis Steegmuller 英译（纽约，1991），25。（中文译文引自许渊冲中译本，第 20 页。——译者注）

[2] 同上，270，275。

[3] 同上，20。艾米莉·勃朗特经常使用听觉图片，比如丁耐莉在隔墙倾听时说道："我可以听到希克厉夫先生的脚步不安定地在地板上踱着。"

266（《呼啸山庄》，David Daiches 编辑，[纽约，1965]，362。[中文译文引自杨苡中译本，第 317 页。——译者注]）运动的听觉图片是一个值得在别的某个地方好好研究一番的问题，我第一次意识到这个问题是在听 John Plotz 关于哈代散文中的节奏的演讲的过程中。

[4] 福楼拜，《包法利夫人》，120，272，96。（其中所注 96 页引文出自许渊冲中译本，第 81 页。——译者注）

[5] 同上，111，252。（中文译文引自许渊冲中译本，第 92、第 212 页。——译者注）

[6] 同上，97。（中文译文引自许渊冲中译本，第 81 页。——译者注）

[7] 威廉·莎士比亚，《亨利四世》（*King Henry IV*），第一部分，ACT2：3，91-92。

[8] 福楼拜，《一颗单纯的心》（"A Simple Heart"），载《三故事》（*Three Tales*），Robert Baldick 翻译并作序（哈蒙兹沃思，1961），45。

[9] 勃朗特，《呼啸山庄》，359。（中文译文引自杨苡中译本，第 314 页。——译者注）

[10] 荷马，《伊利亚特》（*Illiad*），Robert Fagles 英译并注释，Bernard Knox(纽约,1991)(此处年份可能有误，其余注释均为 1990——译者注),2：168-73。（中文译文引自罗念生、王焕生中译本，第 31 页。——译者注 ）当写到斯卡曼德罗斯河神试图将阿基琉斯从草原上驱逐出去时，荷马结合使用了拉伸和向下旋转的方法：这条河"在阿基琉斯周围竖起可怕的巨浪，/ 翻腾着扑向盾牌，阿基琉斯站立不稳，/ 伸手抓住一棵高大的榆树树干，/ 榆树被连根拔起，带起大片河堤，/ 繁茂的枝叶堵塞了清澈的流水，"（21:272-76，强调符号为本书作者所加。[中文译文引自中译本，第 485 页。——译者注]）

[11] 福楼拜，《包法利夫人》，15，267。（中文译文引自许渊冲中译本，

第 12、第 224 页。——译者注）

[12] 荷马，《伊利亚特》，1:66；2:111，117-19，127，132。（中文译文引自罗念生、王焕生中译本，第 3、第 29-30 页。——译者注）

[13] 约翰·济慈，"Song"（I had a dove and the sweet dove died）。

[14] 威廉·华兹华斯，《知更鸟》（"The Redbreast"），114:14-17，20-26。

[15] 福楼拜，《包法利夫人》，116。（中文译文引自许渊冲中译本，第 97 页。——译者注）

[16] 同上，111-12。（中文译文引自许渊冲中译本，第 93 页。——译者注）

[17] 同上，254，13，279，254，20。（中文译文引自许渊冲中译本，第 214、第 11、第 235、第 214、第 16 页。——译者注]

[18] 同上，90。（中文译文引自许渊冲中译本，第 76 页。——译者注）

[19] 同上，271，119，96。（中文译文引自许渊冲中译本，第 228、第 100、第 81 页。——译者注）

[20] 同上，119，251，255。

[21] 同上，15，18。

[22] 勃朗特，《呼啸山庄》，160，161。（中文译文引自杨苡中译本，第 116 页。——译者注）

[23] 同上，361，363，67。（中文译文引自杨苡中译本，第 316，22—23 页。——译者注）

[24] 同上，67。（中文译文引自杨苡中译本，第 116 页。——译者注）

[25] 同上，194。（中文译文引自杨苡中译本，第 150 页。——译者注）

[26] 同上，136-37，195。（中文译文引自杨苡中译本，第 93,151 页。——译者注）

[27] 福楼拜，《包法利夫人》，254-55。（中文译文引自许渊冲中译本，第 215 页。——译者注）

[28] 勃朗特，《呼啸山庄》，189。

[29] H. Damasio, T.J. Gabowsky, D. Tranel, R.D. Hichwa, A.R. Damasio,《词汇提取的神经基础》（"A Neural Basis For Lexical Retrieval"），380，载《自然》（*Nature*）(1996)，499-505。

[30] Alex Martin 与同事们已经展示出这个联系：与给动物命名不同，**267** 给工具命名激活了"[大脑] 左侧的运动前区，而手的运动也可能激活该区域，左颞中回的区域则可以被运动词汇的产生所激活。" Alex Martin, Cheri L. Wigs, Leslie, G. Ungerleiderm James V. Haxby, "Neutral Correlates Of

Category –Specific Knowledge" 379,《自然》(*Nature*) (1996 年 2 月 15 日)。

[31] 参见 Harvey Richard Schiffman,《感觉与直觉：一个综合性的角度》(*Sensation And Perception: An Integrated Approach*)（纽 约，1976），100，引用并采纳了 1950 年 W. Penfield 和 T. Rasmussen 的研究。

[32] 关于考斯林对于想象感觉"负载于（piggybacks on）"传递真实感觉的神经路径方式的研究，参见第一章，注释 5；第三章，注释 6；第四章，注释 14；另外一项研究显示，在阅读颜色词汇的过程中被激活的那部分大脑区域与感知到颜色的区域位置上十分相近；因此，同理，动作词汇也能激活在真实感知运动时工作的那部分区域。参见，Alex Martin, James V. Haxby, Francois M. Lalonde, Cheri L. Wigs, Leslie, G. Ungerleiderm,《与颜色认知和动作认知相关的具体脑皮层区域》("Discrete Cortical Region Associated With Knowledge Of Color And Knowledge Of Action"),270《科学》(*Science*)，(1995)，102。

[33] 勃朗特,《呼啸山庄》，67。（中文译文引自杨苡中译本，第 23 页。——译者注）

[34] 同上，263。（中文译文引自杨苡中译本，第 219 页。——译者注）

[35] 华兹华斯《序曲》第一卷，447-49 行，载《华兹华斯：诗选》(*Wordsworth: Poetic Works*), Thomas Hutchinson 和 Ernest De Selincourt 编辑（伦敦，1967），500。根据神经学家 J. Allan Hobson 的研究，眼睛的转动在夜梦中扮演着重要的角色，因此 "dream sleep" 又经常被称为 "快速眼动睡眠（REM sleep)"。快速眼动睡眠中的眼睛的运动帮助了梦中图像的生动化，并与梦中的运动的产生有着直接的联系：人们相信，梦中人物的每一次运动都是伴随着眼睛的运动而发生的。《做梦的大脑》(*The Dreaming Brain*)（纽约，1988），142，211。

[36] 从 1200 年之前中世纪英语的 "striden" 找了的该词源，在巴哈特（Robert Barnhart）的《巴哈特词源字典》(*Barnhart Dictionary Of Etymology*)（纽约，1988）和 C.T. Onions 所编的《牛津英语词源词典》(*Oxford Dictionary Of English Etymology*)（牛津，1966）中都提及。巴哈特还提到，在 800 年之前的古英语中，"stride" 是一个量词，"即一步之长的距离"。"两腿宽距离地分开" 来自 ML German。另参见 Ernest Klein,《英语词源学综合词典》(*A Comprehensive Etymological Dictionary Of The English Language*)（阿姆斯特丹，1971）。

268 　[37] Walter Skeat 将这两个意思结合在一起——大步行走以及斗争或竞赛——因为他发现，"stride" 一词的原义为 "两个并肩行走的男子，为了

超越对方而迈着一步长于一步的步伐进行的竞争"，《牛津英语词源词典》
（*Oxford Dictionary of English Etymology*）（牛津，1989）。但即便没有这样
的奇思和貌似真理的解读，我也相信"一步"和"更长的一步"两张图片是
一起出现的。

[38] 荷马，《伊利亚特》，6:341-59。（中文译文引自罗念生、王焕生中
译本，第 141 页。——译者注）

[39] 同上，17:445-60，464-65。（中文译文引自罗念生、王焕生中译本，
第 407 页。——译者注）

[40] 同上，17:493，499-501，502-8。（中文译文引自罗念生、王焕生
中译本，第 408—409 页。——译者注）在 Frank Bidart 的哀歌《为乔所作
带有马匹图样的硬币：c. 350-325BC》（"A Coin For Joe, With The Image Of
A Horse: c.350-325BC"）中，马颈的力量和诗歌肃穆的运动都包含着一种
渴望，渴望达到目前不在场的人（甚至是整个文明社会）的空间。《渴望》
（*Desire*）（纽约，1997），23。

[41] 同上，24:404-6，377-81。（中文译文引自罗念生、王焕生中译本，
第 563、第 564 页。——译者注）

[42] 同上，22：514-15，517-18，547-54。（中文译文引自罗念生、王焕
生中译本，第 516、第 517 页。——译者注）

9. 第五种方法：花的假设

[1] 根据 1821 年出版的《药品和毒品手册》，杏仁糖浆——曾为大麦
所制——到 19 世纪改以杏仁、橙子花和蔗糖为原料。该手册将这种乳状
液体的颜色表述为"白灰黄混合色"，并指出其气味和口感和橙子花相
近。这本手册被一本重要的书所引用，这本书是 *Trésor de langue française:
Dictionnaire de la langue du XIXe et du XXe siecle (1789-1960)*，Centre
national de la recherche scientifique（巴黎，1986），vol. 12，623。福楼拜对
杏仁糖浆的描写出现在他详细描写吕茜头上所戴橙子花之后的第四段（《包
法利夫人》，Francis Steegmuller 译，[纽约，1991]，253。[中文译文引自许
渊冲中译本，第 215 页。——译者注]）

[2] 福楼拜，《包法利夫人》，255。（中文译文引自许渊冲中译本，第
215 页。——译者注）

[3] 1996 年 5 月与剑桥大学皇帝学院 George Salt 的谈话，以及 George

Salt 1996 年 6 月 19 日的来信。这里所有关于纸和墨水的参考书籍均是 Salt. Ernest Walter Peacock 教授慷慨地告诉我的，他载于 *Chambers's Encyclopaedia* 的关于墨水的论文指出，从碳悬浊液中提取墨水的方法从公元前 3400 年的埃及时代一直沿用到现在（修订版 [伦敦，1973]，第七卷，第 583 页）。关于用栎五倍子制作墨水的时间则是有争议的：有些学者以 12 世纪西奥菲勒斯的配方为最早；其他学者则认为在 600 年或 700 年；甚至还有学者将该时间追溯至公元 100 年前后，因为 Hebrew Mishnah 经常在他 **269** 们的墨水配方中提到绿矾、栎子和树胶。(583-585) 自公元前 2697 年起，植物——腰果、印果、毒葛、毒漆藤——的浆汁就曾被用于给亚麻染色。(Peacock，584)

[4] 西奥菲勒斯（Theophilus），《艺术各类》（*The Various Arts*[*De Diversis Artibus*]），C.R. Dodwell 编辑翻译（牛津，1986），34。

[5] Frederick Howard Llewellyn Thomas，《纸张》，载于 Chambers's Encyclopedia X，434-436。逐渐地，在经历了多个世纪之后，植物性纸张几乎完全取代了羊皮纸和犊皮纸的地位，只有重要文件除外。有关于动物材料的详述，可参见 R. Reed，《古代的毛皮、羊皮和皮革》（*Ancient Skins, Parchments, and Leathers*）（伦敦，1972）。有趣的是，某些用于纸张和两种墨水的制造的植物材料在动物制革法中也都出现了。Reed 援引了一段公元前 800 年的苏美尔文献，文献中有一段关于将皮革浸没在植物制品 (48)（如面粉、啤酒、葡萄酒以及栎五倍子）的方法说明；古巴比伦和古埃及文献中也曾有将栎五倍子用于制革的记载 (76)。在其他地方，Reed 还提出，这种植物制革法已有了四千多年的历史："古代流传下来的皮革大部分都与植物丹宁有关……用于某个阶段……在它们制造的过程中。"(72，81) 羊皮与皮革不同，并不是用丹宁进行加工的；但是当用丹宁质的墨水在羊皮纸上进行书写时，墨水与羊皮纤维起反应的方式却与丹宁是类似的 (155)。石灰，植物材料的粉末，是另一种用于制羊皮纸的材料 (57，136)，在纸上起反应的方式与碳的悬浊液有些许的近似。

[6] 荷马，《伊利亚特》，Robert Fagles 英译，Bernard Knox 作序并作注（纽约，1991）2:549-54。（中文译文引自罗念生、王焕生中译本，第 42 页。——译者注）

[7] 同上，2:102-5，171-72，173-75。（中文译文引自罗念生、王焕生中译本，第 31 页。——译者注）

[8] 福楼拜，《包法利夫人》，104-8。（中文译文引自许渊冲中译本，第

87、第 90 页。——译者注）

[9] 荷马，《伊利亚特》，2:879-82。（中文译文引自罗念生、王焕生中译本，第 54 页。——译者注）

[10] 谢莫斯·希尼，"Mycenae Lookout"，载《精神层面》（纽约，1996），33。

[11] 荷马，《伊利亚特》，24:528-38。（中文译文引自罗念生、王焕生中译本，第 569 页。——译者注）此处与其他许多处一样，一个动作也是为另一动作预备。在稍后的几行中，忒提斯被想象在祈求，"他的美发的母亲"；接着"普里阿摩斯则从车上跳到地上"（24:547-550，[中文译文引自罗念生、王焕生中译本，第 570 页。——译者注]）对于"美发飘逸"和"普里阿摩斯则从车上跳到地上"两个动作的合并深深植根于《伊利亚特》中，因为有时看起来，荷马似乎第一眼就在脑海中看到了海伦的柔美秀发，并对整个故事的运动发展成竹在胸了。

[12] 同上，18:509-11。（中文译文引自罗念生、王焕生中译本，第 436 **270**页。——译者注）亦可参看 18:64-66。

[13] 同上，17:59-66。（中文译文引自罗念生、王焕生中译本，第 396 页。——译者注）

[14] 参看 J.V. Luce，《荷马和赫西俄德笔下的城邦》，78，《爱尔兰皇家科学院学报》(1978)，1-15，以及 Gregory Nagy，《阿基琉斯之盾：〈伊利亚特〉的结尾和城邦的兴起》，载 Susan Langdor 编，《黑暗时代的新光：探寻几何陶时代的希腊文明》（哥伦比亚，Mo.，1997），194-207。

[15] 希罗多德，《历史》，Aubrey de Selincourt 译，A. R. Burn 作序及注，修订版（纽约，1986），41-45，170-75。

[16] 荷马，《伊利亚特》，18:558-709。（中文译文引自罗念生、王焕生中译本，第 440—442 页。——译者注）

[17] 艾米莉·勃朗特，《呼啸山庄》，David Daiches 编辑，（纽约，1965），262。（中文译文引自杨苡中译本，第 219 页。——译者注）

[18] 同上，263。（中文译文引自杨苡中译本，第 219 页。——译者注）

[19] 同上，263，强调为本书所加。（中文译文引自杨苡中译本，第 220 页。——译者注）

[20] 同上，265。（中文译文引自杨苡中译本，第 219—222 页。——译者注）

10. 回旋

　　[1] 亚里士多德此处在对他将要挑战的那些先前的哲学家们的观念和判断进行总结。亚里士多德,《灵魂论》(*De Anima*), Hugh Lawson-Tancred翻译并作序、注 (伦敦, 1986), 第一卷, 第二章405A部分, 以及第三章406B部分。对于圆环的观点的表述, Hugh Lawson-Tancred译本的描述比J.A. Smith第二章中的描述的更加清晰明确。

　　古代哲学家们指出大脑想象球型特别容易, 即使在今天的认知心理学家和神经学家们的研究中也是显而易见的。参看上述引文, 第三章, 注释[7], 关于旋转实验的文献记录; 同时参见J.Allen Hobson关于"Curvilinear Trajectories"在夜梦中的盛行的论述, 载 *Dreaming Brain*, 248-50。

　　[2] 荷马,《伊利亚特》, Robert Fagles英译并注释, Bernard Knox(纽约, 1990), 18:262-64, 330, 434, 437-40。(中文译文引自罗念生、王焕生中译, 第434页。——译者注)

　　[3] 同上, 17:303-4 (对比410), 130-32, 320-26, 813, 815-25。(中文译文引自罗念生、王焕生中译本, 第403、第398、第403、第419页。——译者注)

　　[4] 同 上, 24:315-17, 432-33, 315, 523-25, 181, 213, 225, 311, 315-17。(前两段引文为本书译者根据作者原意及所选英译本翻译, 其余依次引自罗念生、王焕生译本, 第558、第561页。——译者注)

　　[5] 同上, 24:19 (对比60-61), 491-92 (对比887), 64, 682, 688-93, 679, 758-59, 798, 836, 850-52, 932-35。(中文译文引自罗念生、王焕生中译本, 第552、第568、第554、第574、第576、第579、第581页。——译者注) 安德罗马克抱住赫克托尔的头, 后者被装在一只柳条大筐中运到她面前, 但荷马从未说过赫克托尔在柳条筐中摇晃, 这也许是因为这么做将会使这悲惨的庄严和柔弱的混合体向着柔弱的方向偏得太远。荷马保持着这柔和的语调, 通过将运动重新设置于普里阿摩斯的雄伟肖像的身上, 保护了赫克托尔, 使其远离婴儿的氛围。当卡珊德拉站在特洛伊城墙上远眺, 看见父亲带着兄长的尸首回来的时候, 荷马写道, 她"望见她父亲站在车上" (24:822)。(中文译文引自罗念生、王焕生中译本, 第578页。——译者注)

　　[6] 艾米莉·勃朗特,《呼啸山庄》, David Daiches编辑, (纽约, 1965), 160。(中文译文引自杨苡中译本, 第116页。——译者注)

　　[7] 威廉·华兹华斯,《水鸟》("water fowl"), 载《华兹华斯: 诗选》(*Words-worth: Poetic Works*), Thomas Hutchinson和Ernest de Selincourt编辑,

271

(伦敦，1936)，174:8-14。(中文引自杨德豫中译本，第 131 页。——译者注)

[8] 荷马，《伊利亚特》，24:272。(中文译文引自罗念生、王焕生中译本，第 560 页。——译者注)

[9] Kenn Kaufman，《北美鸟类的生活》(*Lives of North American Birds*)，(波士顿，1996)，345。

[10] 参见上述著作，347，342，348。

[11] 同上，334。Kaufman 在细述这些名字之前，特别说明了这些名字如何反映出"[鸟儿]颜色的惊艳之美。"

[12] 荷马，《伊利亚特》，24:318-25。(中文译文引自罗念生、王焕生中译本，第 561 页。——译者注)

11. 滑冰

[1] 列夫·托尔斯泰 (Leo Tolstoy)，《安娜·卡列尼娜》(*Anna Karennin*)，Rosemary Edmonds 译 (纽约，1954)，43，44。滑冰的场景位于 42—45 页。(中文译文引自《安娜·卡列尼娜》，草婴译，上海：上海译文出版社，1989 年，第 38—39 页。——译者注)

[2] 艾米莉·勃朗特，《呼啸山庄》，David Daiches 编辑，(纽约，1965)，51，47，273，275。(中文译文引自杨苡中译本，第 235、第 3、第 232、第 230 页。——译者注)

[3] 约翰·阿什伯利，《诗亦犹画是她的芳名》("And *Ut Pictura Poesis* Is Her Name")，载《诗选》(*Selected Poems*) (纽约，1985)，235。

[4] 谢莫斯·希尼 (Seamus Heaney)，"Crossings xxvii"，载《幻视》(*Seeing Things*) (纽约，1991)，82。

[5] E.R.Gregory，《弥尔顿和女神》(*Milton and the Muses*) (塔斯卡罗萨，1989)，82。Gregory 将它的结论建立在弥尔顿读书时期可得到的各种语法书这一基础之上：musa 是"词性变化表上第一类词形变化的名词"。

[6] 比彻·斯托 (Harriet Beecher Stowe)，《汤姆叔叔的小屋》(*Uncle Tom's Cabin*) (纽约，1977)，66，58。(中文译文引自《汤姆大伯的小屋》，黄继忠译，上海：上海译文出版社，1993 年，第 55、第 48 页。——译者注)

[7] 希尼谈到了华兹华斯"滑冰"的"生动"、"欢快"和"叙事决心"，但同时也提到了在本地运动之下，出现于这里也贯穿于所有关于散步的诗篇的地球本身可感知的旋转："他的诗步复述着他的脚步，地球仿佛

是他踏动的一辆踏车；地球的每日自传从诗歌的节拍中就能感觉得到，整个世界就好像转动于他声音瀑布下的水车。"摘自"The Makings of a Music: Reflections on Wordsworth and Yeats"，载《先入之见：散文选（1968—1978）》(*Preoccupations: Selected Prose, 1968-1978*)（纽约，1980), 68。

[8] 威廉·华兹华斯，《序曲或一位诗人心灵的成长：一首自传诗》(*The Prelude or Growth of a Poet's Mind: An Autobiographical Poem*) 第 一 卷，第 431—34 行，载《华兹华斯：诗选》，Thomas Hutchinson 和 Ernest De Selincourt 编辑，（伦敦，1936）500。

[9] 荷马，《伊利亚特》，Robert Fagles 英译并注释，Bernard Knox(纽约，1990), 24:316, 328-29。（中文译文引自罗念生、王焕生中译本，第 562 页。——译者注）

[10] 华兹华斯，《序曲》第一卷，第 446—463 行。

[11] 对于用哪些字母来拼出滑冰突然停住时的声音，我要特别感谢 Joseph Scarry，他提醒我可以用参考来描述不同动作的拟声词汇：滑冰时的 "shchoosh"，乘坐狗拉雪橇时的 "schuss"，篮球顺利穿过篮筐而未触及筐边和篮板时 "swish"。例如可参看 Ken Mcalpine 的 《丛林中疾驰的沙沙声》("A Quick Schuss in the Woods")，载《体育画报》(*Sports Illustrated*)，1997 年 2 月。

[12] "Crossings xxvii"，载《幻视》，81；优美的 "The Ash Plant" 和 "I.I.87" 载于 21, 22。在 "Crossings xxvii" 中，希尼写到了他的亲生父亲；但根据他在下文中所作的描述，也可能是指在世的教父。

[13] 华兹华斯，《序曲》，第一卷，第 4, 62, 68, 397, 489 行。

[14] 华兹华斯，《序曲》，第一卷，第 80—85, 307—9, 616, 483—85 行。

12. 借花加速

[1] 列夫·托尔斯泰，《安娜·卡列尼娜》，Rosemary Edmonds 译（纽约，1954),40,41,45。（中文译文引自草婴中译本，第 36、第 41 页。——译者注）

[2] 同上,260-261。（中文译文引自草婴中译本，第 305、第 306 页。——译者注）

[3] 同上，270-73 各处，276。（中文译文引自草婴中译本，第 314—319 页各处。——译者注）

[4] 同上，276-277。（中文译文引自草婴中译本，第 322—323 页。——

译者注)

[5]同上,212-14各处。(中文译文引自草婴中译本，第249—250页。——译者注)

[6] Paul Robert, *Le Grand Robert de la langue française :Dictionnaire alphabétique et analogique de la Langue française*，第二版（巴黎，1985），iv. 746。Verlaine, *Romances sans paroles*，引自 *Le Grand Robert*。

[7] J.E. Mansion,《哈腊普新编法英字典》(*Harrap's New Standard French and English Dictionary*)（伦敦，1980），第一卷，F: 45 以及 *Le Grand Robert*。

[8] H.Meilhac 与 L. Halévy《弗鲁 - 弗鲁》(*Frou-Frou*)（伦敦，1980）。研究托尔斯泰的学者还发现该作品中女主角的不忠与托尔斯泰笔下的安娜有几分类似。参见，Amy Mandelker,《描绘安娜·卡列尼娜：托尔斯泰，妇女问题以及维多利亚式小说》(*Framing Anna Karennin: Tolstoy, the Women Question, and the Victorian Novel*)（哥伦布，俄亥俄州，1993），155，208n.30。在整部剧作中，女主角都与运动（她"旋风般奔"上场）以及丝绸衣裳（43，49，71）联系在一起。

[9] 托尔斯泰,《安娜·卡列尼娜》，舞会场景位于90—96页各处。(中文译文引自草婴中译本，第98—107页各处。——译者注)

[10] 同上，93。(中文译文引自草婴中译本，第99、第101页。——译者注)

[11] 同上，96。(中文译文引自草婴中译本，第105页。——译者注)

[12] Jeffrey Glassberg,《望远镜里看蝴蝶：波士顿－纽约－华盛顿地区蝴蝶实地指南》(*Butterflies Through Binoculars: A Field Guide to Butterflies in the Boston-New York-Washington Region*)（纽约，1993），69，48。 **273**

[13] 托尔斯泰,《安娜·卡列尼娜》，93。(中文译文引自草婴中译本，第101页。——译者注)托尔斯托三次用来表示紫颜色的词语"lilovyi"——与法语表示该颜色的词汇"lilas"和英语中颜色词"lilac"一样——最终都与阿拉伯语、波斯语和土耳其语中表示丁香丛的词汇联系在一起。但在法语和英语中，表示颜色与表示植物的词（法语中的"lilas"和英语中的"lilac"）是同一个词，但在俄语中，表示植物的词却为"siren"。也许对于一位土生土长的俄国读者来说，吉娣在安娜周围看见的那彩色光环完全是安娜头上所带之三色堇光辉的散射，而不是像我所说的那样，是法语中该词汇所表示的三色堇和丁香花的混合物。但就后一种观念来说，应该说托尔斯泰

在舞会场景中使用了相当多的法语词汇，使运动在俄国式的和法国式的之间
徘徊（就像在赛马场一景中，他在对英国马科尔德的描绘中大量使用了英语
语句一样。这或许是在提醒读者们，在他拉动缰绳时，注意与这位英国侍从
（也可以指新郎）的名字中的同形异义的英语词汇的意思。

[14] 同上，92，93，90，202。（中文译文引自草婴中译本，第 101、第
98、第 235 页。——译者注）

总结：教想象中的鸟儿飞翔

我在第二和第三部分中对鸟的描述分散地参阅了我多年来读到的许多书
籍。关于红衣凤头鸟的体温和心跳，以及蜂鸟和天鹅的羽毛数（第 123 和
124 页 [页边码——译者注]）参考了 Olin Sewall Pettingill, Jr. 的《鸟类学
实验室和田野手册》(*A Laboratory and Field Manual of Ornithology*)（修订
版第 3 版，明尼阿波利斯，1956），34，76，78。Frank B. Gill 的 《鸟类学》
(*Ornithology*)（第 2 版，纽约，1992），132，136，解释了鸟类体内热量从
动脉到静脉的转换 (还列明了具体的温度，到了华氏 1 度，凤头鸟便开始颤
抖)。一群鸟可以像一匹布那样移动是 Ellen walker 告诉我的。凤头鸟的联
络信号通常是 "chip" 或者 "tsip"，但 June Osborne 所述的 "chip" 却实实
在在描述出了我自己所听到的那个声音（《凤头鸟》(*Cardinal*，奥斯汀，德
克萨斯，1992）。柔韧的蜂鸟巢可以像一个婴儿一样长大，这一点在许多书
中都有所提及。对于渡鸦和鸽子巢的描述源于 Kenn Kaufman，《北美鸟类
的生活》(*Lives of North American Birds*)，（纽约，1996），430，292; 关于
红衣凤头鸟巢穴的引文—— "一个松散的东西"，出自 T. Gilbert Pearson 的
《美国鸟类志》(*Birds of American*)（纽约，1923），第三卷，第 63 页。

鸣 谢

20 世纪在视觉艺术上产生了如此炫目的崭新技术，于是现在的 275
人们常常会有这样的担心，以为不久以后人们由书而梦的能力将丧
失殆尽，再也无法使大脑成为构图的底版。我却不相信这种担心会成
真。如果它成真了，我希望本书能为我们曾经绘制过的大脑图片提供
一些可考证的记录。

第一部分描述的大脑视网膜——生动之像得以产生的工作台和垂
直平面——一直是一些我个人的不太成熟的想法，直到我应邀在美国
加州大学伯克利分校的唐森中心作了 1992 年的 Avenali 讲座。伯克利
的成员在学术上海纳百川，不仅体现在我做演讲时，还体现在演讲稿
刊登在 *Representations* 杂志之后。Stephen Greenblatt，Day Lanier，
Richard Wollheim，Marty Jay，Barry Stroud，Cathy Gallagher，Tom
Laqueur，Paul Alpers 以及 Jean Day 是积极参与讨论并让大家开心的
代表。

第二和第三部分对于我来说是本书的核心，讨论了运动的大脑图 276
像获得感觉中的丰富的生动性以及生命本身的生动性的种种方式。我
于 1996 年的每一个破晓在窗前写的那些草稿和批注，在 1997 年斯坦
福大学行为科学高级研究中心的重要研究项目的支持下，成为完整的
章节。1997 年从哈佛大学"心灵·大脑·行为"启动基金获得一项补
助，也同样对这些手稿整合成一部完整的论述具有巨大的帮助——更

间接的帮助来自我自 1994 年以来一直参与的"心灵·大脑·行为"小组的研究活动，这个小组几乎每周将来自哈佛神经科学、人文科学以及各个专业学院的成员们召集起来。研究助理 David Gammons 让我愉快地度过了写作第一部分的时光，Marc Talusan 则将我第二和第三部分的写作时日变得精彩难忘。

公众对于我第一部分的回应给了我很大的灵感和精力，使我能够继续完成第二和第三部分。我于荷兰马斯特里赫特艺术设计和理论中心（Center for Fine Arts Design and Theory）、斯坦福启蒙会务中心以及盖蒂研究院举办了讲座，极为幽默而又耐心十足的听众参与了在脑海中想象花朵的实验（第四章）。关于固体性的论述（第二章）的真实性被波士顿大学勇敢的听众以及我在哈佛大学"心灵·大脑·行为"的那些同行们大胆进行了验证。

我曾想中断本书的写作，但在 Archangle Amanda Urban 的警告之下，在 Barry Mazur, Gretchen Mazur, Peter Sacks, Barbara Kassel, Judith Grossman, Peter Jodaitis, Ellen Walker, Katherine Stern, David Kurnick, Chicu Reddy, Ramie Targoff, Michel Chaouli David Leviae. Gabriella Sanckez Basterra，Hancy Youself 和 Jonah Siegel 的鼓励性回应之下，这念头很快就被打消了。

千言万语，总难以表达我对 Greg Nagy 和 Emory Elliott 的谢意，他们——在整部书稿大功告成之时——从头至尾细细阅读了书的每一页，仿佛世界上的所有赏心乐事都敌不过在白昼至短而事务最忙的冬至之时对一本刚问世的新书进行检验。我想象不出还有什么更大的智慧和更慷慨的阅读可以附加在我的书稿之上。

Farrar, Straus and Giroux 出版社在 1999 年出版了精装本，我每天都能从 Elisabeth Sifton, Mia Berkman, Carmen Gomezplata, Susan Mitchell, Shelley Berg 和 Jeff Seroy 的艺术造诣、知识境界以及和蔼的态度中受益匪浅。对于本书稿，严肃而又爱笑的编辑，Elisabeth Sifton，似乎很快就烂熟于心；她和 Carmen Gomezplata 仔仔细细地阅览了本书，希望给每一页都增添一些新意。

能够在普林斯顿大学出版社出版平装版非常荣幸。在这个过程中，我愉快的合作伙伴为 Mary Murrell, Fred Appel, Karen Jones,

Tracy Baldwin 和 Emily Raabe。Mary Murrell 非常关注这本书的每个
阶段的个人和公共生活，包括最后几章的写作。

我于 1999 年在盖蒂研究院逗留的那些时日使我能够将这冗杂
的文字编辑、修改、编辑索引的工作的各个阶段进行下去，那里的
Ayana Haviv, Nick Davis, Mark Greif, Ilana Kurshan 和 Eva Scarry
对我专业支持也很大。令人难忘的还有无限可敬的 Bill Todd，他耐心
地回答了每一个关于俄语的问题，即便是在登机出国讲学的时候他还
回答我的问题。Todd Kelly 和 Joe Scarry 在本书的写作过程中的每一
天都给我很多帮助，在之前的日子里和写作本书的时光中亦是如此。

我这里描述的事件介于 1992 年到 1999 年之间，但是我还想提到
三个更早的时段，它们也对成书过程起了关键的作用。

第一个时段出现在我 26 岁的那年。Jack Davis 邀请我（与其他
一百人一起去听他关于圣保罗、帕斯卡和梵·高的可信度的讲座）去
想象在所有房间中我最愿意逗留的那一间，并将它与我正坐于其中的 **278**
这间作一个对比。这个实验只持续了短短 90 秒钟，但实验结果给我
的打击却是毁灭性的：我白日梦中的房间根本无法与真实房间内的各
种奔流而过的感觉相提并论；萦绕我整个童年的想象在我心中一落千
丈；我之前受过的所有正规教育也都似乎走到了生命的尽头；看来不
得不再次从头开始了。

我历经很长时间才从这打击中缓过神来。但这件事却让我开启了
观察大脑中成像方式之路——不仅仅是图像的内容（我早就开始经常
注意它们了），还有它们在大脑构图时的来来往往。不仅没有被罢黜，
大脑的构图力还在不久之后还向我展示出比我预想的更为神奇的一
面——我发现我们在荷马、萨福、勃朗特或金凯德面前所作的与我们
的普通白日梦不一样，与大脑图像进入日常感觉活动中的方式也不那
么一致。对其中的区别，我们又作何解释呢？

第二个激动人心的时刻是在大约十年之后。有一日我告诉 Philip
Fisher 说，我祖父房子楼梯间窗外的草叶已经长到眼睛那么高了。虽
然关于这栋房子各种细节的描述他之前都已经听了无数遍，但不知
出于什么原因，他这次突然打断了我，询问窗户的左边是什么；当
我回答他后，他又继续问窗户的右边是什么；我回答之后，他又提出

了第三个问题……但我此时站了起来，迫使这场对话突然告终。就在那九秒钟之内，楼梯间突然在我周围飞转起来，震动之烈，不容任何商量，以至于又过了三秒钟之后，我无论如何也无法从中逃离，爬到我那真实的房间中去了。几个星期之后我才意识到，两个楼梯间窗户（我自由想象的那个和我按照一组外来指令的顺序进行想象的那个）的巨大差异其实为我对于白日梦和由书而梦的差异性的思考提供了一条重要的线索。

279　　　　第三个时刻出现在伯克利 Avenali 演讲前的那个夏天。为写一本关于战争和社会契约的书，我已经耗时颇久，但关于那个主题，我在伯克利已经提到过了四次。我是否应该对这个我还没有公开演讲过的关于大脑构图的新问题也说些什么呢？这合理吗？其他人会将它视为当务之急吗？正当举棋不定之时，我有幸征求到了 Helen Vendler 和 Allen Grossman 的意见：他们每人都给了我非常重要的建议，开列了我可以读的诗；更重要的是，他们立刻就明白了我在说些什么。如没有他们及时的清晰的理解，我很可能半途而废了。

　　对 Jack Davis, Philip Fisher, Helen Vender, Allen Grossman，我要致以最崇高的谢意，同样的谢意，我还要献给长年痴情花草的作家们、钟情花木的兄弟姐妹和朋友们。

索　引

图书在版编目（CIP）数据

　　由书而梦／（美）斯卡利著；何辉斌，郑莹译.——
杭州：浙江大学出版社，2013.7
　　书名原文：Dreaming by the book
　　ISBN 978-7-308-11762-3

　　Ⅰ.①由… Ⅱ.①斯… ②何… ③郑… Ⅲ.①诗歌创
作-研究-世界 Ⅳ.①I106.2

　　中国版本图书馆CIP数据核字（2013）第142002号

由书而梦

[美] 伊莱恩·斯卡利 著　何辉斌　郑莹 译

责任编辑	王志毅
文字编辑	王　雪
营销编辑	刘　佳
装帧设计	王小阳
出版发行	浙江大学出版社
	（杭州天目山路148号　邮政编码310007）
	（网址：http://www.zjupress.com）
制　作	北京百川东汇文化传播有限公司
印　刷	浙江印刷集团有限公司
开　本	640mm×960mm　1/16
印　张	17.5
字　数	258千
版 印 次	2013年9月第1版　2013年9月第1次印刷
书　号	ISBN 978-7-308-11762-3
定　价	49.00元

版权所有　翻印必究　印装差错　负责调换
浙江大学出版社发行部联系方式：（0571）88925591；http://zjdxcbs.tmall.com